二哈和他的白猫師尊

바보 허스키와 그의 흰 고양이 사존

二哈和他的白猫師尊

바보 허스키와 그의 흰 고양이 사존

육포부흘육 장편소설

12권

BLab

二哈和他的白猫師尊

목차

289장 사생지전, 마침내 뒤얽힌 두 개의 세상

드높은 하늘에 서 있는 답선군의 검은색 장포가 번진 먹물처럼 넘실댔다.

그가 눈을 찌푸렸다. 곧 보[#1]가 수놓인 넓은 소매에 감싸인 손에서 엄청난 영력이 튀어나오더니, 반룡이 해를 삼키는 듯한 맹렬한 기세로 눈에 보이는 차가운 안개와 보이지 않는 시공을 찢었다.

우르릉!

돌연 굉음이 울리고, 번개가 날카로운 칼처럼 삽시간에 허공을 갈랐다!

잠깐의 적막 후, 천지의 물이 거꾸로 치솟고, 눈이 와르르 무너지고, 누런 빛깔의 구름이 몰아치고, 차디찬 칼바람이 불어닥쳤다……. 예전에 초만녕이 이쪽 세상에 왔을 때는 작디작은

#1 **보** 黼, 황제의 옷에 놓는 도끼 모양의 수

구멍만 냈고, 그 뒤 사매도 노심초사 그 흔적을 힘들게 되살려 이쪽 세상에 왔었다.

그렇게 시공이 두 번 열렸을 때만 해도 작은 흠집이라 대자연의 힘에 의해 금세 원래의 모습으로 돌아갔다. 나중에 서상림이 교산에서 신무 다섯 개의 힘을 빌려 커다란 천열을 냈을 때도, 그저 두 세상 사이에 있는 벽을 일시적으로 무너뜨린 것에 불과했다.

그러나 이번에 묵연이 직접 만든 균열은 그전과 완전히 달랐다. 하늘이 삽시간에 핏빛으로 물들고, 동시에 두 개의 태양과 두 개의 달이 서서히 떠올라 시체처럼 창백하고 희미한 빛을 내며 높은 하늘에 걸렸다.

강남에서 막북, 바다 끝에서 하늘 끝까지 동시에 거의 모든 사람이 하던 일을 멈추고 고개를 들어 하늘에 나타난 기이하고 무서운 변화를 지켜봤다.

무상진. 옹알이하는 아이가 울자 엄마가 아이를 품에 꼭 끌어안았다. 엄마는 아이의 얼굴에 입을 맞추며 작은 소리로 달랬다.

"뚝, 울지 마. 착하지, 엄마 여기 있어. 엄마 여기 있다."

양주성. 백발에 주름이 자글자글한 노부인이 비틀비틀 지팡이를 짚고 허리를 굽힌 채 쉰 목소리로 말했다.

"어…… 어찌 하늘에 달이 두 개고 태양이 두 개란 말이냐……. 세, 세상에, 이게 대체 무슨 일인고……."

비화도. 손삼낭이 짙은 눈썹을 잔뜩 찌푸린 채 손을 허리에 걸치고 기슭에 서 있었다. 그녀는 섬 주민들에게 집에 들어가

불을 끄고 있으라 지시하고, 하인들에겐 갈 곳 없는 노인과 병자를 전부 삼낭부로 대피시키라고 명했다.

수상한 하늘을 응시하는 그녀의 눈에서 불꽃이 튀었다.

고월야, 화황각, 무비사 같은 대문파 역시 말할 것도 없었다. 받아들이고 말고를 떠나, 거의 모든 수사가 이 순간 확실하게 한 가지 사실을 깨달았다.

정말 시공생사문이 열렸다.

바람을 타고 하늘을 나는 답선군의 눈은 살기로 가득했고, 눈동자는 격앙된 광기로 번뜩였다.

그는 사매에게 수없이 충동질당하고 조종당했다. 죽었다가 살아나기를 반복했고, 기억은 산산조각 났으며, 육체는 간신히 식혼에 기대어 버티고 있었다.

그래서 그의 광기는 전보다 더 말할 수 없을 정도로 심각했다.

온 세상을 파괴할 것이다.

금세 세상의 절반이 먹구름으로 덮였다. 답선군은 고개를 젖히고 하하하 길게 웃었다. 그가 왜 웃는 것일까?

그건 그 자신도 정확히 알지 못했다.

머리는 혼란스러웠고, 가슴속에는 주인이 내린 명령만 계속 맴돌았다.

그는 눈을 가늘게 뜨고 먹구름 아래 펼쳐진 투명한 결계를 보며 잇새로 비틀린 냉소를 내뱉었다. 그러더니 손을 들어 나지막이 말했다.

"불귀."

불귀가 소환됐다.

답선군의 손끝이 불귀를 천천히 쓸어내렸다.

곧이어 그가 두 세상을 막고 있는 결계를 매섭게 내리쳤다!

쥐 죽은 듯한 적막이 흘렀다.

그러다 갑자기 온 땅에 굉음이 울리고 온갖 것들이 날뛰었다.

마침내 시공생사문이 철저하게 갈라지고 부서져 완벽하게 열렸다.

삽시간에 강산의 색이 변했다.

답선군의 거칠 것 없는 엄청난 영력과 신무 불귀의 기운이 백 년 안으로는 절대 봉합할 수 없을 만큼 철저하게 틈을 찢어발겼다!

임무는 끝났다.

답선군은 세찬 바람이 몰아치는 천열에 서서 눈을 찌푸리고 잠시 살폈다. 그리고 잠깐 이쪽 세상을 돌아보더니 곧 몸을 돌려 그가 진정으로 속한 저쪽 세계로 발을 내디뎠다.

귓가를 때리던 바람 소리가 사라지자, 그는 눈을 떴다.

눈앞은 아득할 만큼 하얬다. 그는 스스로 왕이 된 세계로 돌아왔다. 전생의 곤륜 답설궁으로 돌아왔다.

"폐하."

"폐하의 귀환을 환영하옵니다."

무성한 초목이 하얗게 뒤덮인 설원에 서 있는 그의 앞으로, 옹호자들이 밀물처럼 몰려와 무릎을 꿇고 머리를 조아리며 절을 올렸다.

답선군은 아무 말 없이 매처럼 날카로운 눈으로 검은색 장포를 입은 수사들을 훑어봤다.

그들의 행렬이 산기슭까지 끝없이 이어져 있었다.

제일 앞에는 휘청거리는 노인이 있었다. 차가운 바람이 하얗게 센 그의 머리카락을 흩트렸다. 그를 오랫동안 모신 유공이었다.

답선군이 죽은 그해, 유공도 다른 궁인들처럼 자리에서 물러나 고향으로 돌아갔다. 모든 것이 끝났다고 생각했다. 그러나 얼마 지나지 않아 느닷없이 화벽남이라는 이름의 약학 문파의 성수가 나타나 흉악한 얼굴을 드러낸 채 답선군의 시체를 산 송장으로 만들어 조종했다.

그러나 이 산 송장은 어느 정도 감정과 의지가 있어서 화벽남이 보낸 벙어리 시종에게 불만이 많았다. 화벽남이 다시 무산전의 옛 궁인들을 불러들이고 나서야 그는 얌전해졌다.

나중에 화벽남은 유공이 모르는 어떠한 이유로 이 세상에서 흔적도 없이 사라졌고, 답선제군 혼자만이 살아도 사는 게 아니고 죽어도 죽은 게 아닌 채로 그렇게 세상에 남겨졌다.

그리고 오랜 시간이 흘렀다. 제아무리 멍청한 사람도 답선제군이 줄곧 조종당하고 있다는 걸 알았고, 유공도 예외는 아니었다. 하지만 그는 가죽만 남은 노인일 뿐이었다. 앞으로 살날이 얼마 남지 않았는데, 뭘 어찌할 수 있을까?

그는 가족도 친척도 없고, 벗들도 오래전 세상을 떠났다. 그는 답선군을 제 생애 마지막으로 마음 둘 대상으로 삼고 늙은 몸으로 묵묵히 답선군을 모셨다.

이런 마음 때문일까. 답선군을 다시 봤을 때 유공의 눈에는 기쁨과 걱정이 담겨 있었고, 다른 사람보다 훨씬 진실되어 보였다.

답선군이 입을 뗐다.

"유공."

"폐하."

유공이 길게 절했다.

"드디어 돌아오셨군요."

"……그거 아느냐?"

이 말을 하는 답선군은 자신이 어른에게 기쁜 소식을 들려주고 싶어 안달 난 아이처럼 보인다는 걸 몰랐다.

"본좌가 그를 다시 만났다."

유공은 깜짝 놀랐다.

"……초 종사님 말입니까?"

"그래, 여러 번 만났지. 본좌의 영핵도 이제 회복했다. 모든 일이 끝나면 본좌는……."

노인의 흐릿한 눈동자에 비친 신난 자신의 모습을 봤는지 답선군은 갑자기 말을 멈추고, 머쓱한 눈으로 꿇어앉아 있는 사람들을 훑어봤다.

다행이었다. 아무도 감히 그를 비웃지 않았다.

그는 입을 꾹 다물고 서늘한 위엄을 되찾고는 소매를 털며 말했다.

"됐다, 그만 꿇어라. 다들 일어나서 본좌와 무산전으로 돌아가자."

검을 타고 촉 땅으로 돌아가는 동안 눈길이 닿는 곳은 모두 살풍경했고, 열 집 중 아홉 집은 텅 비어 있었다.

이 세상에 살아 있는 사람은 얼마 없었고, 그는 이미 익숙했다. 다만 다른 세계에 한동안 머무르며 북적대는 사람들을 보다가 다시 인간계의 지옥으로 돌아오니, 조금 삭막하게 느껴졌을 뿐이었다.

그날 밤, 그는 오래 묵혀 둔 이화백주를 열어 텅 빈 무산전에 앉아 홀로 마셨다.

묵 종사의 영핵을 얻은 뒤 그는 많이 회복하여 살아 있는 사람만이 할 수 있는 일들을 할 수 있게 됐다. 술을 마시거나 밥을 먹는 것 같은 일들을. 그러나 아무리 그래도 시체는 시체였다. 그의 혀가 느끼는 맛은 생전에 느끼던 것의 3할도 안 됐다.

그럼에도 그는 만족했다.

술 세 잔을 마시고 살짝 취기가 오른 그는 머리를 받치고 푹신한 긴 의자에 누워 지난 일을 돌이키며 무료함을 달랬다. 별로 기분 좋은 일들은 아니라서, 안줏거리로 삼으니 슬픔이 배가 됐다.

예전에는 생각하고 싶지 않았지만, 지금은 두렵지 않았다.

두 개의 세상이 연결됐으니 제아무리 안 좋은 과거라도 금방 바뀔 것이다. 그는 눈을 가늘게 뜬 채 긴 손가락으로 술 주전자의 붉은 수술을 만지며 중얼거렸다.

"초만녕……."

그는 벌떡 일어나 오래전에 봉쇄한 홍련수사로 향했다. 입구에 도착하자 뜻밖에도 안에서 나오는 유공과 마주쳤다. 서로를 발견한 두 사람은 일순 당황했다.

"폐하를 뵙습니다."

답선군이 물었다.
"여기서 뭐 하는 거지?"
그의 시선이 유공의 손에 들린 걸레와 먼지떨이 등 잡동사니가 담긴 바구니로 향했다.
"청소한 것이냐?"
유공이 한숨을 쉬었다.
"예. 폐하께서 언제 또 오실지 모르는데, 물건을 오랫동안 쓰지 않으면 낡고 못 쓰게 될까 봐 매일 손질하고 청소했습니다."
유공이 잠시 멈췄다 말을 이었다.
"안은 예전과 똑같습니다. 들어가 보시지요."
답선군은 순간 무슨 말을 해야 좋을지 몰랐다.
그는 홀로 연못가로 걸어갔다. 이 연못은 영력이 주입된 덕에 항상 홍련이 가득했다. 홍련 사이에서 세월 가는 줄 모르는 개구리가 볼을 빵빵하게 부풀리며 울고 있었다. 고개를 기울여 듣고 있자니 과거의 어느 오후가 서서히 떠올랐다.

바로 이 다리였다. 뜨거운 여름 해와 바람에 정신이 조금 몽롱했었다. 그는 갑자기 흥이 올라 이 다리 위에서 초만녕을 끌어당겨 다짜고짜 그의 이마에 입을 맞췄다.
그 당시 그들 사이에는 애욕이 전부였고, 다정함 따위는 거의 존재하지 않았다. 그래서 성적인 의미는 조금도 담기지 않은 갑작스러운 입맞춤에 초만녕은 살짝 놀랐다.
나무에서 매미가 울고, 연못의 개구리도 뒤질세라 요란하게 울었다.

답선군은 살짝 커진 봉안을 보며 더 흥이 올라 이렇게 말했다.

"한가한데 심심풀이로 놀이나 할까?"

그는 초만녕이 거절하기 전에 입술에 손가락을 올렸다.

"쉿, 끝까지 들어."

"……."

"내기하자고. 본좌가 열까지 센 뒤 연못의 개구리가 먼저 울면 당신이 진 거고, 나무 위 매미가 먼저 울면 본좌가 진 거야. 당신이 지면 매실차 한 주전자를 가져오고, 본좌가 지면…… 산을 내려가 기분 전환을 시켜 주지."

산에서 내려간다는 건 확실히 엄청난 유혹이었다. 초만녕은 원래 대꾸하지 않으려고 했지만, 늘 함께 있다 보니 자신의 약점을 제대로 짚은 답선군이 거부할 수 없는 조건을 내건 것이다.

준수한 남자가 웃었다.

"그럼 시작할까? 하나, 둘, 셋……."

저음의 목소리가 천천히 흘러나왔다. 두 사람은 개구리 소리와 매미 소리에 귀를 기울였다. 그러나 인간계 제왕은 의외로 운수가 사나운 듯했다. 숫자를 세기 시작하자 매미는 더 시끄럽게 울고, 개구리는 울음을 멈추려는 듯 서서히 소리가 사그라드니 말이다.

"여덟, 아홉……."

숫자를 셀수록 끝소리가 길어졌다. 억지스러울 만큼 질질 끌자, 초만녕이 고개를 돌려 그를 차갑게 봤다.

답선군도 정말 뻔뻔했다. 그는 그런 시선을 받고도 아예 '아홉'에서 멈추고 초만녕에게 물었다.

"개구리가 죽은 게 아닐까."

"……."

"그게 아니라면 왜 안 울겠어."

"……."

"기다려, 본좌가 살았는지 죽었는지 확인해야겠어. 아니면 너무 불공평하잖아."

그는 땅에서 돌멩이를 집어 팔팔하게 살아 있는 개구리에게 홱 던졌다.

"열!"

"개굴!"

놀란 개구리가 연못으로 풍덩 뛰어들고, 잔잔한 물결과 함께 개구리 울음소리가 퍼졌다. 답선군이 하하 웃으며 손가락에 묻은 흙을 털어 내고 초만녕에게 말했다.

"개구리가 먼저 울었으니 당신이 졌어."

초만녕이 소매를 털며 가려는 순간, 소매가 붙들렸다. 내기에서 이긴 답선군은 기분이 너무 좋았다. 그윽하게 풍기는 연꽃 향기 속에서 그는 상대의 화난 표정은 아랑곳하지 않고 웃으며 말했다.

"매실차는 차갑게, 특별히 엄청 차가운 거로."

"염치를 모르는구나."

초만녕이 어금니를 꽉 물고 말했다.

"더위를 식히지도 못할 거면 마셔서 뭐 하겠어."

답선군이 말하며 그의 이마를 톡 건드렸다.

"다녀와. 설탕 적게 넣는 거 잊지 말고."

그날 아마도 기분이 매우 좋았던 것 같다. 뜨거운 태양 아래에서, 시원하게 가슴을 식혀 주는 달콤하고 차가운 매실차를 마셨기 때문인지 개구리 울음소리마저 말도 못 하게 감미롭게 들렸다.

해 질 무렵, 그가 뜬금없이 초만녕에게 말했다.

"곧 있으면 만 삼 년이군."

"뭐가?"

그의 반응에 답선제군의 젊은 얼굴에 살짝 불쾌함이 드러났다.

"제군이 된 지 말이야. 본좌가 제왕이 된 지 곧 만 삼 년이라고."

그러면서 답선군은 초만녕의 눈 속에서 약간의 흔들림이라도 찾아보려고 애썼다. 그러나 결과는 절망적이었다. 그는 조금은 음울하고 조금은 씁쓸한 마음에 코를 살짝 찡그리며 잠시 생각하다가 또 불쑥 말했다.

"당신이 본좌와 함께한 지도 벌써 삼 년이야."

"……."

"매실차 맛이 좋았으니 본좌가 당신을 데리고 산을 내려가 주지. 하지만 멀리는 안 되고, 무상진까지만이야."

준비된 마차에는 대나무 발, 여름 방석, 찻잔, 부채까지 모두 갖춰져 있었다.

세 번을 확장한 사생지전의 정문에 서서 답선군은 백마 머리에 묶인 금사와 비취가 박힌 장식 끈을 만지며 초만녕에게 말했다.

"낯익지? 예전에 당신이 외출할 때 가장 즐겨 타던 마차야. 남겨 둬도 괜찮겠다 싶어서 안 버렸지."

초만녕은 별다른 기쁜 기색 없이 예전처럼 산지목으로 된 발판을 밟고 대나무 발을 걷어 올리며 마차에 탔다.

시종은 놀라서 입을 떡 벌리고 겁에 질린 눈으로 석양 아래에 서 있는 답선제군을 돌아봤다.

음침한 성격의 이 남자는 이유를 불문하고 무고한 사람을 마구잡이로 죽이는 게 다반사였다. 초 종사라는 사람은 대체 간이 얼마나 크길래 예의도 없이 감히 폐하보다 먼저 마차에 올라탄 것일까.

그러나 시종의 예상과 달리 답선군은 아무렇지도 않게, 심지어 눈을 가늘게 뜨며 꽤 재미있다는 듯 웃었다.

"저 봐, 아직도 자기가 옥형 장로인 줄 안다니까."

그가 뒤따라 마차에 타려던 순간, 뒤에서 여인의 부드럽고 온화한 목소리가 들렸다.

여인이 불렀다.

"연아."

290장 사생지전, 바다처럼 깊은 임의 마음

답선군이 고개를 돌리자, 사람의 마음을 설레게 하는 고운 자태로 시녀들을 거느리고 다가오는 화려한 차림의 송추동이 보였다.

발을 걷어 올리던 그의 손이 멈칫했다. 그는 태연하게 대나무 발을 내리고 마차 안이 보이지 않게 빈틈없이 정리한 후 물었다.

"무슨 일이지?"

"한가로워서 소화할 겸 걷고 있었습니다."

옷깃을 여미며 인사한 송추동의 눈길이 부드럽게 마차로 향했다.

"외출하십니까?"

"무상진 야시장 구경을 가려던 참이다."

그녀가 눈부시게 웃더니 공손하면서도 다정한 표정을 지었다.

"그리 가까운 길도 마차를 타고 가시는 걸 보니 혼자가 아니신가 봅니다?"

그때의 그는 그녀에게 꽤 인내심을 가지고 있었다. 그래서 웃으며 말했다.

"혼자가 아니다."

송추동의 부드러운 눈길이 산지목 발판에 닿았다. 세심한 여인은 슬쩍 보고도 답을 알아냈다. 순간 표정이 살짝 굳었지만, 그녀는 이내 환한 얼굴로 물었다.

"아, 초비 동생은 아니겠지요?"

"……."

마차에 타고 있는 초만녕이 이 호칭을 듣고 어떤 표정을 지었을지 가히 상상이 되었다. 답선군은 웃음을 참으며 말했다.

"맞다."

더욱더 환해지는 여인의 얼굴에 하늘의 노을마저 그 빛을 잃었다.

"정말 잘됐습니다. 궁에 삼 년을 있었는데, 혼례 날에만 초비 동생을 봤어요. 그것도 머리에 천을 쓰고 있었지요. 오늘 정말 좋은 날인가 봅니다, 이렇게 마주친 걸 보니."

그녀가 웃으며 말했다.

"만나도록 허락해 주시겠습니까?"

답선군이 고개를 저었다.

"낯을 많이 가려서 모르는 사람을 만나면 불편해한다. 그리고 벙어리야. 안 보는 것이 좋아."

송추동은 항상 묵연의 말에 다 따랐지만, 이번만은 속이 근

질거려 참을 수가 없었다. 게다가 그녀는 초비에게 원한이 쌓인 지 오래였다. 혼례 날부터 아무 이유도 없이 남편에게 소박을 맞아 수치심은 배가 됐다. 그 뒤 답선군이 신혼 첫날밤 초비의 방에 들어가 이튿날 해 질 무렵이 돼서야 나왔다는 등, 궁인들이 떠드는 허튼 소문까지 들었었다.

– 밤새 조용하지를 않던데. 소리가 장난 아니었어.

– 그날 야직을 서던 사람이 손가락으로 세어 보니 적어도 일고여덟 번은 했다는 거야. 폐하도 참 대단하시지.

어린 궁녀가 키득대며 하는 소리가 더 가관이었다.

– 대단한 건 초비마마 아니에요? 하룻밤에 일고여덟 번이면 황자 아기씨도 곧 생기겠어요.

하지만 송추동이 가장 견딜 수 없었던 수군거림은 '그렇게 아름다운 황후마마가 첫날밤에 소박맞을 줄이야', '완전 예법에 어긋나잖아. 폐하도 참, 황후마마 체면을 너무 생각 안 해 주시네'였다.

그녀는 얼굴 한번 못 본 초비에게 뺨을 한 대 세게 얻어맞은 것 같았고, 그 화끈거리는 고통은 지난 삼 년간 더해지면 더해졌지 덜어지진 않았다.

나중에는 그녀의 심복 시녀도 원한을 품고 이를 갈며 말했다.

– 어디서 온 불여우인지는 모르지만 폐하를 제대로 홀렸습니다.

그러더니 또 그녀를 달랬다.

– 마마, 너무 상심하지 마세요. 폐하께서 거의 매일 밤 그것의 처소에 머무는데도 회임하지 않는 걸 보니 몸이 안 좋은 모양입니다. 이번 생에 황자를 낳지는 못할 겁니다. 폐하께서도 가지고 놀다 보면 언젠가는 질리실 테지요.

송추동은 억지로 웃었다. 차마 말할 수 없는 이야기들도 있었기 때문이다.

그녀와 그가 가진 몇 번 안 되는 잠자리에서, 그녀의 임신을 원치 않는 답선군은 항상 극도로 신중하게 굴었다. 그녀의 부드러운 몸속에 사정한 건, 얼마 전 만취한 그가 초비와 크게 다툰 뒤 새벽에 그녀를 찾아왔을 때가 유일했다.

당시 깊은 잠에 빠져 있던 그녀는 휘장이 확 열렸을 때 이성을 잃은 핏발 선 눈과 마주쳤다. 그녀가 미처 반응하기도 전에 그는 그녀의 몸을 뒤집고 속치마를 찢은 뒤 난폭하게 그녀를 꿰뚫었다. 미친 듯 사납게 움직이던 그가 그녀의 머리채를 잡고 귓가에 거친 숨을 내뱉었었다.

– 나 몰래 누구한테 서신을 쓰는 거지? 그렇게도 그가 신경 쓰여?

행위가 끝난 후, 그녀는 온몸의 힘이 풀린 상태에서 자신의 등에 엎드린 그가 중얼거리는 소리를 들었다.

– 당신은 아무도 못 만나……. 어디도 못 가……. 당신은 본좌의 초비야……. 아무리 싫다고 해도…….

치욕스러운 기억에서 돌아온 송추동은 표정을 가다듬은 뒤 아름다운 눈을 휘며 웃었다.

"폐하께서 격식을 안 따지시는 건 알지만, 그래도 자매지간인데 그녀를 만나 소박한 선물이라도 하고 싶습니다."

답선군은 대나무 발에 걸친 손을 치울 생각이 없어 보였다.

"다 가져서 없는 것이 없다."

이렇게까지 말하니 송추동도 별다른 방법이 없었다. 그녀는 다정하게 답선군에게 몇 마디 더 하고는, 그가 마차를 타고 불여우와 멀어지는 걸 멀뚱히 바라볼 수밖에 없었다.

대나무 발 안, 폭신한 방석에 앉은 답선군은 웃음을 참느라 배가 아플 지경이었지만 애써 진지하게 말했다.

"제왕인 본좌가 당신만 너무 총애하는 것이 적절치 않은 듯해."

"……."

어두운 표정의 초만녕은 고개를 돌려 창밖을 볼 뿐 아무 말도 하지 않았다.

푹 익은 황금빛 태양이 가느다란 발 사이로 들어와 얇다 못해 투명한 그의 얼굴을 비췄다. 답선군은 잠시 응시하다가 가까이 다가가 아예 그의 다리에 누워 버렸다.

초만녕은 등을 잔뜩 긴장시킨 채 그에게 눈길도 주지 않고 물었다.

"덥지도 않은 게냐?"

"애첩의 목소리가 어찌나 차가운지 더위가 싹 가시는데."

"……."

초만녕이 드디어 고개를 숙여 그를 봤다. 눈빛이 목소리보다 더 차가웠다.

그는 정말 분노가 치밀었다. 어느 남자가 다른 남자의 비빈이 되고 싶을까. 송추동의 '초비 동생' 소리에 그는 목에 가시가 걸린 기분이었고, 치욕에 눈가가 붉어졌다.

답선군이 애당초 그를 비로 봉한 건 여인보다 못한 느낌을 경험해 보라는 거였다. 송추동은 아내지만, 대단하신 북두선존은 아랫사람인 첩으로 전락했다.

"화났어?"

"……."

"송추동이 당신을 못 보게 해 줬는데, 또 뭐가 서러워서 그러는 거야?"

답선군은 이 남자를 놀리고 싶었다. 그때 석양이 대나무 발 사이로 들어와 초만녕의 얼굴을 비췄다. 답선군은 그의 두 눈이 얼음장처럼 차갑다는 걸 깨닫고 입술을 달싹이다 결국 아무 말도 하지 않았다.

갑자기 다 재미없게 느껴졌다.

두 사람은 말이 없었다.

무상진에 도착해 자잘한 것을 왕창 샀다. 탕화[#2], 꽃떡, 탕후루, 등롱 등 살 수 있는 건 다 사서 마차를 한가득 채웠다. 그러나 초만녕은 대나무 발 너머 떠들썩한 거리를 구경할 뿐, 대나무 발 안에 있는 물건들은 거들떠보지도 않았다.

어떻게 해도 초만녕이 기뻐하지 않자 답선군은 짜증이 났다.

"오늘 밤엔 안 돌아가겠어."

그가 불쑥 말했다.

"마을에 묵자고."

그는 마부에게 객잔을 찾게 한 후, 장포를 입고 두건을 둘러쓴 초만녕과 함께 들어갔다.

마침 하품을 하다 손님을 발견한 심부름꾼이 정신을 차려 하품을 뚝 끊고선 배시시 웃으며 물었다.

"묵고 가십니까?"

"큰방 하나 내놓거라."

초만녕의 얼굴은 두건에 가려 잘 보이지 않았지만, 체격과 분위기로 봐서는 영락없는 남자였기에 심부름꾼은 호기심 어린 눈으로 두 사람을 훑었다.

초만녕이 말했다.

"……두 개 주시오."

그의 말에 답선군은 계속 억눌러 왔던 분노가 치밀었다.

"우리 사이에 굳이 방을 두 개 잡아서 눈을 속일 필요가 있나?"

조금 전까지 긴가민가하던 심부름꾼의 눈빛이 깨달음과 확신으로 바뀌었다.

#2 탕화 糖畫, 설탕으로 그린 그림

답선군은 심부름꾼의 그런 눈빛이 꽤 만족스러웠고, 악랄한 쾌감마저 느꼈다. 방을 잡은 뒤 초만녕의 팔을 잡고 올라간 그는 방에 들어서자마자 문도 제대로 닫지 않고 진한 입맞춤을 퍼부었다. 입술과 혀가 다급하고 격렬하게 뒤엉켰다.

포도 덩굴 문양의 창문 밖, 인가의 환한 불빛은 그들과 아무런 상관이 없었다. 그는 초만녕을 커다란 침상에 눕혔다. 삐걱삐걱 야릇한 소리 사이로 초만녕의 작은 탄식이 들렸다.

"묵연, 이러는 것이 무슨 의미가 있느냐."

"……."

"우리가 이러는 것이 무슨 의미가 있어."

지독히도 뾰족한 말이었다. 이렇게 오랜 시간이 지나 다시 생각해도 심장이 아팠다.

답선군은 눈을 떴다.

그는 여전히 홍련수사에 서 있었다. 모두 이미 흘러간 과거였다.

하지만 어째서인지 눈앞에 계속 환영이 일렁이고, 귓가에 세찬 빗소리가 들렸다. 마치 자신이 어두운 밤의 유령처럼 객잔의 포도 덩굴 문양의 창문을 통해 안을 엿보는 느낌이었다.

똑같은 방, 똑같은 두 사람이 보였다. 다른 건 창밖의 비와 침상에 흐르는 사랑을 닮은 분위기였다.

자신과 초만녕이 그 침상에서 필사적으로 뒤엉키고 있었다. 방 안은 어두웠지만, 그는 똑똑히 봤다. 욕망에 취해 눈을 살짝 감고, 자신과 뒤엉킨 채 부끄럽지만 열렬한 표정을 띤 초만녕의 얼굴을.

환영 속의 자신이 애틋하기 그지없는 눈으로 아래에 누운 남자를 보며 간절하지만 단호하게 말했다.

'오늘 밤은 내가 기분 좋게 해 줄게요.'

그러고는 고개를 숙여 초만녕의 그곳을 빨아올렸다. 원하던 대로 초만녕의 달뜬 숨소리가 들렸다. 초만녕의 손가락이 그의 검은 머리카락 사이를 파고들었다.

"아……."

답선군은 자신의 머리를 부여잡았다. 머리가 고통으로 터질 것 같았다.

뒤섞인 두 개의 기억이 서로 물어뜯으며 우위를 차지하려고 했다. 어느 쪽이 진짜지? 어느 쪽이 악몽일까? 모르겠다. 감히 더 자세히 생각할 수도 없었다.

간신히 평정심을 되찾은 그는 도망치듯 홍련수사를 벗어났다.

검술 훈련장의 백옥 난간 앞에 서서 아득히 먼 산을 보는 그의 가슴이 미세하게 오르내렸다. 조금 전, 색정적이라고 할 수 있는 그 기억은 뭘까?

설마 다른 세계의 묵연이 겪은 인생일까…….

순간 촉촉하고 부드러운 눈을 한 초만녕이 목을 젖히고 침상에서 낮게 숨을 몰아쉬던 모습이 떠올랐다.

답선군은 난간을 꽉 붙잡았다.

설마 초만녕이 죽은 묵 종사와 진심으로 잠자리를 한 걸까?

그들은 분명 한 사람이건만, 어째서인지 불쑥 뜨거운 분노가 치밀어 올라 눈이 벌겋게 물들었다.

그게 정말 또 다른 자신의 기억이라면? 순간 분노와 증오, 씁쓸함이 밀려왔다.

왜? 어째서?

화벽남이 부활시켜 준 뒤, 그는 산 송장이 되어 인간계로 돌아왔다. 그를 기다린 건 만신창이가 된 무산전과 구역질 나는 뒤처리였다.

그가 황급히 홍련수사로 달려갔을 때 무엇을 봤던가? 영력이 흩어져 말라 버린 홍련과 땅에 떨어진 해당화, 텅 빈 집이었다.

그리고 아무도 없는 연못이었다.

그는 화벽남이 지옥에서 끌어올려 되살아났지만, 초만녕의 시체는 이미 재가 되어 아무것도 남지 않았고, 두 번 다시 찾을 수 없었다.

그때 그는 터덜터덜 연못가로 걸어가 고개를 떨구고 무표정하게 연못을 바라보다가 두 손을 담가 물을 떴다. 깊고 고요한 연못은 차가워서 뼛속까지 시렸다.

문득 오한이 났다. 손가락 사이로 새어 나가는 물을 보며, 그는 땅에 털썩 주저앉았었다.

인간계로 돌아온 그에게 대체 무엇이 남았을까.

그는 날이 갈수록 이 세상에 사는 데 염증을 느꼈다. 그러나 조종당하고 있었기에 제 뜻과 상관없이 화벽남의 명령에 복종해야 했다.

나중에 시공생사문의 틈을 찾아낸 화벽남은 누가 틈을 남긴 것인지 알려 주려 하지 않았다. 그 자식은 신이 나서 혼자 다른 세상으로 떠났고, 그 혼자 이곳에서 실컷 고생하도록 내버려 두었다. 유일하게 위안이 된 건, 일을 진행하는 데 참고하라고 화벽남이 사나흘에 한 번씩 전해 준 소식이었다.

그래서 그는 자신의 혼령 일부가 그 시대에 환생했다는 걸 알았다. 사매의 소식, 설몽의 소식, 엽망석과 남궁사 등 오래전 죽은 사람들의 소식도 접했다.

물론 초만녕의 소식도 있었다.

화벽남이 그에게 보낸 서신은 말을 아끼느라 아주 짧았다. 그도 화벽남의 필적을 보는 것이 너무나도 싫었다. 날카로운 획 끝이 전갈 같았다.

하지만 서신들은 산 송장인 그의 가장 큰 기다림이었다. 깊은 바다에 빠진 사람에게 불어넣는 숨결 같았다. 그는 모든 서신을 모아 뒀다가 새로운 서신이 없을 때, 그 구역질 나는 글자들을 수백 번 다시 읽었다.

그는 자신이 미친 줄 알았다.

밤이 되면 아랫것들이 저녁을 먹기 시작하는데, 답선군은 그 떠들썩함이 좋았다. 그래서 환생한 뒤에는 쭉 대전 앞에 모여 먹으라고 명령했다. 그는 푹신한 의자에 비스듬히 기대앉아 그들이 먹는 걸 느긋하게 구경했고, 이따금 그들에게 맛이 어떠냐고 물었다.

답선군은 원래 공부하는 걸 싫어했다. 그러나 그의 곁엔 아무도 없고, 길고 긴 밤 찾아갈 곳도 없었던지라 죽간을 뒤적이며 시간을 보냈다. 읽다 보니 어려운 글귀를 곱씹어 보는 재미도 느꼈다.

예를 들면, 누룽지 튀김을 한입 먹으라고 하고 싶을 때 그는 이렇게 말했다.

"자, 본좌 대신 평지일성뢰[#3]해 보거라."

시금치를 먹어 보라고 하고 싶을 때는 이렇게 말했다.

"그릇 속의 홍취녹앵가[#4]를 먹어 보거라."

무식쟁이가 책을 읽기도 쉽지 않은 일인데 거기서 재미까지 느낀다면, 이것이 의미하는 바는 딱 하나였다. '그의 인생에서 재미있는 것은 이제 아무것도 없다'.

성대한 연회를 실컷 즐기고 있는데 누군가 와서 보고했다.

"폐하, 성수 선배님이 돌아오셨습니다."

"혼자?"

"천음각의 목 각주를 데리고 왔습니다. 먼저 제사를 준비해야 한다고, 준비를 끝낸 뒤 폐하를 뵙겠다고 하셨습니다."

답선군은 은쟁반에 놓인 포도를 집으며 덤덤한 표정으로 말했다.

"천천히 하라고 해. 본좌는 한가로이 즐기고 있으니."

"그리고 성수 선배님이 폐하께 당부의 말을 남기셨습니다."

"뭐지?"

"세상이 혼란에 빠진 지금 '그'가 반드시 찾아올 것이니 당분간 조심하라고 하셨습니다."

"……."

답선군이 생각에 잠긴 눈빛을 하더니 잠시 후 웃었다.

#3 평지일성뢰 平地一聲雷. 평지에 울린 천둥소리. 갑자기 유명해지거나 좋은 일이 생김을 의미

#4 홍취녹앵가 紅嘴綠鸚哥. 시금치의 붉은 뿌리와 청록색 이파리를 부리가 빨간 초록 앵무새에 비유한 말로. 중국의 종합 농서에 기록된 시금치의 별칭

"알겠다. 본좌도 계획이 있다."

답선군도 물론 그가 올 것을 알고 있었다.

두 개의 세상이 뒤엉키고, 수백만의 난민이 생겼다. 묵 종사는 목숨을 잃었고, 사생지전은 몰락했다. 초만녕도 자신처럼 아무것도 남지 않았으니 아마 목숨을 걸고 자신을 찾아오리라.

답선군은 전혀 두렵지 않았다. 심지어 은근히 기다려졌다.

밤이 깊어지자 궁 안에 등불이 켜졌다. 무산전에만 9,999개의 등잔이 있었으니, 까만 어둠이 백야처럼 밝아졌다.

답선군은 유공을 불러 말했다.

"등잔의 반을 끄라 해라."

등불이 너무 밝아서 초만녕이 잠입하기 어려울까 봐 걱정된 그가 스스로 경계를 낮춘 것이다.

유공은 분부대로 했다. 그 자리에 서서 기다리고 있는 그에게 유공이 보고하러 왔다.

"폐하, 절반을 껐습니다."

그는 어슴푸레한 빛이 여전히 마음에 안 드는지 잠시 생각하다가 말했다.

"아예 다 꺼 버려라."

"……."

무산전의 등잔불이 하나씩 꺼졌지만, 답선군의 마음은 조금씩 환해졌다. 그는 초만녕이 곧 올 거라고 생각했다. 변함없이 하얀 옷을 입은 그가 분노와 증오에 찬 얼굴로 백성이니 정의니 운운하며 짜증 나는 소리를 할 것이다. 그리고 묵 종사를 대신해 복수하려 할 것이다.

생각만으로도 흥분한 답선군은 혀끝으로 하얀 치아와 입술을 훑었다. 그는 비단 휘장 깊숙한 곳에 있는 청동 등잔 하나만 밝혀 두었다. 절망한 불나방인 초만녕을 위해 남겨 둔 불이었다. 그에게 자신이 여기 있다고, 그가 죽으러 오길 기다리고 있다고 알려 주는 것이다.

창밖에서 추적추적 비가 내리기 시작했다.

답선군은 가장 장중한, 금사가 수놓인 검은색 장포로 갈아입고, 직접 침상의 요와 베개를 정리했다. 그런 다음 방 안을 한 바퀴 둘러보았다. 여전히 무언가 부족한 것 같은 느낌에, 오래 묵힌 이화백주를 내와 따듯하게 데우라고 시켰다.

그는 좋은 술을 데우고 옷을 갖춰 입은 채 휘장을 지키며, 창가에 서서 점점 더 세차게 내리는 비를 바라보았다. 처음부터 끝까지 그는 불귀의 그림자도 소환하지 않았다.

그는 술과 따듯한 침상을 지키면서도, 스스로를 속이며 이렇게 생각했다. 흥, 초만녕이 오면 비정한 칼날이 뭔지 알게 해 주겠어!

291장 사생지전, 답선제군의 원망

한밤중까지 기다려도 초만녕은 오지 않았다.

답선군은 처음에는 초조했다가, 나중에는 침울해졌고, 그다음에는 걱정이 되었다.

화려한 검은색 장포로 금빛 전돌이 깔린 바닥을 쓸며 서성거리던 그는 생각했다. 초만녕에게 무슨 일이 있나?

시공생사문이 열린 지금, 진상을 묻든지 저지하든지 일단 무산전으로 그를 찾아와야 마땅했다. 북두선존의 성격이라면 팔이 잘리고 다리가 부러졌어도 그를 찾아와 성가시게 할 것이 분명한데.

왜 안 오지?

아픈가? 아니야, 아파도 반드시 올 인간이야.

모르는 건가? 예전에는 몰랐을 수 있지만, 두 세계가 연결되고 강산이 변했는데 어찌 모를 수가?

그렇다면…….

그는 갑자기 멈춰 섰다. 희미한 불빛 아래에 우뚝 선 서늘한 그림자가 유독 섬뜩해 보였다.

설마 죽었나?

그 가능성을 떠올린 순간, 손톱이 손바닥을 파고들었다. 답선군은 이를 악물었다. 온몸의 근육이 가늘게 떨렸다.

팔 년간 무산전에서 함께 지냈고, 이 년간 그의 시체에 의지해 살았다. 초만녕과 함께 인생 대부분을 보냈던 그는 지옥에서 살아 돌아온 뒤, 초만녕의 뼛가루조차 남지 않았다는 사실에 미쳐 날뛰었었다.

사매의 죽음은 받아들일 수 있었고, 그저 되살릴 수 있기를 희망하며 최선을 다했다.

그러나 초만녕의 죽음은 아예 받아들일 수가 없었다.

어둠이 무겁게 내려앉고, 그가 유일하게 남겨 둔 등잔불이 거의 타서 심지의 불똥이 스러질 지경이건만, 그의 불나방은 계속 오지 않고 있었다.

두려움이 점점 깊어지며, 흰 종이에 떨어진 먹물처럼 끝없이 번졌다. 그는 독수리처럼 빙빙 돌며 계속 서성였다.

결국 힘이 빠진 그는 푹신한 의자에 털썩 주저앉았다.

그런데 바로 그때, 지붕에서 알아차리기 어려울 만큼 작은 소리가 들렸다.

답선군은 벌떡 일어났다. 순식간에 빛과 온기를 되찾은 듯한 그가 눈을 무섭게 빛냈다. 하지만 거기엔 증오도 서려 있었다.

그가 지금 거울을 본다면, 자신의 표정이 '장문궁의 원망'을 부르는 진아교[#5]와 다름없음을 발견했을 것이다. 아무리 기다려도 오지 않는 임 때문에 분노와 원망에 휩싸인 아녀자의 모습 말이다.

그는 이를 악물고, 상대가 공격하기도 전에 대전 문을 박차고 나가 폭우가 쏟아지는 지붕으로 올라갔다.

"초만녕!"

그의 광기는 도를 넘어서 있었다.

"놈이 죽은 게 그렇게 좌절할 일이야? 그놈 하나 죽었다고 한결같이 위하던 인간 세상까지 눈에 안 들어오냐고!"

그는 누구인지 제대로 확인도 않고 검을 휘두르기 시작했다. 빗속에서 서너 초식이 오가며 금속 무기의 차갑고 딱딱한 마찰음이 울렸다.

"자신보다 중생이 먼저라고 하지 않았나? 여태 기죽어 있다가 이제야 본좌와 승부를 가리러 오다니. 만야옥형, 북두선존도 겨우 이 정도였군!"

상대가 입을 열었다. 목소리가 폭우 속에서 흐릿하게 들렸다.

"무슨 말도 안 되는……."

답선군이 눈을 찌푸렸다.

초만녕의 목소리가 아님을 깨달은 그는 분노 속에서 한 줄기 이성을 되찾았다. 상대의 예리한 칼이 다시 자신을 베려고 하자, 그는 눈빛을 급속도로 차갑게 굳히며 불귀를 휘둘렀다. 순간 불귀가 푸른빛을 번쩍이며 상대에게로 떨어졌다.

'쨍' 하는 소리와 함께, 시종일관 신무의 빛을 내지 않던 상대

#5 진아교 陳阿嬌. 한 무제의 황후. 오만하고 질투가 심하여 장문궁에 유폐됨

의 무기가 불귀의 포악한 공세에 두 동강 나서 '댕그랑' 하고 기와 위에 떨어졌다.

"……어느 망할 놈이냐?"

사람을 착각했다는 걸 깨달은 답선군은 더 난폭해졌다.

"제대로 된 무기도 없으면서 본좌를 암살하려 들다니."

그는 불귀를 홱 들어 올려 상대의 정수리를 겨누며 차갑게 말했다.

"고개를 들어라."

"……."

그자가 천천히 고개를 들었다.

순간 번개가 내리치면서 그의 창백한 얼굴을 밝혔다.

답선군은 코를 찡그리며 위험한 표정을 지었다.

"또 너냐?"

설몽이 몸을 일으켰다. 그의 손이 미세하게 떨리고 있었다. 답선군은 그의 시선을 따라 젖은 용마루 위에서 빛나는 두 동강 난 용성을 보고 뭔가 천천히 깨달았다.

그는 눈을 가늘게 뜨고 속눈썹 사이로 흠뻑 젖은 청년을 봤다.

"'또' 너냐고 하면 안 되겠군."

답선군이 스산하게 말했다.

"이렇게 말해야지……. 너구나, 본좌의 착한 동생."

맹렬한 천둥소리에 고막이 찢어질 것 같았다.

설몽은 눈을 감았다.

"본좌와 겨루는 건 처음이지?"

답선군이 말했다.

"미숙하고 순진할 때지. 나중의 너보다 훨씬 귀엽군."

"……돌려줘……."

설몽이 입을 열었다. 목이 멨지만 그는 계속 말했다.

"내 부모님의 목숨을 돌려줘."

"그 말은 이미 전생에서 본좌에게 한번 했어."

번쩍 뜬 설몽의 두 눈에는 분노와 고통이 섞여 있었다.

"형의 목숨을 돌려줘!"

답선군은 입을 다물었다가 잠시 후 냉소하며 말했다.

"종사가 되면 이렇게 좋군. 하나같이 이렇게 그리워하니 말이야."

"……."

"그런데 그가 말하던가, 자신이 나의 환생체라고? 전생의 모든 죄악과 원한을 그는 기억하고 있었어."

그가 차가운 눈빛으로 날카롭게 말했다.

"그는 사기꾼이야!"

대치 중인 설몽과 답선군은 마치 용마루 위의 새카만 동물 조각상처럼 보였다.

답선군은 말할수록 분해서 얼굴이 일그러졌다.

"그 새끼는 세상을 속이고, 형제와 벗을 속이고, 가족을 속였어. 묵 종사의 명성은 거짓에서 태어난 거야. 죽어 마땅한 놈이지. 그런 그가 본좌와 뭐가 다르지?"

설몽은 이를 악물었다.

"너희는 완전히 달라."

"하! 가소롭군!"

기와의 틈새를 따라 강을 이룬 빗물이 그들의 발아래로 굽이쳐 흘렀다.

"뭐가 다르지? 다를 것이 뭐가 있어? 그는 깨끗한 것 같아? 백 년간 비를 맞아도 놈의 더러움은 씻기지 않아!"

설몽의 긴 속눈썹이 비에 축축하게 젖었다.

"그와 넌 다른 사람이야!"

"제기랄, 다른 사람 같은 소리 하네."

답선군의 말은 단순했지만, 악독하기 그지없었다.

"그렇게 모르는 척해 보라고."

왕 부인이 죽은 지 얼마 되지 않은 시점에 그런 말을 듣자, 설몽은 지독히 귀에 거슬렸다. 그는 분노를 터뜨리며 손바닥에 불을 일으켜 답선군에게 날렸다.

십 년 후의 설몽도 답선군을 이기지 못했는데, 눈앞의 애송이는 어떻겠는가.

답선군은 무표정하게 피했다. 영력이 담긴 불은 그의 머리카락 한 올도 건드리지 못했다. 그는 손을 들어 설몽이 미처 거두지 못한 팔을 움켜잡고 까맣다 못해 파란 눈동자로 지긋이 내려다봤다.

"처마 아래에 숨은 두 사람도 당장 나오시지. 나오지 않으면 본좌가 이 자식의 팔을 으스러트리겠다."

매함설 형제가 처마 위로 올라왔다. 한 사람은 칠현금을, 한 사람은 검을 들고 있었다.

답선군은 놀랍지도 않은지 그들을 보고 차갑게 웃었다.

"너희 인생도 참 재미있구나. 어느 세상에서든 아무 조건 없이 설몽의 편에 서는 것을 보니."

형은 아무 말도 하지 않았지만, 동생인 매함설은 씩 웃으며 말했다.

"그럼, 설마 사람이 다 답선군 폐하처럼 은혜를 원수로 갚는 냉혈한인 줄 아셨나?"

이 말은 답선군의 아픈 곳을 찔렀다. 초만녕의 얼굴, 설정옹의 얼굴, 왕초청의 얼굴이 하나씩 눈앞에 스쳤다.

은혜를 원수로 갚는…… 냉혈한…….

잠시 침묵하던 그가 폭우 속에서 차가운 조소를 지었다.

"두 사람은 정말 죽음이 두렵지 않나 보군."

팔뚝의 핏줄이 불끈하더니 이번엔 설몽의 머리를 움켜잡고 말을 이었다.

"설몽은 어쨌든 북두선존이 애써 지킨 제자다. 너희 둘은 본좌와 아무런 관계도 없는데, 본좌가 너희를 고깃덩어리로 만들까 걱정도 안 되는 모양이야."

초만녕을 언급하자 설몽이 더 분노했다.

"네가 무슨 자격으로 사존을 입에 담아? 망할 자식! 짐승 새끼!"

"본좌가 왜 그를 입에 담으면 안 되지?"

답선군은 한 손으로 설몽을 들어 올려 축축하게 젖은 설몽의 얼굴을 응시했다.

문득 묵 종사의 기억들이 머리를 스쳤다. 비화도의 달빛, 무상진의 비 내리는 밤, 묘음지의 물안개……. 별안간 들판에 불길이 일듯 질투심이 치솟았다.

그가 서늘하게 말했다.

"말해 봐, 본좌가 왜 그를 입에 담으면 안 되는지."
"……."
"그와 본좌가 어떤 관계였는지, 너의 그 단정하고 순수한 형이 말 안 하던가?"
설몽은 잠시 멍해 있다가 이내 눈을 부릅떴다.
"무, 무슨 헛소리를 하려고……."
"사실 너도 계속 느꼈지?"
설몽을 응시하는 답선군의 눈에는 사냥감을 막다른 길로 몰아넣을 때의 쾌감이 실려 있었다.
"네가 그 둘과 지내면서, 그리고 다른 사람들의 수군거림을 들으면서 말이야."
설몽의 몸이 뻿뻿해지더니 곧 격렬하게 떨리기 시작했다.
그가 떨자 답선군은 흥분했다.
그렇지, 바로 이거야. 초만녕을 더럽히고, 초만녕을 모욕하는 거지. 죽은 묵 종사는 자신과 초만녕의 관계가 드러날까 봐 신중에 신중을 기하지 않았던가?
그는 위선자의 뜻대로 되게 두고 볼 수 없었다.
"왜, 몰랐어?"
"아니…… 아니야, 말하지 마."
"그럼 안다는 거네?"
설몽은 온몸이 부들부들 떨리고 소름이 돋았다.
"말하지 마!"
한껏 소리 내어 웃는 답선군의 눈빛은 악랄한 미치광이 같았다.
"속으로는 훤히 알고 있었구나."

"묵연!"
"초만녕은 본좌와 잠자리를 하던 사이다."
설몽은 순간 넋이 나갔다. 폭우 소리도 뚝 멈춘 것 같았다.
답선군은 공허한 눈으로 덜덜 떠는 설몽을 보며 한없는 통쾌함을 느꼈다. 그는 냉소하며 아예 청년의 심장을 갉아먹을 기세로 말했다.
"이번 생에도, 지난 생에도, 네 사존은 침상에 엎드려 본좌에게 범해졌어. 무상진의 객잔, 사생지전의 묘음지, 도포산장의 방에서 수도 없이 뒤엉켰는데, 넌 상상도 못 했겠지?"
설몽은 완전히 얼어붙었다. 그의 눈은 빛을 잃어 가고 있었다.
"아, 참."
문득 묵 종사의 기억 한 도막이 떠오른 그가 원망으로 차갑게 눈을 번뜩이며 입을 열었다.
"네가 싸고도는 그 형은 네 앞에서 사존을 범한 적도 있어."
"……."
"교산에 오르기 전, 네가 초만녕의 방에 찾아갔을 때였어. 그때 넌 초만녕의 이마를 짚으며 열나는 거 아니냐고 물었지."
설몽의 얼굴이 점점 더 창백해졌다.
답선군이 잔인하게 웃으며 말했다.
"그때 초만녕의 뺨이 왜 그리 붉고 눈가가 촉촉했는지 상상이 되나?"
"그만해!"
아무리 소리를 질러도 답선군은 점점 더 잔혹해지기만 했다.
"너와 휘장을 사이에 두고, 네 착한 형이 이불 아래서 사존의 아래를 머금고 농탕질을 하고 있었기 때문이야."

설몽의 얼굴이 하얗게 질렸다가 붉어지기를 반복했다. 그가 갑자기 고개를 틀더니, 역겨움을 참지 못한 듯 경련하며 헛구역질을 하기 시작했다. 그의 온몸에는 소름이 돋아 있었다.

인간계의 악마는 그의 반응이 매우 만족스러웠다. 답선군은 크게 웃으며 눈을 이글거렸다.

"어때, 그래도 네 형이 본좌와 다른 것 같아? 그는 자신이 저지른 천박한 짓들을 너에게 말하지 않았을 뿐이야. 너는 그가……."

쿠웅. 굉음이 그의 말을 끊었다.

답선군은 고개를 홱 돌렸다. 서쪽 통천답 주위에 불길이 치솟고, 금빛 빛줄기로 화한 요물들이 난데없이 나타나 거센 비바람 사이를 날아다니고 있었다.

"……저건 대체?"

말이 떨어지기 무섭게 멀리서 칠현금 소리가 들렸다. 봉황의 울음, 신선의 연주 같은 가느다란 소리에 요물들이 형태를 바꾸더니 금 소리에 자극을 받은 듯 모두 한곳으로 날아갔다. 그중 목 속성의 요물이 가장 용맹했다.

순간 답선군의 동공이 작아졌다. 그가 중얼거렸다.

"구가……?"

답선군은 설몽을 살필 정신도 없이 그를 내버려 둔 채 비를 뚫고 허공으로 날아올랐다. 동시에 손가락을 까딱해 불귀를 소환한 뒤 곧장 통천탑으로 날아갔다.

통천탑 앞은 이미 불바다였다. 수련 경지가 높은 수많은 진롱기국 바둑돌들이 요물 무리와 대립하고 있었고, 전장 양측의

핵심에는 각각 똑같이 흰옷을 입은 남자가 있었다.

하나는 뒷짐을 지고 진룡기국을 조종하는 화벽남.

다른 하나는 살기 띤 눈으로 금을 연주하며 전력을 불어넣는 초만녕이었다.

불바다 속에서 옷자락을 펄럭이는 만야옥형을 보자 답선군은 뜻밖에도 마음이 놓였다. 초만녕이 마침내 왔기 때문이다. 그러나 뒤이어 화가 치밀었다. 초만녕이 왔으면서 제일 먼저 자신을 찾아와 싸우지 않고, 곧장 화벽남을 찾아갔기 때문이었다.

자신이 얼마나 오랫동안 눈이 빠지도록 기다렸는데!

"가만히 서서 뭐 해?"

화벽남의 영력은 태생적으로 약했다. 초만녕에 맞서고 있는 것도 순전히 진룡기국에 의지해서였다. 그가 답선군을 노려보며 이를 악물고 말했다.

"빨리 와서 안 도와?"

지끈거리는 두통에도 답선군은 바로 그의 뜻에 따랐다.

그가 허공에서 내려와 화벽남의 앞을 막아섰다. 은은한 빛이 흐르는 손은 이미 불귀를 꽉 잡고 있었다.

"먼저 가. 이곳은 본좌가 막겠다."

이미 초만녕에게 공격당해 도망치지도 못하고 낭패에 빠져 있던 화벽남은 답선군이 나서자 안도의 한숨을 내쉬었다.

"조심해."

그가 명령했다.

"쓰러뜨리면 저 인간을 묶어 놔. 또다시 우리 대업을 망치지 못하게."

그러더니 환영처럼 어둠 속으로 사라졌다.

답선군이 다시 고개를 돌렸다.

"초만녕, 당신이 절대 수수방관하지 않을 걸 본좌는 알고 있었어. 하지만 그를 먼저 찾아가 싸울 줄은 몰랐는데."

"……."

초만녕의 얼굴은 창백했고, 끝이 보이지 않는 깊은 눈에서는 감정을 읽을 수 없었다.

"왜 본좌를 먼저 찾아오지 않았지, 응?"

초만녕은 대답하지 않았다. 사실 그와 답선군 중 시체에 더 가까운 쪽은 그였다. 북두선존은 몸속의 혼백이 몽땅 죽은 것처럼, 그저 본능에 의지해 이 세상을 위한 마지막 일을 하고 있었다.

답선군이 훌쩍 뛰어올라 번개 같은 움직임으로 초만녕과 공격을 주고받았다. 그가 불길과 빗줄기 속에서 눈을 찌푸리며 초만녕을 봤다.

"본좌를 이기지 못할 것 같아서?"

"……."

불귀의 검광이 구가의 소리에 실린 영력과 부딪쳤다.

"설몽을 볼 낯짝이 없어서?"

"……."

답선군은 점점 더 진한 아픔을 느끼며 갈수록 포악해졌다. 그의 움직임은 빨랐고, 기세는 놀랄 만큼 사나웠다. 묵 종사의 영핵이 더해져, 전보다 더 날카로운 위력을 갖게 된 그가 순식간에 초만녕의 칠현금 앞까지 밀고 들어갔다.

"그것도 아니면……."

질투가 잇새에 스며들었다.

그 순간, 황금빛과 푸른빛이 섞였다. 불귀가 날아들자 구가가 울었다. 초만녕은 손끝을 튕겨 견고한 보호 결계를 쳤다.

삽시간에 영류가 휙 솟아올랐다. 답선군의 불귀가 초만녕의 결계에 부딪쳤다.

해당화 꽃잎이 어른거리는 얇은 막을 사이에 두고 두 쌍의 눈이 마주쳤다.

"그것도 아니면……."

답선군의 손에서 나오던 빛이 순간 약해졌다가 다시 밝아졌다. 목 속성의 푸른빛이 화 속성의 붉은빛으로 바뀐 것이다.

묵 종사가 자주 쓰던 영류의 빛깔이었다.

초만녕은 순간 멍해졌다.

붉은빛과 금빛은 여전히 한데 어우러져 지금 내리는 폭우처럼 세차게 눈부신 빛을 뿜고 있었다. 결계 반대쪽, 답선군의 준수한 얼굴이 별안간 다정해졌다.

"그것도 아니면, 사존……."

농밀한 속눈썹 아래, 그의 눈이 애정과 슬픔으로 얼룩졌다.

"제가 두 번이나 죽는 걸 차마 볼 수 없어서요?"

순간 '팅' 하고 음이 어긋나면서 초만녕의 결계가 약해졌다. 그때를 놓치지 않고 맹렬하게 날아든 불귀가 순식간에 황금빛을 가르고 해당화를 흩트렸다.

강한 영력이 초만녕을 땅으로 튕겨 냈다. 추락하다 진흙탕으로 고꾸라지기 직전, 팔 하나가 그의 허리를 감쌌다. 그의 계략에 당한 걸 깨달은 초만녕이 낮게 으르렁댔다.

"묵미우!"

하늘을 뒤덮은 빗줄기 속에서 답선군은 계략대로 이루어지자 웃음을 터트렸다. 원하던 바를 이룬 그의 입꼬리가 흡족한 듯 잔인하게 말려 올라갔다.

다정함은 사라지고, 그가 다시 섬뜩한 얼굴로 말했다.

"좋군, 드디어 날 상대해 주다니."

"……."

그러고는 코끝이 맞닿을 정도로 초만녕의 얼굴을 가까이 움켜잡고, 서늘하게 말했다.

"계속 말을 안 했다면, 본좌는 당신이 벙어리라고 생각했을 거야."

292장 사생지전, 비 내리는 밤, 애욕만이 가득하고

이야기를 나누기 좋은 곳은 아니었다. 답선군은 초만녕을 안은 채 몰아치는 비바람을 뚫고 금세 무산전으로 돌아왔다. 지붕 위의 설몽 일행은 이미 떠나고 없었다. 그럴 만한 것이, 매함설은 똑똑한 인물이라 무엇이 일보 후퇴인지 알았다.

비바람에 축축하게 젖은 그들은 문을 박차고 따뜻하고 건조한 대전으로 들어갔다.

초만녕을 위해 남겨 두었던 등잔불은 이미 꺼져 있었다.

하지만 답선군은 개의치 않았다. 불나방이 불로 뛰어들지 않아도, 내키지는 않지만 자신이 다리 여덟 달린 거미가 되어 사냥감을 둘둘 말아 자신의 둥지로 데려오면 그만이었다.

그는 초만녕을 침상으로 밀친 뒤, 말 한마디 없는 창백한 남자를 위아래로 훑어봤다. 차가운 눈빛이었다.

하고 싶은 말은 많았다. 하지만 입술을 달싹이다가 결국 내뱉은 말은 담백하고 서늘한 한마디였다.

"왜, 본좌가 그자 같은 인간이 되어야만 고개를 들고 본좌를 다시 봐 줄 작정인가?"

그는 초만녕의 얼굴을 움켜쥐고 그 까만 눈동자가 자신을 바라보게 했다. 손에 닿은 얼굴은 축축하고 차가웠다.

"초만녕, 이것만은 똑똑히 알아 둬."

그가 이를 갈듯 말했다.

"이 세상에 이제 묵 종사는 없어. 당신이 아무리 안타까워한들 그는 돌아오지 않는다고."

줄곧 굳어 있던 초만녕의 표정이 바늘에 찔린 것처럼 미세하게 흔들렸다. 이런 반응은 여지없이 답선군의 질투심을 끓어오르게 했다. 그는 치미는 분노에 남자의 얼음 같은 입술을 덮쳤다.

입맞춤부터 옷을 벗기는 것까지 모두 쉬웠다. 눈앞의 그가 굽힐 줄 모르는 남자인 건 분명했지만, 수년간 그를 가졌던 답선군은 그를 어떻게 탐해야 하는지 잘 알고 있었다.

반항하는 수법은 전생과 똑같았다. 답선군은 손쉽게 그의 반항을 잠재우고, 침상 머리맡에 미리 준비해 둔 단약을 그의 입가로 가져갔다.

"오랜만의 재회인데 당신이 내켜 하지 않는 모습은 보고 싶지 않거든. 자, 먹어."

초만녕이 인상을 쓰며 발버둥 치자 그의 눈빛은 더 차가워졌고, 손길은 잔인하고 난폭해졌다. 초만녕의 입술에서 피를 보고 난 뒤에야 간신히 단약을 입에 쑤셔 넣은 그는, 바로 몸을 숙여 얇은 입술을 집어삼켰다.

그의 거친 혓바닥이 질척하게 움직이며, 뼛속까지 흐물흐물하게 녹일 미약을 초만녕의 목구멍으로 꾸역꾸역 밀어 넣었다.

"우읍……."

진한 쇠 비린내가 입 안에 퍼졌다. 부드럽고 축축한 혓바닥이 단약을 목구멍까지 밀어 넣자, 초만녕은 떨쳐 버리지 못하고 결국 약을 삼키고 말았다.

답선군이 그를 놓아주자 그는 몸을 웅크리고 격렬하게 기침했다. 역겨움에 헛구역질이 올라왔다.

"입 안이 그렇게 짧아?"

"……."

"그 녀석을 입으로 해 줄 때는 구역질 안 하던데."

초만녕은 얼굴을 확 굳히더니 그를 돌아보며 눈을 커다랗게 떴다. 그러고는 대낮에 도깨비라도 본 것처럼 조롱 섞인 답선군의 창백한 얼굴을 뚫어지게 보았다.

"왜? 당신과 녀석의 일을 아무도 모를 거라고 생각했나?"

답선군은 거만하면서도 원망이 깃든 얼굴로 말했다.

"사실 본좌는 둘이 했던 그 짓거리를 누구보다 잘 알고 있어."

그는 비에 젖은 장포를 벗고 침상으로 올라갔다. 보드라운 짐승 가죽으로 만든 담요가 푹 꺼졌다. 그가 팔을 짚고 넓고 균형 잡힌 어깨를 살짝 말며 아래에 깔린 남자를 내려다봤다.

흘러내린 앞머리에서 물방울이 떨어져 초만녕의 뺨에 닿았다.

답선군은 어두운 눈으로 몸을 숙이고는 혀를 내밀어 영롱한 물방울을 핥았다.

바짝 긴장한 초만녕의 몸을 느낀 그가 가볍게 웃었다.

"여전히 이렇게나 민감하네."

"……."

과거의 초만녕이라면 분노하며 꺼지라고 했을 것이다. 하지만 지금의 그는 절망에 빠져 아랫입술을 깨물 뿐 소리를 내지도, 욕을 퍼붓지도 못하고 있었다.

손끝은 물론, 온몸이 주체할 수 없을 만큼 바들바들 떨렸다. 그는 뜻대로 되지 않는 몸이 너무나도 원망스러웠다.

괴로워하는 그의 모습에 오히려 차분해지기 시작한 답선군은 충격과 약 기운에 점점 얼굴이 빨갛게 달아오르는 그를 보며 느릿느릿 말했다.

"그러고 보니 그 자식은 뒤로 별로 안 해 줬지?"

그러고는 손을 아래로 미끄러트리며 귓가에 속삭였다.

"말해 봐. 네 그곳은 아직도 예전처럼 꽉 조이나?"

영민하고 수려한 얼굴로 뱉은 건 이토록 저속하고 더러운 말이었다. 답선군의 목소리는 점점 유혹적으로 변했고, 그의 손끝은 점점 더 거리낌 없이 움직였다. 그의 애무에 약효가 더 선명하게 나타나기 시작했다. 답선군은 밤낮으로 그리워하던 얼굴을 보며 침을 꿀꺽 삼킨 후 뜨거운 목소리로 말했다.

"대답을 안 하면 내가 직접 넣어서 확인하는 수밖에……. 그곳이 날 그리워했는지 봐야겠어……."

좋은 약이라 약효가 빨랐다. 초만녕은 이미 등이 저릿하면서 온몸에 힘을 줄 수 없었다. 그래서 답선군이 무릎 사이로 파고들어 자신의 두 다리를 어깨에 걸치는데도 그대로 놔둘 수밖에 없었다.

그는 속눈썹을 떨며 눈을 질끈 감았다.

묵연과 다르게 답선군은 늘 전희를 귀찮아했고 배려가 부족했다. 그가 옷을 벗는 소리가 선명하게 들렸다. 곧이어 침범할 준비를 마친 뜨거운 물건이 그에게 닿았다.

이때, 밖에서 누군가 문을 두드렸다.

"폐하, 성수 선배님께서……."

"꺼져!"

호통과 함께 잔 깨지는 소리가 울렸다. 일의 경중을 모르는 시종이 들어오기 전에 옆에 있던 찻잔을 들어 던진 것이다.

곧장 대전의 문이 닫혔다. 이제 감히 방해할 자는 아무도 없었다.

답선군은 거친 엄지손가락으로 초만녕의 입술을 쓸었다.

"자, 이제 이곳에는 나와 너만 남았어. 우리만 있다고."

밖에서는 비바람과 천둥 번개가 휘몰아쳤다.

오랜 시간 썰렁하던 무산전 답선군의 침상에 드디어 그가 돌아왔다. 답선군은 아래에 누운 초만녕의 반응을 살폈다. 약효가 퍼져 점점 붉게 달아오르는 남자의 피부를 보니, 오래전 꺼진 마음속 불길이 하룻밤 사이에 되살아나는 걸 느꼈다.

그의 초비, 그의 만녕. 되살아온 그의 세상.

지금 이 순간, 따스하고 향기로운 휘장 속 그의 품으로 온전히 돌아온 것이다.

"우리를 방해할 사람은 이제 없어. 사존…… 본좌의 초비."

답선군은 초만녕의 귓가에 바짝 붙어 나지막이 말했다.

"잠시 떨어져 있다가 만나면 신혼 때보다 더 불타오른다던데. 당신과 본좌도 그렇게 오래 떨어져 있었는데 말이야. 어때, 본좌도 그렇게 책임감 없는 부군은 아니지?"

그가 손을 내려 초만녕의 손을 움켜잡았다.

그는 말아 쥔 채 떨고 있는 초만녕의 손가락을 힘으로 하나씩 펴더니, 제 입가로 가져가 세심하게 입을 맞추었다. 그러고는 강제로 아래로 잡아끌어, 이미 말도 안 되게 단단해져 잔뜩 성난 두껍고 커다란 제 성기를 잡게 했다.

"으음……."

초만녕에게 남자의 밤 시중을 드는 치욕을 느끼게 하려고 마음먹은 것처럼, 그의 몸을 누르고 있는 사람은 소심해서 아무것도 하지 못하는 묵 종사가 아니라 세상 무서울 것 없는 답선군이라는 것을 똑똑히 알려 주려는 것처럼, 답선군은 일부러 낮게 잠긴 탄성을 내뱉었다.

묵 종사…….

환생한 자신이 초만녕에게 어떤 애정을 받았는지를 떠올리니, 질투심이 활활 타올라 눈가가 붉어졌다.

답선군은 억지로 초만녕의 손에 자신의 음경을 쥐여 주고, 그 안에서 두어 번 움직이면서 초만녕의 귀에 대고 더없이 뜨겁게 속삭였다.

"나의 총비, 느껴져?"

"……."

"오랜 세월 본좌의 총애를 받지 못해서 그리웠지?"

욕망으로 가득 찬 낮게 잠긴 목소리가 초만녕의 뼛속까지 스며들었다.

"괜찮아. 오늘 밤은 기니까…… 네가 원하는 만큼 하자고. 본좌가 만족시켜 줄 테니."

사람이 침상에서 보일 수 있는 뻔뻔함으로 거의 최대치에 가까운 행태였다. 미칠 듯이 원하고, 심장이 터질 만큼 갈구하고, 갈망으로 눈이 붉어져 차라리 상대의 피와 살을 잘근잘근 씹어 삼켜 버리고 싶어 했던 건 자신이면서, 오히려 초만녕에게 뒤집어씌워 초만녕이 원하니 할 수 없이 제 몸을 바쳐 만족시켜 주는 척하다니.

오직 유일하게 답선제군만이 초만녕의 마음이 죽어 있을 때 살아 있는 사람만이 느끼는 감정을 그에게서 끌어낼 수 있을 것이다.

초만녕은 붉게 물든 봉안을 번쩍 뜨고, 분노 섞인 흐리멍덩한 눈으로 그를 노려봤다.

답선군이 만족스러운 탄식을 내뱉었다.

"그런 눈으로 본좌를 보는 건 정말 오랜만이군."

그가 흥분한 채 말했다.

"이 눈을 보니 알겠어. 당신이 맞는다는 걸."

말이 떨어지기 무섭게 그가 고개를 숙여 초만녕의 연약한 귓불을 물었다. 귀는 초만녕에게 가장 민감한 부위였다. 미약을 먹어 자제심이 종잇장만 해진 초만녕은 꼬리뼈를 타고 올라오는 짜릿함에 벼락을 맞은 듯 몸을 부르르 떨었다. 그의 반응은 답선군이 더 거침없이 핥고 빨도록 만들었다. 답선군은 귀를 통째로 삼킨 채 허리 짓을 하듯 귓구멍에 거친 혀를 넣었다 빼며 축축하고 뜨겁게 핥아 올렸다.

강렬한 자극 속에서 초만녕은 답선군의 낮은 중얼거림을 들었다.

"여기 원래 귀걸이가 있어야 하는데……."

그 목소리는 막대한 분노를 억누른 폭군 같기도, 또 끝없는 슬픔을 품은 버림받은 강아지 같기도 했다.

답선군은 전생에서 초만녕의 귀에 뚫었던 구멍 자리에 여러 번 입을 맞췄다. 그가 자신에게 돌아온 걸 증명하려는 듯 동작이 갑자기 다급하고 난폭해졌다.

답선군은 초만녕의 손을 쥐고 자신의 성기를 늘 그리워하던 입구에 가져다 대게 했다.

"직접 본좌의 것을 넣어."

초만녕은 그의 손을 뿌리치려고 안간힘을 썼지만, 원체 힘이 센 답선군이 단단한 팔에 힘줄이 불끈 솟을 정도로 온 힘을 쓰고 있었다.

답선군이 고집스럽게 말했다.

"직접 넣으라고."

그러면서 희롱하듯 보드라운 입구를 쿡쿡 찔렀다.

축축하게 젖은 동그란 귀두가 주름을 펴며 살짝 밀려 들어갔다. 이렇게 넣는 듯 마는 듯 한 동작만으로도 두 사람의 호흡은 쉽게 가빠졌다. 답선군은 곧장 자신을 찔러 넣고 밤낮으로 그리워했던 남자를, 자신을 꼭 감싸 빨아들일 그의 안을 느끼고 싶어 안달이 나 있었다.

그러나 초만녕은 제 입술을 짓씹으며 눈을 부릅뜬 채 거칠게 숨을 몰아쉴 뿐, 소리를 내지도 그의 명령을 듣지도 않았다. 그는 어딘가 슬픈 눈으로 제 위에 있는 남자를 보다가 잠긴 목소리로 말했다.

"묵연……."

묵연, 이건 네가 아니야.

이건 네가 아니다. 내가…… 전생에서도, 현생에서도……

널 지키지 못했구나.

두 번의 생에서 네가 미쳐 가는 걸, 네가 죽는 걸 보고만 있었어.

내 잘못이다. 보잘것없는 인생, 결국 처절히 패배하여 널 구하지 못하는구나.

"왜……."

답선군이 당황했다.

"왜 우는 거지?"

내가 울었다고?

초만녕은 느끼지 못했다. 답선군이 그를 허물어지게 만들 심산으로 먹인 미약이 너무 강력해, 몸이 불덩이 같았다. 그는 답선군이 말한 뒤에야 자신의 눈꼬리에서 정말로 축축한 무언가 흘러내려 귀밑머리를 적시고 있단 걸 깨달았다.

답선군의 표정이 순간 묘하게 변했다. 그것은 분노 같기도, 질투 같기도 했다. 막막함 같기도, 또…….

초만녕은 눈을 감았다.

그는 자신이 미쳤다고 생각했다. 그러니 자색 빛이 도는 까만 눈동자에서 슬픔을 본 것이리라.

착각이겠지.

그런데 적막 속에서 답선군이 갑자기 그를 안아 올렸다. 그가 가루가 되어 사라질까 두려운 듯, 갑자기 그를 품에 가둔 것이다. 답선군은 말을 하지도, 그에게 뭘 하라고 강요하지도 않고, 그저 그를 무릎 위에 앉힌 채 가만히 있었다. 그러다 돌연 그의 수려한 얼굴을 틀어잡고 진하게 입을 부딪쳤다.

"만녕…… 만녕……."

축축하고 성급하고 정신이 나갈 만큼 괴로운 입맞춤이었다. 답선군은 큰 손으로 초만녕의 허리를 쓸더니 갑자기 이불 속을 거칠게 더듬어 미리 준비한, 아니 오래전에 준비해 둔 연고를 꺼내 들었다.

초만녕은 연고를 보자 머릿속이 웅웅거리며 멍해지는 걸 느꼈다.

만고정독고(萬古情毒膏). 최음 연고였다.

답선군은 예전에도 그에게 비슷한 연고를 사용했었다. 혼란과 슬픔에 빠져 있던 초만녕은 뼛속 깊이 파고드는 공포를 느꼈다. 그는 연고의 효능을 몸소 체험했었다. 게다가 그는 이미 미약을 먹은 상태였다. 그런데 이 미친 답선군이, 그가 또…….

초만녕은 그를 밀어내려고 안간힘을 썼지만, 몸에 힘이 들어가지 않았다.

"안 돼……. 묵연…… 하지 마……."

"쉿."

답선군의 눈빛이 까맣게 일렁였다.

"본좌는 그 자식과 달라. 이걸 쓰면 알게 될 거야, 본좌만이 너를 온전히 만족시켜줄 수 있다는 걸. 위선 떨던 그 자식이 뭘

할 줄 알았겠어?"

그가 손끝에 연고를 듬뿍 찍어 무작정 초만녕의 뒤에 발랐다.

초만녕이 낮게 신음했다. 그의 허리는 긴장으로 더 뻣뻣해졌지만, 그럴수록 답선군은 그의 몸속에 더 많은 연고를 발라 넣고 자극적으로 휘저었다.

"자꾸 씹어 대니까 입술에 상처가 나잖아. 누가 보면 본좌가 괴롭히는 줄 알겠어."

답선군은 그의 뒤를 희롱하면서 새카만 눈으로 그를 뚫어지게 응시했다.

"세상 사람이 보면 뭐라고 생각할까? 당신이 어떤 위인인지 알리고 싶어? 위풍당당한 북두선존이, 고결하고 자존심 높던 당신이…… 사실은 침상에서 본좌의 밤 시중을 들며 본좌의 아래에 수없이 깔렸다는 걸 들키고 싶냐고."

"……."

초만녕은 뜨거운 호흡을 억누르며 허리를 뻣뻣하게 굳혔지만, 몸이 미세하게 떨리는 걸 막을 순 없었다.

"초비, 본좌는 그동안 자주 생각했다. 당신이 여인이었다면 우리의 결말이 이것보다 좋지 않았을까 하고. 그동안 밤마다 내가 그토록 총애를 내렸으니…… 어쩌면 이미 본좌의 아이를 여럿 가졌을지도 몰라."

답선군의 손가락이 동굴 속에서 찌걱찌걱 마찰음을 내는 동안, 그의 다른 손은 금방이라도 무너질 것 같은 초만녕의 허리를 쓰다듬다가 다시 탄탄한 복부로 옮겨 가 거침없이 어루만지고 있었다.

“그랬다면 당신도, 나도 좋았을 텐데.”

답선군은 그를 애무하며 낮고 육감적인 목소리로 말했다.

“아이를 봐서라도 조금쯤은 서로의 체면을 살려 줬을 테고, 그랬으면 지금 이 지경은 안 됐겠지.”

그의 시선이 식은땀이 배어 나온 초만녕의 이마에서 잔뜩 찌푸린 미간으로, 오뚝한 코로, 굴하지 않고 꾹 다물고 있는 얇은 입술로 내려갔다.

답선군의 눈빛이 차갑게 식었다.

“아쉬워, 그것도 한낱 꿈에 불과하니.”

그가 손가락을 빼자 끈적한 연고가 흘러나왔다. 미약에 최음 연고까지 더해졌으니, 제아무리 성인(聖人)이라 한들 얼마나 버틸 수 있을까? 그는 초만녕의 한계를 알고 있었다.

짓밟아 봤으니까.

살짝 벌어진 구멍을 따라 흘러내린 뜨겁고 축축한 액을 보고, 답선군은 더 놀릴 마음이 사라졌다. 지금 그의 기분을 그 누가 알까. 세상의 미인이란 미인은 모두 맛본 답선제군이지만, 사실 지금 그는 금단의 열매를 처음 맛보는 애송이처럼 눈앞에 있는 초만녕을 통째로 삼켜 철저히 소유하고 싶어 죽을 지경이었다. 밤이 지나면 품 안의 온기가 사라질 것만 같았다.

그는 두려웠다.

초만녕이 떠날까 봐 너무도 두려웠다.

그래서 그는 더 여유 부리지 않고 무섭게 단단해진 자신의 성기를 잔뜩 젖은 구멍에 가져갔다. 거대한 귀두가 주름을 펴면서 천천히 밀고 들어가더니 순식간에 푹 하고 깊게 박혔다.

"아……!"

초만녕은 몸에 힘을 주며 낮게 신음했다. 뜨겁고 단단한 성기가 들어오자 곧장 허리가 꺾였다. 그는 답선군 아래에서 입을 크게 벌린 채 헐떡였다. 식은땀이 벌거벗은 등을 적셨다.

답선군은 황홀한 느낌에 눈을 감았다. 완벽하게 그에게 잠긴 쾌감이 밀물처럼 몰려오는 순간, 자신이 죽음과 고독을 겪은 적이 없는 것처럼 느껴졌다.

그동안의 고독이 지금 이 순간, 한꺼번에 사라지는 것 같았다.

그는 다시 그의 사존을, 그의 초비를, 그의 만녕을 가졌다. 그를 올라타 그를 범했고, 자신을 박아 넣으며 그를 차지했다. 그를 애무하고, 그를 유린했다.

그는 초만녕의 내벽이 자신의 뜨겁고 단단한 성기를 힘껏 빨아들이며 감싸는 걸 느꼈다. 초만녕의 몸도 그를 좋아했고, 그를 갈망했던 것이다.

"사존, 당신의 이곳은 여전히 꽉 조이는군요."

초만녕은 눈을 질끈 감아 봤지만, 온몸이 계속 주체할 수 없이 떨렸다. 그의 몸은 정욕으로 불타올랐고, 피부는 술에 취한 것처럼 빨개졌다. 수치스럽고, 슬펐다. 그러나 이 감정들은 약물에 씻겨 멀리 떠내려가고, 침입한 묵연이 주는 자극과 황홀함만이 종이에 떨어진 먹물처럼 끝도 없이 사지로 퍼졌다.

답선군이 고개를 들고 그의 귓불을 물더니 그를 더 꽉 받쳐 안았다. 몸속에 있는 남자의 음경이 너무 컸다. 초만녕은 깊숙이 찌르는 느낌에 미간을 찌푸리며 고통스러운 표정으로 숨을 낮게 몰아쉬었다.

"아파?"

답선군은 그의 반응을 하나하나 눈에 담으며 갈라진 목소리로 말했다.

"조금만 참아, 하다 보면 괜찮아질 테니. 사존, 다시 생각나게 해 드리지요. 나와 함께할 때 당신이 얼마나 황홀해했는지."

약에 취해 이성이 나가 정신이 혼미해서일까. 아니면 흥분한 답선군이 '본좌'라고 하지 않고, 아무 일도 일어나지 않았을 때처럼 단순히 '나'라고 말해서일까.

초만녕의 눈에 당황이 스쳤고, 거의 반평생 날카롭고 냉정하기만 했던 눈빛이 순간 부드러워졌다.

이 눈빛이 안 그래도 갈망에 몸부림치던 답선군을 자극했다. 답선군은 그를 안고 짐승 가죽 담요가 깔린 흐트러진 침상에 앉아 허리를 움직여 퍽퍽, 깊고 강하게 박아 넣기 시작했다.

초만녕은 입술을 꽉 깨물고 소리를 내지 않으려 했지만, 점점 더 격렬해지는 움직임과 답선군의 억누르지 않는 거친 숨소리에 조금씩 자제력을 잃었다. 곧 낮은 헐떡임이 그의 입술 사이로 흘러나왔다. 갈라진 듯한 작은 소리였으나, 답선군은 세상에서 가장 유혹적인 음탕한 신음을 들은 것처럼 더 격렬하게 자신을 초만녕의 깊은 곳으로 찔러 넣었다.

"소리 내."

"……."

"뭘 참아? 전생에서 신음을 안 들어 본 것도 아닌데. 본좌한테 넣어 달라고, 해 달라고…… 두 다리로 본좌의 허리를 감고 빼지 말고 안에다 싸 달라고 했잖아……."

초만녕의 얼굴은 빨갛다 못해 피가 흐를 것 같았지만, 답선군은 마치 자기 집의 진귀한 보물 이야기를 하듯 쉬지 않고 그의 귓가에 음란하기 짝이 없는 옛일을 속삭이며 힘껏 위로 찔러 올렸다.

답선군의 고집스런 움직임은 거의 약탈에 가까웠다. 이렇게 한동안 한껏 뺐다가 깊게 찔러 넣기를 반복하던 그가, 갑자기 뒤로 벌러덩 누워 초만녕을 잡아끌었다. 그런 다음 초만녕이 제게 가슴을 딱 붙이고 눕게 한 뒤, 축축한 입술로 초만녕의 입술을 집어삼켜 격렬하게 입을 맞추며, 아래로는 비스듬한 각도로 깊이 박아 넣기 시작했다.

"아……."

이 각도에서는 초만녕이 느끼는 곳을 정확히 찔러 줄 수 있었다. 답선군은 품속의 그가 순식간에 허물어지는 걸 느꼈다. 내벽에서도 축축하고 끈적한 액이 스며 나왔다.

답선군이 낮게 웃으며 위세 부리듯 말했다.

"좋아? 그래도 역시 네 부군이 최고지?"

초만녕의 답을 기대하지도 않았고, 초만녕이 대답하지 않을 것도 알았다.

답선군은 씁쓸한 만족감에 빠져 나지막이 말했다.

"여기 찔러 주는 거 좋아하지? 이렇게 할 때마다 말도 못 하게 젖잖아, 점잖지 못하게."

말은 그렇게 하면서도, 그는 초만녕을 전율하게 만드는 그곳을 사납게 내리찍었다. 초만녕의 몸속 깊숙이 들어가니, 순간 부드럽고 따스하게 감싸 주는 그곳에서 자신을 빼기 싫어졌다.

그래서 그는 대부분을 박은 채로 작게, 하지만 빠르고 질펀하게 움직였다.

그곳은 초만녕의 가장 예민한 곳이었다. 약에 한번 자극받고, 또 이렇게 미친 듯이 빠르게 움직이며 거대한 귀두가 그의 온몸을 저릿하게 만드는 곳을 끊임없이 때리자, 초만녕은 순간 아찔해져 붉게 물든 봉안을 풀며 저도 모르게 낮은 신음을 흘렸다.

"아…… 읏……."

답선군은 엄청난 허락을 받은 것처럼 큰 손으로 초만녕의 단단한 허리를 움켜잡고, 엉덩이를 격렬하게 치받으며 다급하고 강하게, 또 빈틈없이 안을 헤집기 시작했다.

"소리 크게 내세요, 사존……."

초만녕은 그게 싫어서 오히려 입술을 더 꽉 다물었다. 그러나 답선군이 그가 느끼는 곳을 벼락 치듯 강하게 올려치자, 안이 연고로 축축하게 젖어 있던 초만녕은 결국 입술에서 힘을 풀고 절망적으로 무너져 내리며 죽을 것처럼 비명을 질렀다.

"아, 아아앗……."

"어때요? 제자가 박아 주니까 좋은가요? 안이 너무 조여요. 사존…… 어떻게 이렇게까지 제자를 꽉 조이십니까?"

초만녕이 지금 느끼는 자극은 전생의 그 어느 때보다 강했다. 그는 답선군의 말이 들리지 않았다. 그저 벌겋게 물든 두 눈을 크게 뜨고 답선군의 단단한 가슴 위에 힘없이 엎드린 채 한 번, 또 한 번 희롱당하고 있을 뿐이었다.

답선군의 허리 짓에 흰 거품으로 변한 연고가 끈적끈적 미끈거리는 애액과 섞여 두 사람이 닿을 때마다 밖으로 밀려 나왔다. 초만녕의 허벅지는 이미 흠뻑 젖었지만, 답선군이 어찌 만족하겠는가?

자색 빛이 도는 까만 눈동자가 욕정에 가득 차 한없이 육욕적으로 보였다. 답선군은 고통과 쾌감에 젖어 빨갛게 달아오른 초만녕의 얼굴을 보고 광인처럼 눈을 빛내더니 음낭까지 박을 기세로 미친 듯이 들이받았다.

그는 초만녕의 손을 잡고 자기 복부를 만지게 했다. 그러고는 다급하게 쳐올리며 낮게 숨을 몰아쉬었다.

"여기까지 들어갔어. 곧 뚫고 나올 것 같아. 사존, 느껴지세요?"

거대하게 부푼 성기가 한번 들어올 때마다 초만녕의 복부 가장 깊숙한 곳을 찔렀다. 잔뜩 성난 기둥이 젖은 안쪽을 사납게 긁었다. 초만녕은 금방이라도 부서질 것 같았다. 격렬하고 부끄러운 마찰음 속에서 그가 흐느꼈다.

"아…… 아으으…… 묵, 묵연……."

묵연…….

묵연.

긴 세월이 눈앞에 스쳐 지나갔다. 그의 어린 시절부터 성인이 될 때까지, 두 세계의 장면이 뒤섞여 있었다. 초만녕의 머릿속은 뒤죽박죽이었다. 머리끝까지 치솟은 욕망과 부딪쳐 오는 진심에, 그는 착각마저 들었다. 그는 어느 세상이 진짜이고, 어느 세상이 사라진 건지 구분되지 않았다. 극도의 고통과 극도의 쾌락이 충돌하며 모든 것을 부쉈다.

그의 세계가 산산이 조각나 눈송이처럼 떨어졌다. 조각마다 모두 묵연의 그림자가 있었다. 웃는 묵연, 우는 묵연, 선량한 묵연, 그리고 광기 어린 묵연까지.

답선군과 묵 종사의 모습이 한데 뒤섞였다. 그가 너른 설원 끝에서 종이우산을 들고 가만히 자신을 보고 있었다. 자색 빛이 도는 까만 눈동자가 선하면서도 사악했다. 점점 많아진 눈에, 나중에는 답선군과 묵 종사가 모두 보이지 않았다. 눈보라가 끝나고 서 있는 건, 처음 봤던 소년 묵연의 여윈 모습이었다.

소년은 종이우산 밑에서 고개를 들고 슬프게 웃었다.

'선군, 저 가요……. 저 좀 봐 주세요……. 제발요…….'

마지막이에요.

제발 저 좀 봐 주세요.

어떤 나든, 이번 싸움이 끝난 뒤 어쩌면 영원히 이별할지도 몰라요.

저를 좀 봐 주세요. 이 생에서 사존의 제자가 된 후로, 오랫동안 애원했는데 절 거들떠보지도 않으셨지요. 저에게 남은 초라한 몸뚱어리 하나로 당신과 뒤엉켜 있잖아요. 제 광기와 무지를 외면하지 말아요.

저 좀 봐 주세요. 제발요.

"묵연……."

초만녕은 순간 혼이 나갈 정도로 강렬한 두려움을 느꼈다. 의식이 조금이나마 돌아왔을 때, 그는 이미 답선군의 몸을 마주 안고 흐느끼고 있었다.

"묵연……."

답선군은 당황했다. 당황하지 않을 수 없었다. 전생에서 가장 따듯하게 나눴던 몇 번의 정사에서도 초만녕이 먼저 그를 안은 적은 없었다.

잠시 넋을 놓고 있던 그가 갑자기 낮게 욕설을 지껄였다. 그는 초만녕을 제 아래로 돌린 다음, 초만녕의 긴 다리를 들고 곧장 위에서 아래로 맹렬하게 박아 넣기 시작했다.

초만녕은 인상을 찌푸렸다. 눈앞에 흔들리는 것이 무산전의 휘장 같기도, 무상진 객잔의 잔영 같기도 했다. 그곳은 그가 이번 생에서 묵연과 처음 잠자리를 했던 곳이었다. 하지만 어느새 벌써 백 년이 흐른 기분이었다.

그가 목을 들어 올려 쾌락을 즐기는 듯 낮게 숨을 몰아쉬었다.

"아……."

그 목소리가 몹시 자극적이었다. 큰 소리는 아니었지만 답선군의 피를 끓게 하기엔 충분했다. 작정한 듯 움직이는 답선군의 눈에는 오직 그만 비쳤다.

"만녕…… 만녕……."

벌거벗은 두 육체를 하나로 붙일 듯 뜨거운 땀이 흘러내렸다. 전생에서 수없이 엎치락뒤치락했던 커다란 침상에서, 그들은 아교풀로 붙인 듯 딱 붙어 뒤얽혔다.

답선군은 그동안의 공백을 하룻밤 사이에 메꾸려는 듯 여러 번 자세를 바꿔 가며 초만녕을 가졌다. 그를 침상에 엎드리게 한 뒤 뒤로 했다가, 사타구니에 앉혀 위로 치댔다가, 또 그를 안고 침상에서 내려와 벽에 밀어붙인 채 사납게 들이받았다. 그의 초비였다. 그는 하고 싶은 대로 하고, 가지고 싶은 대로 가졌다. 그는 갖은 방법으로 거침없이 초만녕을 애무하고, 사랑하고, 괴롭히고, 소유했다.
그는 초만녕이 영원히 그의 사람이길 바랐다. 그 누구도 빼앗거나 채갈 수 없었다.
설령 그게 그 자신이라 할지라도!
마지막으로 그는 초만녕을 침상에 밀어 눕힌 뒤 이미 힘이 풀린 초만녕의 허리를 푹신한 베개로 받쳤다. 그것은 본능이었다. 불가능한 걸 뻔히 알면서도 반려가 제 씨를 갖기를 갈망하는 원시적인 수컷의 본능으로, 그는 초만녕의 허리를 높이 받치고, 초만녕을 안고 뜨겁게 입맞춤을 하며 엉덩이를 흉포하게 움직였다.
"내 보배, 네 안이 너무 좋아. 아……."
남자가 가쁘게 숨을 몰아쉬었다. 쾌감이 점점 더해지며 넣었다가 빼는 속도가 빨라지고, 호흡은 갈수록 탁해졌다.
그가 초만녕의 허리를 더 높이 받쳐 들자, 초만녕도 더 이상 견디기 힘든지 가느다란 손가락으로 이불을 움켜쥐고 하얀 손목을 부들부들 떨며 말했다.
"아…… 흐…… 천, 천천히……."
답선군의 움직임은 너무 빠르고 너무 사나웠다. 푹 찔러 넣은 성기가 순식간에 빠져나가자, 그 잠깐의 공허함에 초만녕은 멍하게 눈을 뜨고 숨을 몰아쉬었다. 하지만 남자는 금세 자신의 미끈거리고 단단한 성기를 잡고 잔뜩 성난 귀두로 한껏 치켜 올라간 둔부를 두어 번 툭툭 치고는 또 참을성 없이, 전보다 더 힘껏 쑤셔 넣었다.
"아!"

"다 됐어."

답선군은 힘이 풀린 초만녕의 허리를 잡고 안에서 빠르게 움직였다. 그는 고개를 숙여 초만녕의 축축한 이마에 입을 맞춘 뒤 낮게 말했다. 그의 목울대가 꿈틀거렸다.

"내 보배, 허리 좀 더 들어 봐. 안에다 하게…… 아……."

초만녕의 내벽이 갑자기 수축하며 그를 자극했다. 미간을 찌푸리며 단발성 신음을 내뱉은 그가 이내 아래에 누운 초만녕을 더 사납게 내리찧었다. 그의 허리에 걸린 초만녕의 두 다리가 힘없이 흔들렸다. 발끝이 떨리고 있었다.

"쌀 거야. 전부 안에다 쌀 거야…… 만녕……."

답선군은 초만녕의 얼굴을 내려다봤다. 붉게 물든 얼굴을 지긋이 응시하는 그의 눈빛은 미치광이처럼 반쯤 정신이 나가 있었다.

끈적이는 체액을 튀기며 십여 차례 박아 넣은 답선군이 마지막으로 초만녕의 극점을 한번 세게 찔렀다. 낮은 신음과 함께 정액이 왈칵 쏟아져 나와 초만녕의 몸속 가장 민감한 곳을 때렸다.

두 사람은 꽉 끌어안고 거의 동시에 외쳤다.

"아……."

그들은 동시에 사정했다. 다만 초만녕은 답선군처럼 그렇게 격하게 꿈틀대지 않았다. 두 사람이 사랑을 나누면서 그는 이미 두 번이나 사정한 상태라, 이번엔 나오는 것은 별로 없었다. 이에 반해 답선군은 양도 많고 진했다. 그는 초만녕의 긴 다리를 높이 들어 올려 초만녕이 그의 모든 정액을 받아들이게 했다. 이에 자극받은 초만녕이 묘한 신음을 내뱉었다.

한참이 흐른 뒤에야 답선군은 초만녕의 다리를 놓고 그의 위를 무겁게 눌렀다.

초만녕이 등에 받쳐진 베개를 빼고 싶어 바르작대는 걸 느낀 그가 갑자기 초만녕의 손목을 잡았다. 절정을 맛본 뒤 애욕으로 흐려진 초만녕의 얼굴을 내려다보는 그의 새카만 눈동자가 이채로 반짝였다.

결코 이길 수 없는 그의 철천지원수.

결코 더럽힐 수 없는 그의 사존.

세인들의 눈에는 고결한 선장.

한때 절실하게 원했지만 얻지 못한 남자…….

그런 그가 두 다리를 벌려 자신을 받아들이고, 자신의 정액을 가득 머금었다. 다리를 오므리지도 못하고 자신에게 강제로 범해졌다. 강자를 정복하는 느낌은 혼이 나갈 만큼 황홀했다. 답선군은 방금 해소한 욕망이 다시 단단해지며 꿈틀대는 게 느껴졌다.

그에게 초만녕은 미약이었다. 물기를 촉촉하게 머금고서도 고집스럽게 버티는 그의 눈이 자신을 올려다보면, 곧장 마음속 불이 댕겨지면서 아랫배까지 뜨거워졌다…….

그래서 그는 초만녕의 손을 잡고 손등에 입을 맞춘 뒤 나지막이 말했다.

"움직이지 말고 조금 더 받치고 있어."

"……."

그는 성기를 빼지 않고 안으로 다시 찔러 넣었다. 습하고 뜨거운 내벽, 단단히 결합된 안쪽에서 끈적한 정액이 밀리는 게 느껴졌다. 답선군은 기분 좋게 목을 울리며 초만녕의 입술을 물고 만족을 모르는 듯 입을 맞추며 작게 속삭였다.

"느껴져? 흘러나오지 못하게 막아 둬야지. 본좌가 조금 이따가…… 계속할 수 있도록."

답선군은 빈말이 아니었다.

그날 밤 그는 초만녕과 여러 번 뒤엉켰다. 그러다 밀려 아래로 떨어진 짐승 가죽 담요에서는 가죽 냄새보다 두 사람이 분출한 정액에서 나는 비린내가 진동했다. 침상 전체가 음란하기 짝이 없었다……. 새벽이 되어서야 답선군은 초만녕의 몸 안에서 마지막으로 사정한 뒤, 축축하고 끈적이는 초만녕의 허리와 복부를 쓰다듬으며 이미 넋이 나간 초만녕의 얼굴에 입을 맞췄다.

그의 사존, 그의 초비, 세인들의 눈에는 청렴하기 그지없는 선존. 그런 그가 자신에게 범해져 넋이 나가 있었다. 벌거벗은 피부는 최상급 이화백주에 담근 것처럼 정욕의 붉은빛이 감돌았다. 초점이 나간 봉안과 눈시울에서 눈꼬리까지 촉촉하게 번져 나간 붉은 기. 가쁜 숨에 살짝 벌어진 채 미세하게 떨리는 부드러운 입술.

답선군은 떨고 있는 그의 촉촉한 입술을 보며, 자신 앞에서는 절대 지려 하지 않던 이 입술이 한때 기꺼이 묵 종사의 양물을 빨았다는 게 떠올랐다.

순간 화가 치민 그는 이미 여러 번 했음에도 직성이 풀리지 않는다는 듯, 움츠러들고 있던 초만녕의 안을 두어 번 세게 찔렀다.

이미 여러 차례 절정에 올라 의식이 거의 없던 초만녕은 그저 본능적으로 얼굴을 찡그리며 갈라진 소리로 낮은 헐떡임을 내뱉었다.

"아……."

"아는 무슨, 아래는 아직도 꽉 조이는데."

답선군이 나지막이 웃었다.

"역시 본좌가 좋은 거지, 응?"

그는 당연히 대답을 들을 수 없었다. 하지만 대답이 없어도 상관없었다. 적어도 초만녕의 육체는 솔직하니까. 적어도 초만녕은 이미 그와의 정사로 녹아내렸으니까. 강인한 육체가 그의 몸 아래에서 예민하게 변했고, 절정의 여운으로 더 예민해진 몸은 초만녕을 능욕하는 채찍이 됐다. 그가 움직이기만 하면 초만녕은 저절로 눈썹을 찌푸리고 경련이 일어난 듯 몸을 떨었다.

이렇게 생각하면서 답선군은 손을 들어 상대의 얼굴을 쓰다듬었다. 초만녕이 본능적으로 움츠렸지만, 큰 손으로 턱을 쥐고 쓰다듬기를 계속했다. 수려한 얼굴은 부드럽고 뜨거웠으며, 눈물 자국으로 축축했다.

격렬하고 광적인 뒤엉킴 후, 답선군은 마침내 확인했다는 듯 깊게 탄식하며 중얼거렸다.

"만녕, 드디어 궁으로 돌아왔군. 이제 떠나지 마."

새카만 눈동자에 강인함과 나약함이 공존하는 얼굴이 비쳤다. 한참 동안 넋을 놓고 있던 답선군은 몸을 숙여 초만녕의 귓가에 입을 맞추고 만족스러운 한숨을 뱉었다.

"그만 자."

그가 어질러진 비단 이불을 끌어당겨 두 사람 위에 덮었다.

밤은 점점 고요해졌다.

답선군은 초만녕을 안고 잠들었다. 남병산의 눈 내리는 밤, 묵 종사가 떠나기 전 바로 그 밤, 촛불이 꺼지고 동이 틀 때까지 묵 종사도 이렇게 품속에 그를 안았었다.

그들 두 사람은 모두 한 사람이었다.

파도처럼 밀려왔다 사라진 정욕에, 초만녕은 가지고 놀다 망가진 인형처럼 온몸이 체액과 땀으로 엉망이었다. 아무 말도 할 수 없었고, 아무것도 할 수 없었다. 이런 상태는 아주아주 오랫동안 지속됐다. 그리고 천천히 의식이 돌아왔다. 그제야 창밖에 내리는 빗소리가 들리고, 답선군의 숨결과 포옹이 느껴졌다…….

초만녕은 흐트러진 눈동자를 굴렸다.

잠시 후, 그는 고개를 돌려 깊은 잠에 빠진 답선군의 얼굴을 봤다.

"……."

순간, 초만녕은 갑자기 강렬한 공포를 느꼈다. 그는 지금이 언제인지 구분되지 않았다. 곁에 있는 남자는 너무나도 차가웠다. 이 육체도 남병산 설야 속 그 청년처럼 서서히 생기를 잃고, 서서히 심장 박동을 멈출까 봐 그는 두려움에 몸을 떨렸다.

왜?

분명 껍데기인데, 분명 산 송장인데, 어째서 여전히 전과 똑같은 감정과 행동을 보이는 걸까.

하지만 답선군은 답하지 않을 것이다. 어쩌면 답선군 자신도 답을 모를 것이다.

혼란스러운 생각과 뜨거운 감정이 점점 가라앉고, 눈빛이 점점 또렷해졌다. 초만녕은 애써 냉정을 되찾았다. 그는 할 수 있었다. 이런 절망과 고통 속에서…… 그는 냉정해지기 위해 자신을 다그쳤다. 무산전은 짙은 애욕의 향으로 가득했다. 그래…… 여기는 무산전이다.

남병산이 아니다.

그를 안고 있는 사람도 묵 종사가 아니다. 답선군이다.

오래전 죽은 그의 제자이자 정인이자 부군…… 산 송장이자 살아 있는 꼭두각시.

초만녕은 목구멍에서 올라오는 쓴 물을 간신히 참으며 천천히 자신의 모든 감정을 가라앉히고, 없애고, 말살했다. 두 사람은 이렇게 두 생의 끝에서, 깊은 절망 속에서 서로를 끌어안고 있었다. 방 안의 기운이 점차 평온해졌다. 모든 것이 따스함을 되찾았다.

마지막 그리움은 이 밤으로 끝내야 했다.

얼마나 지났을까.

창밖에 내리친 스산한 번갯불에, 겹겹이 쳐진 휘장 아래 어지럽게 흘러내린 비단 이불 위로 명암이 드리워졌다. 폭우는 그치기는커녕 점점 사나워지고 있었다.

초만녕은 어둠 속에서 눈을 떴다. 곁에 있는 남자는 깊이 잠들어 있었다. 수년 동안 함께해 온 습관 때문일까. 그가 축 늘어질 정도로 충분히 안았다고 생각했기 때문일까. 어쨌든, 남자는 무방비한 상태로 잠에 푹 빠져 있었다. 남자의 균형 잡힌 아름다운 육체가 여전히 그의 몸을 무겁게 짓눌러 숨쉬기가 힘들었다.

초만녕은 고개를 돌려 남자의 얼굴을 봤다.

시공생사문이 막 열렸을 때 답선군과 마주친 적이 있다. 얼음처럼 차가운 촉감과 죽은 듯 고요한 심장을 아직도 기억한다.

그러나 지금 그에게 붙어 있는 사람은 심장이 뛰고 있었다.

도려낸 영핵이 답선군의 몸속에서 새로이 심장이 되었다.

쓸데없는 생각 말자. 묵연은 이미 죽었다. 어느 생이든 이미 죽었어.

초만녕은 느리고 힘찬 심장 박동을 들으며 스스로에게 말했다.

묵연은 이미 죽었어. 이건 혼백이 없는 육체일 뿐이야.

무엇을 해야 하는지 알잖아.

굳게 마음먹고 손바닥에 빛을 모았다. 하지만 그 빛은 밝아졌다 어두워지기를 반복하더니 결국 꺼졌다.

초만녕은 소리 없이 가까이에 있는 남자를 응시했다.

어둑한 빛 속에서 답선군이 눈을 감고 속눈썹을 내리깔고 있으니, 전생인지 현생인지 더더욱 구분하기 힘들었다.

초만녕은 문득 이 순간이 그들이 처음 동침했던 무상진의 비 오던 밤과 매우 비슷하다고 느꼈다. 다음 날 새벽 그는 잠에서 깨어 깊이 잠든 묵연에게 살며시 다가가 그 얼굴에 입을 맞췄었다.

아니. ……아니야.

묵연은 이미 죽었어……. 심장이 뛴다 해도 시체일 뿐이다. 말을 할 수 있다 해도 혼령이 없어.

묵연은 죽었다.

그런데 왜 그는 환생한 뒤의 일을 기억하고, 왜 그의 눈은 깊고 풍부한 감정을 내비치고, 왜…….

초만녕은 소름이 돋아 더는 생각할 수 없었다.

그는 이를 악물고 회사를 소환했다. 손에 빛이 일더니 서늘한 빛을 번뜩이는 황금색 단검으로 변했다. 몸을 돌리는 건 한 순간이었다. 그는 눈을 감고 망설임 없이 답선군의 가슴을 힘껏 찔렀다!

'푸욱' 하고 검 자루까지 들어갔다!

초만녕이 눈을 번쩍 떴지만, 곁은 아무 흔적도 없이 텅 비어 있었다. 예리한 신무 회사는 날카로운 날로 침상을 찔렀을 뿐, 결국 산 송장인 답선제군을 찌르지 못했다.

빗줄기가 너무 거셌다. 오랫동안 수리하지 않은 동쪽 창문이 폭풍우 속에 한참 흔들리다 갑자기 열리더니, 장대비가 쏟아져 들어오면서 음산한 바람이 휘몰아쳤다.

하늘을 가르는 새하얀 번개가 방 안에 내리쳤다. 밝고 서늘한 빛이 침상 옆에 서 있는 소름 끼치는 얼굴을 비췄다.

"본좌는 순진하게도 당신이 다시는 공격하지 않을 거라고 생각했다."

"……."

초만녕은 천천히 고개를 돌렸다.

답선군이 침상 기둥에 기대어 있었다. 벌거벗은 가슴에 희미한 상처가 보였다. 방금 피하다가 스쳐서 생긴 상처였다. 그는 상처에도 아랑곳하지 않고 그저 냉담하게 초만녕을 봤다.

"당신이 나를 죽이려고 들지 생각도 못 했지."

그는 경악할 만큼 빠른 속도로 다가와 순식간에 초만녕의 팔목을 잡았다. 으득거리는 소리가 났다. 그는 그대로 초만녕의 팔을 꺾어 탈골시켰다.

"더 놀라지 그래? 지금의 나는 예전 그 어느 때보다 강한데."

답선군은 고통으로 하얗게 질려서도 신음 한번 내지 않는 초만녕을 보며 담담하게 말했다.

"이런 수는 본 적 없을걸."

잠시 말이 없던 그가 조금은 자조적으로 말했다.

"사실 놀랄 것도 없지. 혼자 이곳에 있다고 생각해 봐. 아는 사람 하나 없고, 한순간도 마음 놓을 수 없는 곳이라고. 재미있는 일이라곤 수련뿐이지. 그렇게 칠팔 년을 보내면 당신도 엄청나게 발전할걸."

회사의 빛이 사그라들더니 작은 그림자로 흩어지며 다시 초만녕의 몸속으로 들어갔다.

답선군이 그를 보며 미소 지었다.

"한때 내 초식은 모두 당신이 가르쳐 준 거였지만 지금은 아니야."

"……."

"그가 환생해 있던 시간만큼, 나도 거의 비슷하게 이 세계에서 보냈어. 그리고 나는 지금 그의 영핵을 얻었지."

그는 말하면서 굳은살이 박인 거친 엄지손가락으로 초만녕의 미간을 문질렀다.

"사존, 당신의 능력으로는 저를 죽일 수 없어요."

잠시 후 그는 갑자기 무언가 생각난 듯 입을 열었다.

"아, 그동안 처참히 무너진 이 세계에서 내가 뭘 했는지 모르지?"

다정한 말투였다. 그는 계속 자신을 본좌라고 칭하지 않았다.

"내가 데리고 나가 보여 주지."

그가 초만녕을 데리고 가려는 곳은 멀지 않았다. 바로 사생지전의 뒷산, 하수진계의 결계가 가장 얇고 약한 곳이었다.

조금 전 싸움으로 그의 옷은 흠뻑 젖어 있었다. 초만녕의 옷은 그가 찢어 버리는 바람에 아예 입을 수조차 없었다. 하지만 답선군은 전혀 걱정하지 않았다. 그는 두 손가락을 튕겨 나비를 보내 명을 내렸다. 잠시 후, 유공이 깨끗이 세탁한 옷을 가지고 무산전으로 왔다.

초만녕은 휘장 틈 사이로 오랫동안 보지 못했던 노복을 봤다. 묘한 기분이었다.

"폐하, 옷을 가지고 왔습니다."

"오래된 옷이라 어디 있는지 아는 건 너뿐이군. 빨리 가져왔어."

답선군이 담담하게 말했다.

"거기 두고 물러가거라."

휘장 뒤에 초만녕이 있다는 걸 알고 노복의 손이 미세하게 떨렸다. 그는 옛 주인을 보고 싶었지만 예에 어긋났기에, 고개를 숙이고 바닥에 엎드려 절을 한 뒤 비틀비틀 걸어 나갔다.

옷은 몸에 딱 맞았다. 맞지 않을 수가 없었다. 초만녕이 전생에 입던 옷이었으니까.

답선군은 긴 다리를 꼬고 옆에 앉아 초만녕이 휘장 뒤에서 옷 입는 걸 조용히 지켜봤다. 그의 눈빛은 어딘지 애매모호해서 무슨 생각을 하고 있는지 알 수 없었다. 마치 초 종사가 죽은 지 오랜 시간이 흘렀지만 그를 뼛속 깊이 원망하는 답선군이 왜 그의 옷들을 태워 없애지 않았는지 아무도 모르는 것처럼.

분명 이제는 누구도 쓰지 않을 물건이었는데 말이다.

비는 여전히 세차게 내렸고, 밤하늘에는 먹구름이 소용돌이치고 있었다. 이상 징후에도 답선군은 느긋하게 비를 피하는 결계를 펼쳐 자신과 초만녕을 감쌌다. 가는 길에 정자와 누각을 지나쳤다. 눈에 보이는 곳곳이 시커먼 폭우로 뒤덮여 주변도, 하인의 얼굴도 모두 흐릿하게 보였다.

"폐하, 종사님."

"폐하를 뵙습니다. 종사님, 안녕하십니까."

삼생전을 지나 다시 내하교를 지날 때, 뒷산에 떠오른 불길한 붉은빛이 보였다. 앞장서던 답선군이 고개를 돌려 웃는 듯 마는 듯 한 표정으로 초만녕을 흘끗 봤다.

"사생지전이 세워진 곳이 음양이 교차하는 곳이라 결계가 약해서 예전에 종종 당신이 보완하러 갔지. 그런데 귀신의 기운 말고 다른 기운은 못 느꼈었나?"

초만녕은 대답하지 않았지만, 소매 안으로 주먹을 꽉 쥐었다.

그는 무엇을 보게 될지 어느 정도 눈치챘다. 사명정은 시공생사문을 열고, 진롱기국을 펼치고, 두 개의 세상을 종횡무진하고 있다. 마지막으로 하려는 일은 당연히 그리 간단하지 않을 것이다.

"……."

"이 세상에 와서 적지 않은 마을과 성을 지나쳤을 거다."

답선군이 발걸음을 늦추더니 그와 나란히 걸으며 일상적인 이야기를 하듯 평온한 말투로 말했다.

"그 마을들도, 성들도, 무서울 만큼 조용하지 않았어?"

두 사람은 무성하게 드리워진 등나무꽃을 젖히며 뒷산으로 이어진 비좁고 꼬불꼬불한 길을 걸었다.

앞쪽 모퉁이를 돌면 뒷산 절벽이었다.

답선군이 갑자기 걸음을 멈추고 모퉁이에 섰다. 절벽 뒤쪽에서 맹렬한 불길이 타오르는지 바위 위로 붉은빛이 일렁였다. 그가 반쯤 고개를 돌렸다. 그 기이한 붉은빛이 그의 눈에 번졌다. 그가 입을 벌려 초만녕에게 비릿하고 달콤하고 환한 미소를 지었다.

"본좌의 수년간의 성과가 이곳에 있다. 사존, 보시겠습니까?"

293장 사생지전, 돌아가기 힘든 고향

그들 눈앞에 놓인 건 다리였다.

절벽에서 시작된 다리는 하늘까지 이어졌다. 그리고 그 너머 멀디먼 곳에, 육안으로는 크기가 가늠되지 않는 석문이 구름 사이 허공에 우뚝 서 있었다. 천둥 번개와, 휘몰아치는 폭우도 석문 주위에서 타오르는 시뻘겋고 맹렬한 불길을 꺼트리지 못했다.

"사존이 기억하실지 모르겠습니다. 예전에 우리한테 그런 이야길 들려줬었죠. 아주아주 먼 옛날, 마족이 혼란을 일으키자 구진상궁이 복희를 도와 사악한 세력을 소탕한 뒤, 마족이 자중하기를 바라며 인간계에서 내쫓았다고."

답선군은 뒷짐을 지고 멀리 있는 웅대한 석문을 보며 말했다.

"그때 패배한 마존(魔尊)은 꼬리를 내리고 도망쳤어. 마계로 돌아간 뒤, 패전했다는 사실에 수치심을 느껴 인간계로 연결되는 모든 문을 봉쇄하라고 명했고, 이로써 인간 세상과 왕래를 끊었지."

잠시 말을 멈춘 그가 계속 말을 이었다.

"하지만 절대적인 일은 없듯, 마존은 만일을 대비해 최후의 문을 남겨 뒀어……. 그게 바로 눈앞의 이것."

천둥 번개가 우르릉거렸다.

"순도문이야."

그러나 초만녕의 시선은 순도문을 향하고 있지 않았다. 그는 이곳에 온 뒤로 줄곧 마계와 사생지전의 뒷산을 연결하는 거대한 다리를 보고 있었다.

다리를 본 그는 처음에는 놀랐다가, 이내 얼굴이 하얗게 질리더니, 나중에는 절망하듯 무너졌다. 그것은 실성에 가까웠다.

그가 고개를 홱 돌렸다.

"묵미우, 미쳤느냐? 이 다리는……."

"다리가 참 장관이지?"

초만녕의 반응을 분명히 봤으면서도 답선군은 계속 옅은 미소를 지으며 일부러 모르는 척 물었다.

"왜? 마음에 안 들어?"

……마음에 안 드냐고?

앞에 있는 5척 너비의 긴 다리는 나무 하나, 못 하나도 쓰지 않고, 처음부터 끝까지 온전히 사람의 시체를 쌓아 만든 것이었다!

시체 한 구, 한 구가 공중에 겹겹이 쌓여 끝이 보이지 않는 시체 다리를 이루고 있었다. 시체는 남녀노소를 불문하고 줄지어 선 개미처럼 빽빽하게 늘어져, 웅장하고 화려한 마계의 문으로 이어져 있었다. 대체 몇 구일까? 셀 수조차 없었다.

"순도문이니 순도의 길이 있어야지."

답선군은 이 시체들이 길가에서 주운 돌멩이나 숲에서 베어 온 나무와 다를 바 없다는 듯 덤덤한 표정이었다. 그가 휘파람을 불자, 긴 다리 저편에서 눈부신 푸른빛이 솟아올라 그들에게 달려왔다.

"사존이 모르는 마계의 비밀이 있습니다."

답선군은 고개를 돌려 초만녕에게 웃어 보였다.

"괜찮다면 이 제자가 사존께 들려드리지요."

"……."

"사존은 당시 복희와 마존이 큰 전쟁을 치를 때, 구진상궁이 마족을 배신하고 복희를 위해 인간 세상의 첫 번째 '검'을 만들었다고만 알고 있을 뿐, 나중에 마존이 이에 원한을 품고 구진상궁에게 앙갚음하려 했다는 건 모를 겁니다. 마존은 만병지주를 어떻게 할 순 없었지만, 구진상궁 일족에게 벌을 내릴 수는 있었어요. 그래서 전쟁 후 그들을 모조리 마계에서 쫓아냈습니다."

답선군은 뒷짐을 지고 멀리 있는 짙은 푸른빛을 보며 목소리를 낮췄다.

"마족은 예로부터 엄청난 영력을 가지고 있었습니다. 이런 혈통 때문에 체력 소모가 심해서, 마계에서 나는 곡식이나 고기를 끊임없이 먹어야만 영핵이 정상적으로 돌아가지요."

그가 말을 이었다.

"구진상궁의 모족(母族)이 인간계를 떠돌기 시작한 뒤, 장기간 적절한 음식을 먹지 못해서 영핵이 점점 쇠약해지고 변이됐습니다. 그러다 대부분 닭 한 마리 붙들어 맬 힘도 없는 무능한 자가 됐지요. 그들에게 유일하게 남은 마족의 특성은 수행과 쌍수에 적합한 육체뿐이었어요.”

여기까지 말한 답선군은 잠시 말을 멈추고 초만녕을 돌아봤다.

“구진상궁의 모족이 어느 종족에서 비롯됐는지는 사존도 아시겠지요?”

“…….”

대답하고 싶지 않았지만, 중요한 일이었기에 초만녕은 잠시 침묵하다 이를 악물고 말했다.

“접골미인석이냐?”

“맞아.”

답선군이 손뼉을 치며 웃었다.

“바로 접골미인석이야.”

그가 말했다.

“접골미인석은 본디 아주 용맹스럽고 강한 마족이야. 마족은 혈통을 잇기 위해 긴 세월을 들여 쌍수에 적합한 체질을 만들어 냈지. 그런 몸과 강한 영핵이 어우러진 덕에 대대로 더 강한 자손을 낳으며 번성할 수 있었어. 하지만 마계의 문이 닫히고 영력을 공급받지 못하게 되면서, 강한 영핵은 사라지고 거대한 영기를 지닌 육체만 남은 거야. 아, 물론.”

누군가 생각난 듯 답선군의 검은 눈동자가 순간 어두워졌다.

“마족 특유의 타고난 용모도 남았고.”

그가 말하지 않아도 초만녕도 알고 있는 사실이었다.

수진계는 접골미인석을 두 개의 시선으로만 본다. 수련의 경지를 올리기 위한 식용 고기, 혹은 쌍수 대상.

헌원각의 경매에서 송추동을 경매품으로 올린 것이 바로 이런 이유에서였다. 강희처럼 사리가 밝은 사람도 접골미인석을 산 사람 취급하지 않았으니, 품성이 바르지 못한 수사들은 말할 것도 없었다.

"아름다운 용모와 매력적인 육체가 강자에게 가면 금상첨화겠지."

답선군은 말하면서 초만녕을 슬쩍 봤다.

잠시 후 이어서 말했다.

"하지만 이 두 가지가 약자에게 가면 눈밭의 참새, 밤하늘의 백여우 꼴이 되는 거야. 필히 착취당하고 살해당하지."

멀리 있던 푸른빛이 천천히 가까워지고 있었다.

답선군이 말했다.

"처음에 접골족은 마족의 힘을 가지고 있어서 속인과 공생할 수 있었어. 하지만 서서히 힘이 약해지다가 나중에는 거의 없어졌지. 그 결과는 당신도 아는 대로다. 혼란이 시작되던 해, 약육강식의 법칙에 따라 순수 접골족은 빠르게 멸족당했고, 생존자들은 자신을 지키기 위해 신분을 속였어."

"……어떻게 속였지?"

"오, 만난 뒤로 본좌에게 처음 하는 질문인데?"

답선군이 눈알을 굴리며 담담하게 말했다.

"사실 아주 간단해. 송추동이 울었을 때 기억하지? 눈물이 금색이었어. 그게 접골족의 특징이지. 신분을 속이려면 눈물을 흘리지 않으면 돼."

초만녕은 아무 말도 하지 않았다.

눈물을 흘리지 않는 건, 듣기에는 쉬우나 사실 전혀 쉬운 일이 아니었다.

접골미인석은 태어날 때부터 용모와 자태가 빼어나 사람들 틈에 있어도 눈에 띄었다. 일단 의심이 들면 수사들이 그들에게 눈물을 흘리게 할 방법은 넘쳤다.

"접골미인석이라는 걸 들키지 않고 살아남은 사람 중 어떤 사람은 산에 은신했고, 어떤 사람은 속인과 혼인하는 걸 선택했어……. 속인과 혼인한 사람이 낳은 아이는 마족일 수도, 사람일 수도 있었지. 아이는 자신을 통제하기 힘들어. 서러워서 울었다가 혹시라도 눈물이 금색인 걸 들키면, 어른과 아이 모두 화를 피할 수 없지. 사람이라고 좋은 것도 아니야. 마족의 피가 몸속에 남아 있기 때문에 어느 대에서 또 접골미인석이 나올지 모르니까."

여기까지 듣자 초만녕은 문득 누군가 떠올라 눈썹을 살짝 찌푸리며 이름 석 자를 읊조렸다.

"송성이……."

"아, 천 년 전의 화벽지존 송성이."

답선군이 고개를 끄덕였다.

"맞아, 자손 중에서 가끔 운 좋은 아이들도 있었어. 그들은 평범한 사람과 똑같아서 울 때 금색 눈물을 흘리지도 않았고, 몸도 딱히 쌍수 체질이 아니었지. 게다가 피도 적당히 섞여서 빠르게 영핵을 만들 수 있었고, 그 영력은 순수 마족에 뒤지지 않았어. 하지만 이럴 가능성은 희박해서, 수천 년 동안 종사의 능력에 도달한 접골미인석은 한 손으로 꼽을 정도밖에 안 돼."

그가 기다란 다섯 손가락을 뻗어 놀리듯 또 재미있다는 듯 눈앞에서 흔들어 보였다.

그러다 잠시 후 이어서 말했다.

"이런 아슬아슬한 상황 때문에 많은 접골미인석이 마계로 돌아가고 싶어 했어. 돌아가기만 한다면 혹시나 눈물 흘릴까 마음 졸이며 살 필요도 없고, 누군가에게 팔려 가 쌍수 대상이 되거나 탕 재료가 될 걱정은 하지 않아도 되니까. 사람들이 저 살자고 미친 듯이 접골미인석을 찾는 전란의 시대에도 얼굴을 훼손할 필요가 없고, 제 아름다운 거죽이 목숨을 앗아 갈 재앙을 불러올까 두려워하지 않아도 되고."

그가 낮은 목소리로 천천히 이야기하는 사이, 멀리 있던 푸른빛의 형체가 흐릿하게나마 보이기 시작했다. 그것은 말 다섯 마리가 끄는 마차로, 순도의 길을 빠르게 달려오고 있었다.

답선군이 말했다.

"하지만 마계로 돌아가는 건 쉽지 않아. 구진상궁과의 피맺힌 원한을 가진 마존은 신계로 간 구진상궁을 배신자라고 여겼거든. 그래서 구진의 혈통이라면 구족을 벌하고 자손의 싹도 밟으려 했지. 당연히 곤란해진 접골미인석이 고향으로 돌아오는 것도 원치 않았고."

"……."

여전히 세차게 폭우가 쏟아지고 있었다. 축축하게 젖은 세상에 물비린내가 진동했다.

답선군은 가까워지는 마차를 보다가 한참 뒤에 말했다.

"초대 마존이 죽고 지위를 계승한 2대 마존이 압박을 조금 풀어 주긴 했어."

초만녕의 눈빛이 살짝 흔들렸다.

"접골미인석이 마계로 돌아오는 걸 허락했느냐?"

"그래."

답선군이 웃었다.

"하지만 보다시피, 그는 금지 술법이 아니면 넘을 수 없는 천연 장벽을 세웠어. 접골미인석이 고향으로 돌아가려면 이 일을 반드시 해야 돼."

초만녕은 순간 긴장했다. 일의 자초지종이 대략 이해됐다.

답선군은 손으로 눈앞의 시체 다리를 아무렇게나 가리키며 말했다.

"앞에 있는 순도의 길이 바로 마계 입구와 인간계를 잇는 유일한 다리야. 이 다리는 살아 있는 사람이 스스로 제물이 되어야만 서서히 쌓이지."

그가 히히 웃었다.

"기꺼이 자신의 목숨을 희생해 다른 사람을 위한 길이 되겠다는 수사가 하나라도 나오면 행운이고, 다섯이나 나오면 천운이고, 100명이 나오면 황당한 일이라고. 멀쩡히 살아 있는데, 마족의 후예가 집으로 돌아가는 걸 돕겠다고 죽으려는 인간이 어딨겠어?"

초만녕이 눈을 치켜떴다.

"그래서 진롱기국이 필요했던 거군."

그가 대답할 거라고 예상치 못한 답선군은 잠시 놀랐지만, 이내 오싹한 치아를 드러내며 답했다.

"맞아."

그는 고개를 돌려 끝없이 이어진 웅장한 순도의 길을 보며 눈을 가늘게 떴다.

"저들은 본좌가 그동안 진룡기국으로 정신과 마음을 현혹해 기꺼이 제물이 되게 만든 사람들이야."

"……몇 명을 죽인 것이냐."

답선군은 눈을 굴리더니 까만 눈동자로 그를 한참 응시하다가 한마디 뱉었다.

"모두."

"……!"

"거의 모두야."

눈앞의 다리는 끝이 없는 것 같았다. 폭풍우에 모든 것이 조용해졌다 생각했지만, 문득 도처에서 악귀가 비명을 내지르며 쉰 목소리로 울부짖고, 애처롭게 용서를 구하는 소리가 들리는 것 같았다.

초만녕은 소름이 돋았다.

"이 다리가 얼마나 길 것 같아?"

초만녕의 대답을 기다리지 않고 답선군이 차분하게 말했다.

"본좌는 이 세상의 거의 모든 사람을 죽였어. 살아 있는 사람은 아마 만 명도 채 안 될걸. 하지만 이 다리는 겨우 절반이 채워졌을 뿐이야. 나머지는 남은 만 명을 죽여도 채워지지 않겠지."

"……."

초만녕은 이가 시릴 만큼 악물고 말했다.
"그래서 시공생사문을 열었느냐?"
"당신은 항상 단번에 최악의 답을 생각해 낸다니까."
답선군이 덤덤하게 말했다.
"맞아. 시공생사문을 열고 다른 세계에서 충분한 바둑돌을 얻어야만 이 길을 다 깔 수 있어."
두 사람을 감싼 결계를 타고 빗줄기가 세차게 흘러내렸다. 두 사람은 서로를 마주 봤다. 갈색 눈동자가 자색 빛이 도는 까만 눈동자를 뚫어지게 응시했다. 곧 천둥 번개와 함께 격노한 초만녕의 호통이 떨어졌다.
"너희가 진정 미쳤구나!"
답선군이 자줏빛 번개 속에서 차갑게 웃었다.
"본좌는 네가 이런 반응을 보일 줄 알았다."
그가 시선을 돌렸다. 마차가 가까워져 점점 세세한 부분까지 구분할 수 있었다.
"시공생사문, 진롱기국 바둑돌."
그가 말을 잠시 멈췄다.
"환생술까지 있으면 더 좋고. 누군가 이 모든 걸 해내면 마계의 문이 다시 열릴 거야. 그러면 그들도 다시 고향으로 돌아갈 수 있어."
"……."
부들부들 떠는 초만녕은 분노와 경악으로 아무 말도 할 수가 없었다.
"왜 꼭 이 금지 술법을 써야만 마존이 그들의 귀향을 허락하는 거냐고 묻고 싶겠지?"

답선군이 점점 가까워지는 마차를 담담하게 바라보며 모처럼 이해심 넘치게 말했다.

"사실 아주 간단해. 구진상궁이 만든 3대 금지 술법은 마족이 한때 지닌 막강한 능력을 보여 주는 지표기도 해. 하지만 결국 구진이 이를 재앙의 원천으로 여기고 복희에게 금지할 것을 청했고, 비술이 적힌 족자도 뿔뿔이 흩어져 버렸어."

그가 잠시 침묵하다 말을 이었다.

"접골미인석 일족은 구진 때문에 죄를 받았으니 당연히 구진과 함께하지 않겠다, 관계를 끊겠다는 결심을 보여 줘야 해. 구진상궁의 반대편에 서서 복희의 위엄을 깎아내려야만 마계의 용서를 얻을 수 있는 거지."

그때 말발굽 소리와 말의 긴 울음소리가 들렸다. 마계의 말 다섯 마리가 화염을 뚫고 순도의 길을 달려와 인간계의 궂은 날씨도 아랑곳하지 않고 위풍당당하게 다리 앞에서 멈췄다.

답선군이 검은 장포를 펄럭이며 앞으로 나아가 마계 말의 해골 머리를 쓰다듬더니 곁눈으로 초만녕을 보며 말했다.

"금지 술법을 손에 넣고, 구진상궁을 거역하고, 복희와 적이 되겠다고 맹세하면 당당한 마족의 후예가 될 수 있어. 화벽남이 계획한 모든 것은 접골미인석 일족을 위한 것임을 이제 아시겠습니까, 사존?"

294장 사생지전, 그때와 흡사한 꿈

알겠냐고?

어찌 모르겠는가. 사명정은 처음부터 사생지전에 진짜 신분을 속였다. 그동안 그는 친부모 이야기를 회피했고, 어쩌다 이야기가 나와도 슬픈 눈으로 몇 마디만 하여 더는 물을 수가 없었다.

거짓말은 빈틈이 있기 마련이고, 말이 많아지면 실수가 따르는 법이다. 이런 쉬운 이치를 사매가 어찌 모를까.

돌이켜 생각하면, 사매는 어렸을 때부터 클 때까지 아무리 억울한 일이 생기고 아무리 상처를 받아도 눈물 한 방울 흘리지 않았다…….

"올라와. 본좌가 순도의 길 끝을 보여 주지."

마족의 마차는 황금으로 만들어졌고, 마계의 여러 형상이 은색으로 새겨져 있었다. 끌채 연결 부분에는 두 개의 형상이 조각되어 있었다. 왼쪽은 곱슬곱슬한 턱수염의 남자가 눈을 부릅뜨고 손에는 곱자[#6]를 들고 있었는데, 조각한 사람이 그와 무슨 원한이 있는지 매우 추악하게 묘사되어 있어서 보기조차 싫었다. 오른쪽에는 풍만한 여인이 고개를 숙인 채 온순한 표정으로 손에 곱자를 들고 있었는데, 못생기긴 했지만 봐 줄 만한 범주에 속해 그나마 좀 나았다.

초만녕을 가장 불편하게 만드는 것은, 마차를 끄는 다섯 마리 마계의 말 앞에 영력으로 떠다니는 다섯 개의 물건이었다. 사람의 사지와 피가 낭자한 머리였는데, 나무로 조각한 가짜였다. 금성호 바닥에서 가짜 구진의 모습을 봤던 초만녕은 그것이 구진상궁의 모습이라는 걸 쉽게 알아봤다.

"마계의 모든 마차가 이래."

답선군은 미세한 부분까지 꼼꼼히 묘사된 머리를 흘끗 봤다.

"수천 년 동안 줄곧 이랬지."

마차에 올라타자 말고삐에 달린 작은 종이 반짝였다. 답선군은 뒤로 눕듯이 편하게 기대앉아 말했다.

"끌채의 두 형상이 누구인지 짐작 가지?"

"……복희와 여와 아니냐."

"맞아."

그가 웃었다.

"마존 그 노인은 신계가 죽도록 싫어서, 태초신이 평생 자기 마차나 끌게 만들고 싶었던 거지."

"……신농은 어찌 빠졌느냐?"

#6 곱자 'ㄱ' 자 모양의 자

"화벽남에게 그건 못 들었어. 하지만 온화하고 너그러운 신농씨는 싸우고 죽이는 일에 참견하길 싫어해서 복희, 여와하고 특별히 가까운 사이는 아니라더군. 그때, 신계와 마계의 전쟁에서도 그 늙은이는 아마 별로 관여하지 않았을걸."

초만녕은 더는 말하지 않고 고개를 돌려 창밖의 붉은 순도의 길을 봤다.

말의 다리가 놀랄 정도로 빨라서, 차 한 잔 마실 시간에 그들을 태우고 피비린내 나는 긴 다리의 끝에 도착했다.

마차에서 내렸다. 옆에는 층층이 쌓은 백골로 만든 난간이, 앞에는 끝없이 아득한 구름바다가 펼쳐져 있었다. 마계의 문은 사생지전에서 본 것보다 수백 배는 컸고, 전체부터 세밀한 부분까지 모두 선명하게 보였다. 위로는 하늘을, 아래로는 땅을 연결한 것 같은 방대한 문은 비 내리는 밤에도 마계의 맹렬한 불을 내뿜고 있었다. 문 앞에 평범한 사람이 선다면 거목에 붙은 하루살이나 바닷속 좁쌀처럼 보일 것이다.

초만녕은 하늘에 닿을 것 같은 거대한 문을 봤다. 눈길이 닿는 곳마다 정교하고 아름답기 그지없는 조각이 새겨졌다. 조각된 다섯 개의 세계 중 마계가 가장 위에 있었고, 그다음은 귀계, 요계, 인간계였고, 신계는 가장 아래였다. 웅대한 조각이었지만 말로 설명할 수 없는 어떤 기이함이 느껴졌다.

"느낌이 묘하지?"

답선군이 그의 옆으로 와 나란히 서서 거대한 문을 봤다.

"본좌도 처음 이걸 봤을 때 어딘가 이상하다는 느낌을 받았어."

"……."

"반 시진을 들여다보고서야 뭐가 문제인지 알았지."

하지만 그는 초만녕이 반 시진 동안 들여다보며 시간을 낭비하게 둘 생각이 없는지 곧장 답을 내놓았다.

"문에 있는 조각 모두 석문과 재질이 달라. 나중에 주조해서 붙인 거지, 신선의 뼈로."

초만녕이 고개를 휙 돌렸다.

마계의 불에 비친 답선군의 표정은 더더욱 음침해 보였다.

"태곳적 신계와 마계의 전쟁에서, 마존은 포로로 잡은 신선의 가죽을 벗기고 뼈를 발라내 조각으로 만들어 마계로 통하는 모든 문에 박아 넣었어."

강풍에 그의 옷이 나풀거렸다.

"이제부터 마계로 가는 모든 생령은 한때 얼마나 많은 천신이 마족에게 생포됐는지 보게 될 거야. 문 뒤의 마족이 영원히 천신과 왕래하지 않을 거라는 암시이기도 하지."

세상을 놀라게 할 이 이상한 풍경을 잠시 보던 답선군이 말했다.

"이 정도야. 당신도 이제 우리가 무엇을 하려는지 알았겠지. 아직도 불평과 원망이 남았나?"

"……두 세계의 사람을 모조리 죽인 이유가 고작 집으로 돌아가는 길을 깔기 위해서라니."

답선군이 조종당하는 꼭두각시에 불과하다는 걸 알면서도 초만녕은 조소가 나오는 걸 참을 수가 없었다.

"불평과 원망이 남았냐니, 설마 내가 잘했다고 말해 주길 바라는 것이냐?"

답선군이 대답하려던 순간, 갑자기 뒤가 소란스러워졌다.

고개를 돌리자, 사생지전의 뒷산에서 수천 명을 이끌고 오는 목연리가 보였다. 그녀는 이곳에 두 사람이 있을 거라고 생각하지 못했던 터라 처음에는 당황했지만, 곧 초만녕에게 눈길을 돌렸다.

"왜 저자를 데리고 온 것이냐."

그녀는 초만녕에게 시선을 고정한 채 답선군에게 말했다.

"허튼짓이라도 하면 어쩔 셈이지?"

답선군이 냉랭하게 말했다.

"본좌는 그의 눈빛만 봐도 그가 무엇을 할지 알 수 있어. 신경 꺼."

"이곳은 접골족이 고향으로 돌아가기 위한 요지인데 어쩌자고……."

그는 그녀의 쓸데없는 말을 듣고 싶지 않아 말을 끊었다.

"무능력한 너희들 중 그와 비등하게 맞설 수 있는 사람이 있던가?"

목연리는 말문이 막혔다.

"너희 곁에서 주술 열 개 걸린 것보다 본좌의 곁이 도망치기 더 힘들어. 본좌가 좋은 마음으로 그를 데리고 다니며 너희들의 어려움을 덜어 준 것인데, 어찌 이리 쓸데없는 말을 늘어놓는 거야."

"답선……!"

"왜?"

답선군은 얇은 눈꺼풀을 들어 올리고 냉담한 눈빛을 쐈다.

"납득이 안 된다면 다시 데려다 놓고 손 놓을 테니 알아서 감시해. 그가 또 화벽남 가까이 가서 그의 목숨을 거두지 않도록 조심하고."

목연리는 답선군의 말에 잠시 할 말을 잃었다. 그리고 한참 뒤에야 화제를 바꾸며 살짝 화난 얼굴로 말했다.

"……이 일은 그냥 넘어가겠다. 바둑돌을 데리고 왔으니 다리에 채워 넣어. 그리고 남이가 시공 너머 세상에서 잡아 온 사람들을 사생지전에 가둬 놨어. 이 일을 끝내면 바로 돌아가서 새 바둑돌을 만들도록."

그녀는 할 말을 마치고 소매를 흔들며 돌아갔다. 답선군은 초만녕을 보며 새하얀 치아를 드러냈다. 보조개가 움푹 패었다.

"마침 재료가 오다니, 당신은 역시 운이 좋아. 본좌가 어떻게 다리를 만드는지 보고 싶어?"

산 사람을 바쳐 다리를 만드는 장면은 너무나도 끔찍했다. 그날 돌아간 뒤 초만녕은 악몽을 꿨다.

꿈속에서 답선군은 순도의 길 끝에서 갈가리 찢긴 시체를 밟고 서 있었다. 심장, 위, 창자 등 장기와 조각난 살점에서 자라난 시뻘건 입이 처절하게 울부짖었다.

'죽고 싶지 않아…….'

'내 목숨을 돌려줘……. 목숨을 돌려 달라고…….'

그는 시체 조각 속에서 설몽의 반쪽 얼굴을, 설정옹의 눈을, 왕 부인의 몸통과 회죄대사의 작은 반점이 있는 손을 봤다.

그는 전력을 다해 그들에게 달려가며 외쳤다.

'설몽! 존주! 부…….'

목소리가 끊겼다.

그는 핏빛 하늘 아래에서 천천히 고개를 돌리는 묵연을 봤다. 옛 제자복을 입은 그의 눈빛은 다정하면서도 슬펐다. 그가 말했다.

'사존, 저 좀 구해 주세요…….'

그가 애원했다.

'전 죽기 싫어요. 이렇게 죽고 싶지 않아요……. 도와주세요…….'

놀라서 화들짝 깬 그가 숨을 몰아쉬었다. 얼굴과 등이 식은 땀으로 축축했다. 그는 몸을 일으키고 싶었지만, 답선군이 걸어 놓은 주술에 손목이 묶여 움직일 수 없었다.

그 혼자 있는 방은 조용했다. 물시계는 죽은 자의 눈물이 모여 이룬 강처럼 천천히 흘렀다.

"누구 없느냐……."

며칠 사이 그는 앙상하게 말라 버렸다. 그는 침상에 앉아 두꺼운 이불을 덮고 있었는데, 너무 야윈 탓에 그 이불 위로 굴곡이 보이지 않았다.

전생의 기억, 현생의 과오, 쌓아 올린 시체, 희망이 없는 미래.

그의 어깨를 짓누르고 있는 그것들이 강철 같은 육체를 가루로 만들었다.

초만녕의 눈빛은 공허했다. 멍한 채로 서서히 악몽에서 벗어났지만, 현실도 악몽보다 나을 것이 없었다. 그의 표정이 유달리 지쳐 보였다.

"누구 없느냐……."

유공이 들어왔다. 초만녕이 기억하는 것보다 훨씬 늙은 모습이었다.

하긴, 이 세상은 그가 전생에서 죽었던 그해로부터 너무 오랜 시간이 흘러 있었다.

"종사님, 악몽을 꾸셨습니까?"

노복은 단번에 그의 마음을 눈치챘다. 초만녕은 지친 듯 고개를 끄덕였다.

"따뜻한 생강차 한 주전자를 내오겠습니다……."

"됐습니다."

초만녕은 살짝 촉촉한 눈동자로 어둠 속에서 그를 봤다.

"묵연은? 아직도 순도의 길에 있습니까?"

"……."

"또 몇 명을 죽인 겁니까?"

유공은 한참을 침묵하다가 한숨을 쉬었다.

"종사님, 묻지 마십시오."

물시계는 지루하리만치 느리게 흘렀고, 밖에서는 비바람이 몰아쳤다.

"저는 법술이나 수행에 관해 모릅니다. 하지만 시공생사문이 완전히 열린 그날, 모든 것을 되돌릴 수 없게 됐다는 건 알고 있지요. 이는 종사님도 분명 아시리라 생각합니다."

초만녕은 입술을 달싹이다가 갑자기 눈을 질끈 감고 손목에 감긴 붉은 주술 족쇄를 잡았다. 그의 암살 시도가 미수에 그친 뒤, 답선군은 항상 그를 경계했다. 답선군은 한가할 때면 직접 그를 감시했고, 마족의 귀환을 위해 길을 깔러 나갈 때면 그를 무산전에 가두었다.

"종사님…… 그만하십시오. 두 번의 생입니다. 이미 충분히 하셨습니다."

유공의 목소리는 떨어질 듯 흔들리는 낙엽처럼 약하게 바스락거렸다.

"얼마 남지 않은 생, 다른 사람들처럼 그냥 받아들이십시오."

그가 달래듯 말했다.

"다 끝났습니다. 방법이 없어요. 부디 잘 지내세요. 더는 자신을 괴롭히지 말고……."

유공은 생강차 한 잔을 가져와 초만녕이 마시는 걸 도왔다. 노복은 예전부터 말과 행동이 신중했고, 해야 할 말과 하지 말아야 할 말을 잘 구분했다. 이것은 그가 답선군 곁에 오랫동안 머물 수 있었던 이유이기도 했다.

하지만 비 내리는 이 밤, 그는 궁지에 몰려 수척해진 초만녕을 보며, 도자기 잔보다 더 창백한 초만녕의 얼굴을 보며, 바깥의 애처롭고 처량한 날씨를 보며, 문득 마음이 복잡해졌다.

유공은 어떻게 위로하면 좋을지 몰라 그저 더듬더듬 말했다.

"조금 더 마시세요. 한 잔은 다 마셔야 합니다. ……생강차는 한기를 몰아냅니다. 악몽은 몸이 차가워서 꾼다는 말이 있으니, 마시고 다시 주무시면 악몽은 꾸지 않을 겁니다."

그러다 잠시 후 멍하니 중얼거렸다.

"제 아들도 예전에 항상 악몽을 꿨지요. 아들에게 이걸 마시게 하면 편하게 잘 자더이다……."

웅얼거리는 소리가 너무 작아서 초만녕은 듣지 못했다.

노복은 초만녕이 차를 다 마시자, 잔을 들고 천천히 물러가다 방을 나가기 전 눈가를 훔쳤다. 그는 마음이 약했다. 마음이 약한 자는 아무것도 할 수 없는 법. 그래서 그의 뒷모습은 유달리 구부정해 보였다.

그가 긴 복도 끝으로 사라졌다.

사실 유공의 말도 맞았다. 사매를 막으려면 시공생사문이 열리기 전이 가장 좋은 기회였다. 그것을 놓쳤으니 형세를 되돌리기란 거의 불가능했다.

초만녕은 텅 빈 무산전에 앉아 생각했다. 그는 결국 사매에게 졌다. 전생에서 진상을 너무 늦게 알았고, 그의 희생과 계획도 이 재앙을 십여 년 늦추는 데 그쳤을 뿐이었다.

결국 모든 것이 원점으로 돌아갔다.

그는 최선을 다했지만 이루어진 것은 아무것도 없었다.

시공이 열리면 천벌이 떨어질 거라고 여러 서책에 기록되어 있지만, 사실 천벌이 떨어지지 않아도 두 세상은 이미 혼란으로 엉망진창이 됐다. 다들 최후의 날이 다가오고 있다는 걸 알고 불안에 떨었지만, 정신이 불안정한 답선군은 편하게 지냈다.

이날 그는 돌아오면서 이화백주 한 병을 가지고 왔다.

그가 두 사람 앞에 놓인 술잔을 채우며 초만녕에게 말했다.

"순도의 길은 이제 거의 다 깔렸어."

"……."

"화벽남이 이 일을 끝내면 한가해질 거야."

그는 오랫동안 맛보지 못했던 이화백주를 한 입 털어 넣더니 웃었다.

"와, 맛이 그대론데."

그러더니 초만녕을 봤다.

"그들이 마계로 돌아가면 당신은 본좌와 이 세상에 남겠어, 아니면 시공생사문을 넘어 본좌와 예전의 그 세상으로 가겠어?"

초만녕이 그를 보더니 물었다.

"사매는?"

"사……."

답선군이 잠시 멈칫하더니 진한 눈썹을 서서히 찌푸렸다. 조금은 먹먹하고 고통스러운 듯한 표정으로 그는 술잔을 내려놓고 손을 들어 이마를 문질렀다.

초만녕은 그의 행동 하나하나를 주시했다. 역시 화벽남이 그의 머릿속을 마구 휘저어 놓은 탓에 답선군에게 '사매'는 설명할 수 없는 대상이라 깊이 생각할 수가 없구나, 싶었다.

결국 답선군은 깨질 듯이 아파 오는 머리에 잔을 집어 던졌다. 등불 속에서 그는 피곤함에 찌들어 살짝 빨개진 눈으로 눈앞의 남자를 응시했다.

"몰라."

그렇게 눈을 감아 버린 그는 자리에 앉은 채로 초만녕을 일으켜 세워 끌어당겼다. 그러더니 잠시 후 이마를 초만녕의 허리에 기댔다. 코 속으로 해당화 향기가 스며들었다.

"다신 내게 묻지 마."

그 후, 답선군의 행동은 전생과 거의 똑같았다. 아니, 더 심각했다.

감정이 없어야 할 산 송장은 초만녕이 다시 사라지거나 죽을까 봐 두려운지 자신이 아는 최고의 법술을 이용해 그를 가뒀다. 낮에는 진롱기국 바둑돌을 만들어 순도의 길을 깔러 갔고, 밤에 돌아오면 끝없이 그와 뒤엉켰다. 격렬한 잠자리만이 그의 마음속 불안을 잠재울 수 있는 것 같았다. 초만녕의 뜨거운 안으로 들어가야만 모든 게 꿈이 아니라는 걸 확신할 수 있는 듯했다.

"만녕……."

모두가 잠든 깊은 밤, 초만녕의 옆에서 깊은 잠에 빠진 남자가 웅얼거렸다.

"나 좀 봐 줘……."

절대 불가능한 걸 알면서도, 이럴 때면 그는 자신과 뒤엉켜 있는 사람에게 영혼이 있는 것 같았다. 가슴 아래 심장은 힘차게 뛰었고, 얼굴은 죽은 청년과 똑같았다.

심지어 갈라진 목소리로 '만녕' 하고 부를 때면, 답선군의 목소리에 사랑과 비슷한 무언가가 담겨 있는 것 같았다.

295장 사생지전, 접골미인석

엿새째 되는 날, 대전의 문이 끼이익 하고 열렸다.

바깥에는 여전히 폭우가 내렸다. 누군가 푹 젖은 종이우산을 접고, 흠뻑 젖어 몸에 달라붙은 옷을 털며 들어왔다.

"사존."

하얀 옷을 입고 두건을 쓴 남자의 요염한 눈에는 애정이 담겨 있었으나 눈 밑이 까맸다. 통천탑에서 싸운 뒤 처음 무산전으로 그를 찾아온 사매였다.

"사존을 뵈러 오고 싶었지만 자리를 비울 수가 없었어요. 오늘에야 시간이 났네요. 늦게 왔다고 나무라지 마세요, 사존."

초만녕은 그를 한 번 보고 바로 시선을 돌렸다.

사매는 전혀 개의치 않고 초만녕 앞에 앉았다. 길을 까는 일이 순조로운지 그가 기분 좋은 듯 눈을 반짝였다.

"아직도 화나셨어요?"

"……."

"마계의 문이 곧 열릴 거예요. 제게 더 묻고 싶은 건 없으세요?"

초만녕은 여전히 대답 없이 창밖의 비를 봤다. 그의 나약함과 망연함은 오직 깊이 사랑하는 사람 앞에서만 드러났다. 정이 바닥난 사명정은 그에게 아무 상관없는 돌멩이나 다름없었다. 그래서 아무리 집착해도 그의 마음을 녹일 수 없었다.

사매가 한숨을 쉬었다.

"터놓고 이야기하려고 온 거예요. 한마디라도 해 주세요."

초만녕이 드디어 그에게 한마디 했다.

"꺼져라."

큰 전쟁을 벌이기 전에는 짜증 나고 불안했지만, 성공에 점점 가까워지는 지금 사매의 마음은 평화로웠다. 그는 초만녕의 홀대에 화내는 대신 웃었다.

"어쨌든 한마디는 해 주셨네요."

빗방울이 이미 젖어 엉망인 창살을 두드렸다. 시공생사문이 두 세계를 혼란에 빠트렸으니 그 어떤 이상 현상도 정상이었다. 초만녕은 폭우가 영원히 멈추지 않고 계속 이렇게 퍼붓다가, 결국에는 두 세상을 물에 잠기게 할 거라고 생각했다.

사매는 아무렇지 않다는 듯 일어나, 차 두 잔을 따라 한 잔을 초만녕의 손 옆에 두며 말했다.

"사존께서 대꾸해 주실 것 같지 않으니 그냥 저 혼자 말할게요. 저는 해명을 싫어하지만, 사존과 저 사이에 너무 많은 오해가 있는 건 싫거든요."

차는 아직 따뜻했다. 그는 차의 푸른 잎을 불며 속눈썹을 내리깔고 느긋하게 한 모금 마셨다.

"어떻게 말해야 할까요. 저는 어렸을 때부터 수많은 악행을 저질렀고 사실을 말한 적이 별로 없지만, 정말 무고한 사람을 마구잡이로 죽이고 싶진 않았어요."

초만녕은 저도 모르게 주먹을 불끈 쥐었다. 창백한 손등에 퍼런 핏줄이 솟았다.

"사존도 순도의 길을 보셨죠. 저는 원래 짐승만도 못한 인간들만 쓰려고 했어요. 어차피 그런 인간은 죽어도 싸니까요. 그러다 나중에 알았어요. 그 길이 너무 길어서 두 세계의 인간을 모두 써야만 채울 수 있다는 걸."

사매가 말했다.

"저도 마음이 안 좋았어요."

"……."

"손에 피를 묻히고 싶지 않아서 제가 직접 누구를 죽인 적은 거의 없어요. 정말이에요."

"거짓말이 아닌 거 안다."

초만녕이 갑자기 말했다.

"네가 직접 누구를 죽인 적이 거의 없다는 건 믿는다."

사매는 의외라는 듯 눈썹을 추켜세웠다.

고개를 돌린 초만녕의 눈빛은 얼음처럼 차가웠다.

"너는 선하고 마음이 약해서 무고한 자들을 함부로 죽이고 싶지 않았고, 손에 피를 묻히는 것도 싫었을 것이다. 그래서 이런 일을 직접 하지 않으려고 답선군을 만들었어. 그 후로 유풍문을 도륙한 미치광이도 그였고, 피를 씻어 낼 수 없는 폭군도 그였다. 그는 너를 대신하여 네가 꼭 해야 하지만 하고 싶지 않은 일을 처리했지. 참으로 고상하기 짝이 없구나."

"사존의 말씀에 공정하지 않은 부분이 있네요."

사매가 한숨을 쉬었다.

"저는 유풍문을 도륙할 생각이 없었어요. 그건 그가 사적인 복수를 한 것이지요."

"팔고장한화가 없었다면 그가 어찌 이런 큰 죄를 지었겠느냐."

"팔고장한화가 없었다면 그는 정말 이런 큰 죄악을 저지르지 않았을까요?"

초만녕이 사매의 눈을 뚫어지게 보며 말했다.

"않았을 거다."

사매는 가볍게 웃더니 손을 내저었다. 여기서 더 왈가왈부하고 싶지 않다는 뜻이었다. 그가 말했다.

"됐습니다, 언쟁할 것도 없어요. 어쨌든 제가 서상림에게 했던, 이 세상에서 인재는 높은 자리에 오르고, 속인은 노비가 되고, 선과 악은 응보를 받기 바란다는 말은 진심입니다. 거짓이 아니에요."

그는 잠시 멈췄다가 말을 이었다.

"하지만 접골족이 남에게 선의를 베푸는 건 자신의 목숨을 버리는 것과 같죠. 저희가 고향으로 돌아가는 길을 피로 깔아야 한다니, 저에게는 다른 선택이 없어요."

초만녕은 눈을 감았다.

사매는 자신의 빈 찻잔을 다시 채우며 한숨을 내쉬었다.

"제가 접골족의 마계 귀환을 위해 어떻게 두 세계의 거의 모든 사람의 목숨을 희생시킬 수 있었는지 사존은 이해하지 못하실 수 있어요. 그런데 사실 이해하기 어려울 것도 없습니다."

그는 모락모락 피어오르는 김을 봤다.

고요한 방 안에서 처음처럼 침착한 사매의 목소리만 들렸다.

"몰이사냥을 당하는 야생 소 떼를 본 적 있으신가요?"

사매가 조용히 말을 이었다.

"벌게진 눈으로 이리저리 날뛰며, 제 앞을 막은 게 사람이든 짐승이든 모조리 뿔로 찔러 죽이려 들죠. 그것은 삶을 향한 본능이에요."

초만녕은 그의 뜻을 이해했다. 접골미인석 일족은 사지로 내몰린 짐승 무리와 같았다. 탐욕스러운 얼굴들이 사방을 둘러싸고 그들의 가죽을 벗기고 뼈를 발라내려 했다.

"접골족에게는 결국 두 가지 길만 남았어요. 완전한 멸족과 마계로 돌아가는 것. 이건 생사가 달린 선택이지요."

여기까지 말한 사매의 눈빛은 조금은 서글펐다.

"수진계가 접골미인석을 상품으로 여기며 함부로 능욕하지 않았다면, 우리가 인간계에서 계속 살아갈 수 있었다면, 누구도 이런 끔찍한 일을 저지르지 않았을 거예요."

그는 잠시 침묵했다. 밀려오는 생각에 서글펐던 눈빛이 혼란으로, 혼란에서 냉정으로 바뀌더니, 마지막에는 광기가 됐다.

그가 지금까지 겪었던 인생과 같은 변화였다.

"소 떼는 살육을 저지를 마음이 없어요. 하지만 떨어지는 칼에 벗들이 하나씩 목숨을 잃었어요……. 사존, 그런데 저희가 어떻게 이 세상을 너그러이 용서하겠어요?"

사매의 목소리가 조금 떨렸다.

"수진계는 접골미인석에게 어떤 일이 있었는지 기록해 주지 않을 테죠. 그들은 우리를 가축이나 쌍수 대상으로만 여기니까요. 그러나 우리 일족은 잊지 않았어요. 인간과 마족의 전쟁이 끝나고 십일 년째 되던 해, 거의 모든 순수 접골미인석이 죽었습니다. 그 후 수천 년 동안 우리는 할 수 있는 모든 방법을 동원해 신분을 감췄지만, 그래도 수사들의 탐욕에서 벗어날 수 없었어요."

사매가 말을 이었다.

"사천 년 전, 이천오백 년 전, 구백 년 전, 칠백 년 전, 네 번의 사냥이 있었죠. 그들은 범인들 틈에 섞여 있던 접골미인석 혈통을 찾아내 살을 먹고, 피를 마시고, 가둬 놓고 윤간했습니다. 그들은 우리 일족을 사지로 몰아넣지 못해 안달이었죠."

찻잔을 꽉 움켜쥔 사매의 팔뚝에 핏줄이 솟았다.

"사실 정말 멸족을 당했으면 그걸로 끝이었을 겁니다. 하지만 수사들이 이렇게 편리한 수행 도구를 쉽게 포기하겠습니까?"

"……."

"사존은 책을 많이 읽으셨으니 접골미인석이 완전히 멸족을 당하기 전, 고월야의 전전 장문이 무슨 짓을 했는지 아시겠죠."

사매가 눈을 치켜떴다. 요염한 눈이 벌겋게 물들어 있었다.

그 일은 초만녕도 알고 있었다. 고월야를 소개하는 서책마다 그 일을 언급하고 있으며, 그것을 혁혁한 공로로 치켜세웠다.

약학 문파 고월야는 사방을 뒤져 20명의 젊은 접골미인석 여인을 잡아들였다. 건장하고 용맹한 수사들은 밤낮으로 그들과 교합하여 그들을 회임시켰다. 회임하면 장문은 영약으로 출산을 앞당겼고, 넉 달이면 갓난아이가 태어났다. 막 출산한 여인은 또다시 더럽혀졌고, 반복적으로 강제 회임과 조산을 겪었다…….
그렇게 접골미인석 일족의 대가 계속 이어졌다.

그러나 이건 도살을 기다리는 돼지나 양과 같았다.

아니, 같은 것이 아니다. 그들은 도살을 기다리는 돼지와 양이었다.

태어난 아이가 남자면 곧장 단약으로 만들거나 유풍문 같은 대부호에게 팔아넘겼다. 여자아이는 가두어 놓고 키운 다음, 몸이 준비되면 교배를 시키며 새로운 출산의 도구로 썼다.

'교배'.

초만녕은 《고월야 선단묘약 비급방》에서 이 단어를 처음 봤을 때 느꼈던 충격과 역겨움을 아직도 기억하고 있었다.

사매가 웃었다. 처음으로 보이는 창백하고 처량한 미소였다.

"그들은 벌레를 길들이는 방식으로 접골미인석을 길들이고 수진계의 찬양을 받았어요."

그가 말했다.

"산 사람이에요…… 모두 살아 있는 사람이라고요. 그런데 상고 마족의 피가 조금 섞여서 수행에 도움이 된다고, 그들은 살아 있는 사람을 가축 취급했어요."

자신의 아픔을 숨기기 위해 사매는 손을 들어 차를 마셨다.
그러나 손가락이 미세하게 떨리고 있었다.

"출산을 촉진하는 약은 산모에게 엄청난 손상을 입히죠. 사육당한 접골미인석 중 서른 살을 넘긴 사람이 하나도 없었어요.

그러나 생이 짧은 건 그녀들에게 오히려 좋은 일이었죠. '교배' 아니면 '번식'뿐인 악몽을 하루빨리 끝낼 수 있으니까요."

사매가 교배와 번식이라는 두 단어를 말했을 때, 초만녕은 뺨을 세게 얻어맞은 것처럼 얼굴이 따가웠다. 말을 멈춘 사매는 순간 욕을 퍼붓고 싶었지만, 결국 입술을 달싹이며 뱉은 말은 짧은 조롱이었다.

"좋은 일이에요."

초만녕은 드디어 눈을 뜨고 사매를 봤다.

줄곧 담담하게 짐작할 수 없는 괴이한 태도를 취하던 남자는, 복수하려는 다른 평범한 사람들처럼 얼굴에 선명한 증오를 드러내고 있었다.

무언가 생각하듯 잠시 조용히 있던 사매는 결국 참지 못하겠는지, 찻잔을 내려놓고 손바닥으로 얼굴을 비빈 뒤 심호흡을 하며 고개를 들었다. 눈가가 빨갰다.

초만녕의 기억 속에 사매의 감정이 이렇게 진실되고 구체적이었던 적은 없었다.

"고월야가 왜 접골미인석 사육을 멈췄는지 사존은 기억하시나요?"

"……."

초만녕은 순간 설명할 수 없는 기분에 휩싸였다. 그가 잠긴 목소리로 말했다.

"인명을 잃은 사건이 일어났지."

접골미인석은 벌받을 짓을 한 짐승이 아니었다. 벌레도 반격할 줄 아는데, 살아 있는 사람은 어떻겠는가.

강희의 사존 세대 때, 사육하던 접골미인석 중 한 소녀는 굴복하지 않고 계략을 꾸몄다. 그녀는 다른 언니들과 달랐다. 죽네 사네 소란 피우지도 않았고, 무감각하고 공허하게 지내지도 않았다.

그녀는 미색과 감언이설로 당시 고월야에 물건을 보러 왔던 한 천음각 상급 제자를 유혹했다. 마침 호색가였던 제자는 그날 밤 참지 못하고 절세미인과 잠자리를 가졌다. 다음 날, 그녀는 정을 통한 남자에게 자신을 고월야에서 빼 달라고 간청했고, 평생 그의 노예로 살며 수행을 돕겠다고 맹세했다.

천음각 제자는 그 미모에 홀려, 그녀의 청을 들어주었다. 결국 여자는 며칠 지나지 않아 그의 곁에서 도망쳤고, 늦은 밤 임령서로 돌아가 어디서 찾아온 건지 모를 겁화의 씨앗으로 고월야의 옆 뜰에 불을 질렀다.

그날 밤, 갇혀 있던 접골미인석들은 그녀의 도움으로 모두 도망쳐 흩어졌고, 고월야 제자 백여 명은 겁화에 타 죽거나 화상을 입었다…….

다른 문파는 신나게 구경하며, 입으로는 위로의 말을 전하면서 뒤에서는 고월야가 여자 관리도 못 한다고 비웃었다. 이로 인해 크게 체면을 구긴 약학 문파의 장문은 격노하며 아예 접골미인석 사육을 그만뒀다.

– 그렇게 비웃을 거면 앞으로 약 달라고 오지 마시오. 어쨌든 대부분 도망쳤으니, 능력 있으면 어디 스스로 잡아 보시든가.

그래서 강희가 장문이 됐을 때 고월야에 남은 접골미인석은 송추동 하나였다. 본래 존주를 모시기 위한 것이었으나 여색을 가까이하지 않는 강희는 여인을 매우 성가셔했고, 접골미인석을 재앙으로 여겼다. 그래서 문파 장로들의 불만에도 불구하고 제 고집대로 여인을 경매로 팔아넘겼다.

초만녕이 그 사건에 대한 기록을 떠올리는 걸 보며, 사매가 마침내 웃으며 말했다.

"덧붙이자면……."

"……말하거라."

"그날 헌원각에, 그러니까 송 낭자가 경매로 팔린 그때, 저도 있었어요."

초만녕은 살짝 놀랐다.

사매가 말했다.

"네, 첫 번째 현 별실에 있었죠. 3,500만을 제시했던."

사매의 말을 들으니 초만녕도 어렴풋이 기억이 났다. 그날 묵연도 그와 함께 있었다. 그는 송추동이 불쌍해서 구해 주려고 했는데, 휘장이 쳐진 2층의 별실 손님이 바로 3,500만을 불렀다. 당시 그는 묵연의 돈으로 그 경매가보다 높게 부를까 생각했었다…….

"너였다고?"

"네, 저였어요."

사매의 표정이 서서히 차분해졌다. 그가 웃었다.

"오래전에 맹세했거든요, 내가 도울 수 있는 접골미인석은 반드시 보호하겠다고. 송추동이 우리 일족이라는 소식을 듣고 제가 사려고 했죠. ……물론 불귀로 묵연의 몸속에 있는 사악한 기운을 끌어내려는 시도도 했어요. 그런데 사존이 그의 몸에 남겨 둔 반쪽짜리 지혼이 그를 그렇게 잘 보호할 줄 누가 알았겠어요. 심지어 사존과 공명까지 일어났고…… 됐어요, 모두 지난 일인데 말해서 뭐 하겠어요."

사매가 담담하게 말을 돌렸다.

"어쨌든 사존도 아시겠지만, 결국 엽망석이 그녀를 샀어요."

"송 낭자가 네 일족이라면 유풍문에 변고가 일어났을 때 넌 왜……."

"왜 그녀가 죽는 걸 두고 봤냐고요?"

사매가 웃었다.

"어쩔 수 없었어요, 저는 제 혈통을 숨겨야 했으니까. 사실 그때 황산의 명은 제가 내린 거예요. 그녀는 구실일 뿐이었죠. 다른 상황이었다면 그녀의 목숨을 구할 수도 있었겠지만, 서상림 앞에서는……. 사존도 알겠지만 저는 영력이 약하잖아요. 서상림은 당시 제 힘의 원천이었어요. 그는 저를 벗이라고 여겼지만, 저는 사생지전 사명정이라는 신분으로 그를 사귀었거든요."

"……."

"제가 접골미인석인 걸 알았다면 서상림이 저와 공모했을까요?"

사매가 차분하게 말했다.

"말했잖아요, 대부분 수사들의 눈에 저희는 소, 돼지나 다름없는 존재라고. 서상림도 예외는 아니었어요. 송 낭자를 대하는 태도만 봐도 알 수 있죠."

마음이 무거워진 초만녕은 한참이나 무슨 말을 해야 할지 몰랐다.

사매는 그와 더 이야기를 나눌 생각인지 이어서 말했다.

"되돌아가서, 고월야에서 도망친 접골미인석 이야기를 해 볼까요."

"……."

초만녕은 눈을 내리깔고 침묵하다가 다시 아름다운 사매의 얼굴을 봤다. 그는 사실 앞서 한 이야기와 사매의 표정에서 단서를 읽었다. 그는 거의 탄식하듯 말했다.

"네 어머니겠구나, 그 여인은."

사매는 처음에는 당황했지만, 금세 허리에서 긴장을 풀었다. 표정도 미세하게 부드러워졌다.

그가 결국 쓴웃음을 지으며 말했다.

"사존은 참 항상 잘 맞히신다니까요. 맞아요, 제 어머니예요."

296장 사생지전, 뜻대로 되지 않는 인생

빗방울이 처마를 두드렸다. 적막 속에서 사매는 차를 한 모금 마신 뒤 결심한 듯 말했다.

"보여 드릴 게 있어요."

그는 건곤낭에서 녹슬어 얼룩덜룩한 구리거울을 꺼냈다. 거울 가장자리에는 비상하는 봉황과 승천하는 교룡, 그리고 해와 달, 천지가 새겨져 있었다.

"작일감[#7]이라는 거울인데, 아버지 유품이죠. 아버지는 목씨였어요……. 사존도 어느 정도 짐작하셨겠지만, 저와 목연리는 이복 남매예요."

그가 손가락을 깨물어 거울에 피를 한 방울 떨어트렸다. 거울에서 연기가 올라오더니 잠시 후 연기가 걷히고, 거울 속에 흐릿한 환영이 보였다. 환영은 점점 형체를 갖추더니 또렷한

#7 작일감 昨日鑑, 과거를 비춤

장면과 얼굴이 되었다.

천음각 별 관측대. 뜨거운 여름이었다. 관측대 아래 연못에는 연꽃이 활짝 피어 있었고, 고추잠자리가 낮게 날아다녔다.

화려한 복장의 귀부인이 난간 옆에 서서 붉게 칠한 새끼손가락을 세운 채 접시에 담긴 간식을 부숴 물고기에게 주고 있었다. 달려드는 잉어에 수면이 퐁퐁 튀어 올랐다. 여인은 매우 섬세하고 우아한 생김새였지만, 가까이하기 힘든 차가움을 가지고 있었다. 고개를 돌려 시종에게 말할 때, 살짝 치켜뜬 봉안으로 미모를 믿고 거만함을 떠는 것이 꼴사나웠다.

초만녕은 미간을 찌푸린 채 그녀를 보다가 고개를 들어 사매를 봤다.

"제 어머니가 아니에요."

사매는 초만녕의 의아함을 알아채고 웃었다.

"누나의 생모 임 씨예요."

얼마 후, 수가 놓인 비단 치마를 입고 천음각 시녀 머리를 한 묘령의 여인이 구리거울 가장자리에서 장면으로 들어왔다. 어림잡아 열일고여덟 살로 보이는 그녀는 고운 외모에 선하고 현숙해 보였다. 사매가 거울을 가볍게 쓰다듬으며 말했다.

"이분이 제 어머니예요. ……어머니는 화벽지존 송성이의 후손인데 고월야가 어머니를 가축처럼 사육하며 이름도 주지 않았어요. 어머니는 도망친 뒤 직접 이름을 지었죠. 송씨는 접골미인석의 성이라서 차마 쓰지 못하고, 화벽지존의 '화(化)'의 음을 따서 화귀(華歸)라고 지었어요."

그가 말을 이었다.

"귀는 귀향의 뜻이고요. 어머니는 접골미인석이 마계로 돌아갈 수 있다는 걸 안 뒤로 항상 모든 동족을 데리고 고향으로 돌아가길 바랐어요."

구리거울의 녹 얼룩은 화귀의 경국지색을 가리지 못했다. 그녀는 공손하고 다정하게 임 씨와 이야기를 나눴다. 장면 속 임 씨의 냉랭한 얼굴에 다른 시녀들은 쩔쩔맸지만, 유일하게 화귀만은 활짝 웃으며 여주인에게 넘칠 정도로 진심을 바쳐 대하는 걸 초만녕은 알아차렸다.

초만녕이 고개를 들었다.

"네 어머니는 어쩌다 천음각에 들어갔느냐?"

"천음각 상급 제자가 어머니를 도와줬어요. 사실 서책에 기록된 건 진실이 아니에요. 어머니는 고월야에서 도망친 뒤 그의 곁을 떠나지 않았어요. 두 사람은 그때 한창 마음이 깊을 때였죠. 어머니는 그에게 어떻게 해서든 동족을 구해 달라고 간청했어요. 어머니 말이면 다 들어주던 제자가 천음각의 겁화를 훔쳐서 어머니에게 힘을 보탰죠."

의외의 사실이었다. 초만녕의 미간에 옅은 주름이 패었다.

역사서의 기록이 항상 맞는 것은 아니다. 어떤 사실은 세월이 흐르면서 차차 잠식된다. 그 시대의 사람이 하나씩 늙고 죽으면 아무도 과거의 진상을 알 수 없게 되는 것이다.

사매는 잠시 말이 없더니 이어서 말했다.

"이 년이란 시간 동안 고월야의 겁화 사건은 점점 잊혔어요. 마침 천음각의 임 부인이 딸을 낳았는데, 별난 성격의 임 씨는 아이를 돌보는 데 능숙하지 않았어요. 그래서 손발이 빠른 여인의 도움이 필요했고, 제자는 그 기회에 어머니를 천음각으로 데리고 왔죠. 그 뒤, 어머니는 임 씨의 시녀가 됐어요."

여기까지 들은 초만녕은 다시 구리거울을 봤다. 어느새 거울 속 장면이 바뀌어 있었다. 임 씨는 창가에서 책을 읽고, 화귀는 그녀의 곁을 지키며 강보 속 아이를 안고 정성껏 달래고 있었다.

얼핏 보면 매우 따스한 장면이었다. 여주인은 온화했고, 시녀는 충성했고, 아이는 천진난만했다.

하지만 한발 더 나아가 생각하다 보니 문득 불길한 기운이 느껴졌다.

"……어머니가 나중에 임 부인의 자리를 대신했구나."

"……네."

사매가 말했다.

"천음각에 오래 있다 보니 어머니는 그 문파가 수진계에서 얼마나 높은 위치에 있는지 알게 됐어요. 당시 아직 순진했던 어머니는 마계로 돌아가는 것보다 훨씬 좋은 방법을 생각해 냈죠."

"무엇이냐."

"천음각 각주의 부인이 되는 거요."

사매가 말했다.

"신의 후예의 한마디는 천금과 같다. 어머니는 각주의 한마디면, 앞으로 수진계에서 그 누구도 접골미인석을 해치지 않을 거라고, 적어도 대놓고 핍박하고 죽이진 않을 거라고 생각했죠."

빛이 변하고, 거울 위 녹 얼룩이 어두웠다가 밝아졌다 하더니 처음 나왔던 별 관측대가 나왔다. 어느 해인지 모를 겨울이었다.

연꽃은 모두 시들어 말라 버렸다. 잠자리도 없었고, 연못 속에서 힘차게 튀어 오르던 붉은 잉어도 없었다. 활기찬 생명체도, 차가운 미인인 임 씨도 없었다. 대신 하늘에 날리는 눈과 그윽한 향기를 뿜는 매화, 그리고 두꺼운 백여우 모피 옷을 걸친 여인의 뒷모습만 있었다.

잠시 후, 한 남자가 다가오는 소리에 그녀가 고개를 돌렸다. 가느다랗고 부드러운 여우 털 사이로 당대 최고의 미인이 보였다. 그녀가 남자를 보며 흰 눈이 무색할 정도로 환한 미소를 지었다.

화귀는 무슨 수를 썼는지 천음각주가 본처를 버리게 만들었고, 임 씨는 버림받고 얼마 지나지 않아 죽었다. 수상하게 죽은 건 한때 화귀를 도왔던 그 상급 제자도 마찬가지였다.

그녀는 마침내 원하던 것을 이뤘고, 신의 후예인 천음각주의 부인이 됐다.

잿빛 하늘에 깃털 같은 눈이 흩날렸다. 화귀는 남편에게 다가가 공손히 인사한 후, 배시시 웃으며 그의 곁에 있는 어린 여자아이의 머리를 쓰다듬었다.

"……목연리?"

사매가 웃었다.

"맞아요."

"……."

"사존은 누나가 임 씨의 딸인데 왜 생모를 버리고 제 어머니를 따르는지 잘 이해되지 않으시겠죠?"

초만녕은 대답 없이 계속 거울 속 장면을 봤다.

많아야 네다섯 살인 목연리는 아무 반항 없이 화귀에게 안겼고, 심지어 화귀의 목을 껴안으며 하하 웃기까지 했다. 마치 새엄마의 장난에 마음을 활짝 연 것처럼.

사매가 말했다.

“날 때부터 우울증을 앓았던 임 씨는 과묵했고, 모정도 별로 없었어요. 누나가 태어난 뒤 증세가 나날이 깊어져서, 사람을 해치거나 자해하는 지경에 이르렀죠. 한번은 어머니가 방에 없을 때 임 씨가 가위로 누나의 손등을 네다섯 번이나 찔렀고, 나중에 방으로 돌아온 어머니가 눈물범벅이 된 누나를 구했어요.”

사매가 조용히 말을 이었다.

“자신을 찔러 죽일 뻔한 생모와, 어릴 때부터 자신을 사랑해 주고 돌봐 줬던 유모 중 누나는 후자를 선택한 거죠.”

장면이 바뀌었다. 얇은 서리가 낀 창에는 장수를 기원하는 붉은 종이가 붙어 있었다. 설이 막 지난 시점 같았다. 화귀는 자단나무로 만든 작은 탁자 앞에 앉아 글자를 쓰고 있었다.

그녀의 옆에는 여자아이 하나와 남자아이 하나가 앉아 있었다. 여자아이는 고고하고 차가워 보였고, 남자아이는 다정해 보였다. 어린 목연리와 화벽남이었다.

“됐다.”

화귀가 방긋 웃으며 종이를 들어 올려 후후 불더니 이렇게 말했다.

“엄마가 약학 문파의 영약 제조법을 베껴 써 봤단다. 잘 썼지?”

아직 앳된 목소리의 목연리가 크게 말했다.

“엄마가 쓴 글자니까 당연히 예쁘죠.”

목연리보다 훨씬 어린 사매는 아직 말도 할 줄 몰라서, 그저 가만히 앉아 손가락을 빨며 행복하게 웃는 두 사람을 구경했다.

"아버지는 법술 수련에 빠져서 평소 우리에게 관심이 없었어요. 저와 누나의 배움은 모두 어머니에게서 시작됐죠."

거울 속 장면을 보며 사매가 회상하듯 말했다.

"어머니는 우리에게 글을 가르쳐 주셨고, 기본적인 법술도 가르쳐 주셨어요."

"법술을 할 줄 아셨느냐?"

"아주 조금이요."

사매가 잠시 말을 멈췄다.

"평범한 사람을 겁줄 정도로 흉내만 내는 수준이에요. 아마 제일 덜떨어진 수사한테도 질걸요."

"……."

"아무튼, 어머니는 우리 곁에 있어 주고 싶어서 우리와 밤낮으로 함께했어요."

탄식이 들리더니 사매가 초점 없이 멍하니 한 곳을 봤다.

"어머니께서 어떤 계략을 꾸미고, 또 남을 어떻게 대했는지는 몰라요. 하지만 저와 누나에게는 간도 쓸개도 다 빼 줄 만큼 잘해 주셨어요."

거울 속 장면이 빠르게 바뀌기 시작했다. 화살처럼 빠르게 흐르는 세월이 손가락 틈새로 빠져나가는 것 같았다. 휙휙 지나가는 수많은 장면 속에서 목연리와 사매는 서서히 성장했다.

남매가 한 걸음 한 걸음 성장할 때마다 화귀가 곁을 지키고 있었다.

천둥 번개와 함께 폭우가 쏟아진 밤, 그녀는 목연리를 달래서 재웠다.

화창한 여름 오후, 그녀는 사매에게 적두율무탕을 먹였다.

이런 장면들이 하나씩 지나갔다.

"나중에 제가 술법을 배울 나이가 되자 아버지는 직접 천음각 법술을 가르쳐 주셨어요. 하지만 저는 타고난 자질이 부족해서 아무리 해도 늘지 않았죠. 아버지는 크게 실망하셨고, 저도 그때 제가 무능하다고 생각했어요. 누나는 여덟 살 때 이미 기본기를 다졌지만, 저는 최선을 다해도 아무것도 느끼지 못했으니까요."

거울 속 사매는 무릎 위에 몸집보다 작은 검을 올려놓고 연못가에 멍하니 앉아 있었다.

인상을 쓴 채 긴 치마를 끌며 나무다리를 건너던 화귀는 두리번거리다가 혼자 넋 놓고 있는 아이를 발견하고는 그제야 초조한 표정을 풀었다.

그녀는 사매의 곁으로 다가가 몸을 숙여 뭐라고 말한 뒤 사매를 품에 안고 뒤돌아 화원 끝으로 걸어갔다.

"한때 고월야에 오래 있었던 어머니는 영력이 약한 사람이 약학을 익혀 수진계에서 당당히 자리 잡는 걸 많이 봤어요."

사매가 말했다.

"어머니는 고월야가 접골미인석을 학대했다는 이유로 그들의 모든 걸 싫어하진 않았어요. 어머니는 아버지를 설득했고, 그때부터 저는 약고의 도를 익히게 됐죠."

암투로 남자의 마음을 얻고 부인 자리를 차지했다는 이야기를 들었을 때, 초만녕은 화귀의 수완이 좋겠구나 하고 대충 짐작했다. 하지만 구체적으로 어떻게 좋은지 몰라서 뭐라 말할 수 없었다.

그러나 여기까지 듣고 보니, 문득 이 여인이 얼마나 예리한지 분명하게 느껴졌다.

고월야는 그녀의 반평생을 먹어 치운 지옥이고, 악몽이었다. 다른 사람이었다면 설령 뼛속 깊이 증오하지 않더라도, 가슴에 맺힌 응어리 때문에 약학 문파를 인정하려 들지 않았을 것이다. 그러나 그녀는 약학 문파가 무엇인지, 자신에게 필요한 것이 무엇이고 또 어떻게 얻어야 하는지 너무 잘 알고 있었다.

아무리 바다처럼 깊은 원한이 있어도 절대 감정적으로 대하지 않는, 지극히 냉정한 눈을 가진 여인이었던 것이다.

"어머니의 계획은 일사불란하게 진행됐어요. 한 걸음을 가면서도 나중의 백 걸음을 생각했던 것 같아요. 그래서 저와 누나를 돌보면서도, 동족들의 행방을 수소문하고 암암리에 그들의 은닉을 도울 여력도 있으셨죠."

그러나 접골미인석은 나중에도 그 위치가 변하지 않았다. 그리고 초만녕이 알기로, 화 부인은 일찍 세상을 떠났다. 분명 숨은 사연이 있으리라.

접골족과 신족의 후예와 관련된 소문을 떠올리니 어렴풋이 짐작되는 게 있었다. 그가 물었다.

"……나중에 화 부인의 신분이…… 들통났느냐?"

사매는 바로 대답하지 않았다. 그의 눈동자가 희게 번뜩였다. 베일 듯 날카로운 것이 뼈에 사무친 원한 때문인가 했지만,

자세히 들여다보니 밀물처럼 밀려든 슬픔에 젖어 있는 것 같기도 했다.

"들통나지 않았어야 했는데."

사매가 말했다.

"아버지는 그다지 똑똑하지 않아서 어머니가 좀 다르다는 걸 몰랐어요. ……하지만 아버지는 어쨌든 천신의 후예고, 개미 눈곱만큼일지언정 신족의 피가 흐르고 있어서 타고난 감지력이 있었죠."

그는 시선을 내려 거울을 봤다. 거울 속에 비친 장면은 천음각주의 침실. 양쪽 귀밑머리가 희끗희끗한 남자가 병상에 누워 있었다.

"제가 아홉 살이 되던 해, 아버지는 중병을 앓았어요. 수상한 병세에 가장 뛰어난 의원을 불러도 원인을 찾아내지 못했죠."

사매가 코웃음을 쳤다.

"사실 속사정을 알면 이유야 뻔하죠. 그는 신족의 후예고, 어머니는 마족의 후예잖아요. 신족과 마족의 전쟁 후, 마존이 저주를 걸었어요. 앞으로 대대손손 신족과 마족의 결합은 불가하며, 어길 시 죽을 거라고요."

그가 말을 이었다.

"아버지의 괴병도 상고 시대의 저주 때문이었지만, 정작 아버지는 아무것도 몰랐죠. 그런데 신계가 나섰어요. 연민 때문이었을까요, 아니면 마존을 난감하게 만들고 싶어서였을까요? 어쨌든 어느 날 밤, 한 신군이 아버지의 꿈에 나타나서 모든 걸 낱낱이 말해 줬어요. 게다가…… 살고 싶으면 마녀와 관계를 끊어야 한다고 했죠."

초만녕은 사매의 섬뜩한 얼굴을 보며 그의 다음 말을 기다렸다.

관계를 끊는 것처럼 일이 그렇게 간단히 끝나지는 않았을 것이다.

사매가 말했다.

"꿈에서 깬 뒤 아버지는 격노하셨어요. 천음각은 바람이 필요하면 바람을 일으키고 비가 필요하면 비를 내릴 수 있는 막강한 문파이고, 아버지는 수진계 꼭대기에 있는 사람이었어요. 모두가 아버지를 신으로 여기고 존중하는데, 이 여인은…… 소, 돼지처럼 사육당하던 고깃덩어리 주제에, 쌍수용 몸뚱이 주제에 아버지를 이용하고 속였으니까요."

"……."

"심지어 하마터면 아버지를 죽음까지 몰고 갈 뻔했어요. 악독하기 짝이 없었죠. 그래서……."

아무리 억눌러도 목이 메는 것을 참을 수 없어 사매는 깊게 숨을 들이마셨다.

그가 찻잔을 움켜쥐었다. 다 마시지 않은 차는 이미 식어 있었다. 순간, 그의 손에 힘이 들어가며 도자기 잔이 '팍' 하고 깨졌다.

차가 사방으로 튀었다…….

쏟아진 호박색 찻물에 젖은 거울 속 장면이 흐릿했다. 어렴풋이 병상의 남자가 화귀를 부르는 것이 보였다.

그는 맨발로 침상을 내려가 태연하게 그녀와 몇 마디 나누고, 빙그레 웃으며 입구로 가서 화귀를 등진 채 방문을 철컥 걸어 잠갔다.

남자는 고개를 돌려 아내를 봤다. 굴절된 빛이 떨어진 차 방울 위로, 흉악하게 변한 얼굴이 비쳤다.

사매가 순간 흠칫 떨더니 거의 부술 기세로 거울을 홱 뒤집었다.

그의 손등에 핏줄이 튀어나왔다. 복잡하게 뒤얽힌 나무뿌리 같은 혈관 하나하나에 공포와 증오가 세차게 흘렀다.

한참 후, 그가 얼굴을 손바닥에 파묻고 지친 목소리로 말했다.

"아버지는……."

그는 한 단어만 내뱉고 또 멈췄다.

"그 짐승은……."

하늘에 사무치는 증오를 터뜨리자니 온갖 욕이 튀어나올 것 같았지만, 한꺼번에 수천만 개의 욕이 저 먼저 나가겠다고 목구멍으로 달려드는 통에 오히려 아무 말도 할 수 없어 입을 다물었다.

사매는 천천히 여유를 되찾았다. 물론 그는 구리거울을 여러 번 봤다. 그러나 그렇게 오래됐어도, 그렇게 오랜 세월이 흘렀어도, 여전히 한스러웠다.

그의 떨림이 천천히 잦아들었다. 그리고 증오로 다져진 무미건조한 한마디를 내뱉었다.

"그날, 신의 후예라는 제 아버지는 어머니를 산 채로 잡아먹었어요."

297장 사생지전, 쉼 없이 달려온 인생

"!"

순식간에 백지장처럼 하얘진 초만녕의 얼굴을 본 사매는 미친 듯이 웃으며 반복해서 말했다.

"네, 아버지는 어머니를 산 채로 잡아먹었어요. 산 채로……. 그때 근처에 있던 저는 비명을 듣고 달려갔어요. 무슨 일인지 모르는 저는 다급하게 문을 두드리며 어머니께 물었어요. 왜 그러냐고, 무슨 일이냐고……. 하지만 아무도 대답하지 않았어요. 어머니는 계속 문 너머에서 처참한 비명을 질렀죠."

얇은 입술을 살짝 떼고 사매가 말했다.

"그러다가 문이 열렸어요."

쥐 죽은 듯 정적이 흘렀다.

그때 문이 열린 뒤 흘렀던 정적 같았다.

입에 피 칠갑을 한 아버지. 팔뚝 살점이 뜯겨 엉망이 된 어머니.

그리고 영혼이 쪼개진 듯한 아이.

아홉 살이었다.

아버지는 이미 실성했다. 접골족의 피와 살은 수련의 경지를 올리는 데 도움이 된다. 그는 그녀 때문에 병사할 뻔했으니 그녀가 보상해야 마땅했다!

눈앞의 이 죄악의 씨도 마찬가지다! 그에게 보복할 죄악의 씨! 죄악의 씨!

그는 온몸이 차갑게 식은 채 한 마디도 못 하는 목각 인형 같은 아이에게 피로 끈적이는 손을 뻗었다. 그의 눈빛은 미친 듯 뒤틀려 있었다.

그때 사매는 미처 반응하지 못하고 멍하니 눈앞의 장면을 지켜봤다. 슬픔도 공포도 없었다. 그저 순식간에 혼백이 빠져나간 듯, 속이 텅 빈 껍질처럼 그 자리에 못 박힌 듯 서 있었다.

남자의 손이 점점 가까워졌다. 따듯한 피 한 방울이 눈물 자국처럼 그의 뺨에 떨어졌다.

사매는 고개를 들어 낯선 악귀를 멍하니 쳐다봤다.

"아버지……?"

"달려!"

그의 뒤에서 화귀의 가슴 아픈 비명이 하늘을 찢을 듯 울려 퍼졌다.

"남아, 달려!"

한쪽 팔이 칼날에 찢기고 다리가 부러진 여인이 구더기처럼 미친 듯이 꿈틀거리며, 추하기 그지없는 몸짓으로 남편에게 기어가 다리를 잡으려고 안간힘을 썼다.

"달리라고! 어서! 돌아보지 마! 돌아오지 마! 아악!"

그녀에게 돌아온 거라고는 그녀의 얼굴을 힘껏 짓밟는 남자의 발길질이었다.

옆으로 얼굴을 돌린 화귀의 눈가에서 금색 눈물이 흘러내렸다.

그녀가 남은 힘을 다해 외쳤다.

"달려……."

뚝.

숨통이 끊어졌다…….

그녀가 말했다, 달리라고.

그래서 그날 이후로 사매는 계속 달렸다. 매일, 매 시진, 밤낮으로 그는 실성한 것처럼 천음각에서 도망쳐 산과 들을 미친 듯이 달렸다. 견딜 수 없었다. 금방이라도 무너질 것 같았다.

결국 그는 무너졌다.

어디로 도망을 쳐도, 아무리 많은 세월이 흘러도, 항상 겁에 질린 어머니의 비명이 들렸다.

'달려! 어서!'

그는 깊숙한 골목에서 논밭 길로, 드넓은 광야로 달려 황금빛 보리 물결을 지났다. 어둠이 끝나고 어렴풋한 새벽빛이 하늘을 갈라놓을 때까지 달렸다. 천지가 따스한 붉은빛으로 물들었다.

피 같았다.

어머니의 몸에서 콸콸 쏟아지던 피, 아버지의 입가에서 천천히 흘러내리던 피.

"아…… 아아악!"

그는 반쯤 정신이 나간 채 목 놓아 울었다. 신발은 진작 닳아 떨어지고, 발은 쓸려서 까지고 자갈이 박히고 피멍울이 생겼다.

결국 금색 눈물이 그의 뺨을 타고 주르륵 흘렀다. 그는 궁지에 몰린 짐승처럼 슬피 울부짖으며, 시든 초원과 갈대숲을 달렸다. 가시덤불을 지나다가 다리와 발에 상처가 생겼다.

하지만 그는 차마 멈출 수 없었다. 그는 평탄한 길이 어딘지 따질 정신도 없이 가장 가까운 길을 따라 온 힘을 다해 달렸다. 그는 멈출 수 없었다. 죽을 것이다. 멈추면 죽을 것이다.

그는 멈추지 않았다.

어느새 십여 년이 흘렀다. 그사이 멈춘 적은 단 하루도 없었다.

죽을 거야. 접골족은 고향으로 돌아가지 않으면 죽을 거야.

"그러던 어느 날, 설 존주가 절 거두어 주셨어요……. 너무 무서웠어요. 그때 천음각주는 온 천하를 뒤지며 제 행방을 찾고 있어서 사실대로 말할 수 없었고, 울 수도 없었어요. 설 존주가 어디서 왔는지, 부모님은 어디 계신지 묻길래 거짓말을 했죠……."

사매가 나지막이 말했다.

"나중에 존주는 저를 데리고 사생지전으로 갔어요……. 또 몇 년이 흘렀고, 어머니가 과거에 구해 줬던 접골족이 마침내 저를 찾아왔어요. 천음각 제자로 지내던 그녀는 의심을 피하려고 애당초 천음각에 들어갈 때 스스로 얼굴을 망가뜨렸더군요……. 그녀는 아버지의 눈을 피해 어머니의 모든 유품을 전해 줬어요."

가라앉은 목소리가 말을 이었다.

"어머니가 수년 동안 수집했던 마족 기록, 접골미인석의 명단, 팔고장한화의 꽃봉오리, 그리고 어머니가 한때 연구했던 마계의 문을 여는 방법이 상자 가득 들어 있었어요."

초만녕은 서서히 눈을 감았다.

"……그래서 너는 네 어머니가 한때 가려던 길을 갔고, 어머니가 하려던 일을 한 거로군."

"네. 저는 계속 약학을 익혔는데, 존주의 의심을 사지 않으려고 하산하여 떠돌아다닐 때는 화벽남이라는 이름을 썼어요."

사매가 말했다.

"화벽남의 명성은 점점 높아졌어요. 심지어 강희까지 저를 눈여겨보고 손을 내밀었죠. 저는 어머니가 했던 것처럼 했어요. 이 문파가 한때 접골미인석을 가축처럼 취급하고 어머니를 오랫동안 가뒀지만, 수진계에서 최대한 빨리 한자리 차지하여 고향으로 돌아가는 데 필요한 것을 얻기 위해 그의 손을 잡았어요. 그때부터 두 개의 신분으로 살았죠. 사생지전의 제자와 고월야의 약사로요."

사매가 잠시 말을 멈췄다.

"그 뒤로, 천음각주가 죽고 누나가 그 자리를 이어받았어요. 누나는 자신의 의붓어머니를 죽인 살인범을 줄곧 찾고 있었어요……. 처음엔 그 누구도 믿지 못했지만, 시험 삼아 몇 번 떠본 뒤 결국 천음각으로 가서 누나를 만나 모든 일을 알려 주기로 결심했어요."

여기까지 말한 뒤 사매는 옅은 미소를 지었지만, 그의 눈은 여전히 처연했다.

"사존이 본 것처럼…… 제 도박은 옳았어요. 누나는 제 편에

셨죠.”

“…….”

“누나는 접골미인석은 아니지만 우리 어머니를 생모로 여겼고, 접골미인석 일족을 모족이라고 여겼어요. 그동안 누나가 계속 저를 도왔죠.”

화벽남을 도왔고, 사매를 도왔다.

배다른 동생을 도왔다.

사매는 이야기를 마친 뒤 깨진 찻잔을 치우고 거울을 건곤낭에 넣었다.

밖에서 내리는 비는 마치 오랜 세월 억울하게 죽은 접골미인석의 혼처럼 부슬부슬 내리며 원망하듯 창문을 두드렸다. 그 속에는 화귀, 사매의 어머니도 있으리라. 그녀는 처절하게 외쳤다. 달려…… 어서……. 멈추지 마, 뒤돌아보지 마…….

“출구가 없어요.”

사매는 피곤한 듯 손에 파묻은 얼굴을 비비며 쉰 목소리로 말했다.

“사존, 저희는 출구가 없어요. 인간이 멸족당하거나 우리가 멸족당하거나 둘 중 하나예요. ……그렇다고 후자를 선택할 수는 없잖아요.”

종말이 도래한 것처럼, 날카로운 칼처럼, 번개가 하늘을 갈랐다.

‘쏴아아’ 하고 내리는 세찬 빗줄기 소리가 천군만마의 말발굽 소리 같았다. 반들반들하게 젖은 나뭇잎이 번쩍거리는 빛 속에서 허우적거렸다.

갑자기 대전 문이 '쾅' 하고 열리면서 강풍과 함께 비가 들이쳤다.

창백한 번개 빛이 대전 안에서 고개를 돌린 두 사람을 비췄다. 목연리는 우산을 쓰지 않은 채 문턱에 서 있었다. 온몸이 젖었고, 눈빛은 매우 혼란스러웠다.

"남아, 이제 마지막으로 바둑돌 30개만 더하면 마계의 입구에 닿을 거야."

그녀의 말이 끝나기도 전에 사매가 벌떡 일어났다. 그의 손끝이 주체할 수 없이 미세하게 떨렸다.

"답선군은요? 바둑돌 30개는 그에게 금방이니 어서 하라고 하세요. 그다음……."

여기까지 말하던 그가 갑자기 입을 다물었다.

안으로 들어온 목연리는 기쁘기보다는 겁에 질린 얼굴이었다.

"그런데 답선군이 갑자기 쓰러졌어. 그리고 그의 심장도……."

"심장?"

"너무 불안정해. 영핵이 망가지고 있는데 다신 깨어나지 못할 것 같아."

사매가 버럭 소리를 질렀다.

"그럴 리가! 그건 그의 영핵이에요. 제가 수천 번 시험한 것인데 갑자기 망가지다뇨. 어떻게……."

멈칫.

갑자기 벼락같은 깨달음이 찾아왔다. 천둥이 하늘을 흔들었다. 세상을 뒤엎을 듯한 굉음 속에서 그는 천천히 고개를 돌려, 귀신을 본 것 같은 창백한 얼굴로 침상에 손발이 묶인 초만녕을 봤다.

"설마……."

그가 떨리는 입술을 달싹였다.

"설마…… 사존의 짓인가요?"

바깥의 폭우와 광풍에 방 안이 더 고요하게 느껴졌다. 무덤 혹은 어두운 심연 같은 고요였다. 등불 그림자가 혼을 부르는 조기처럼 한을 싣고 기이하게 춤췄다.

적막 속에서 초만녕은 눈을 감았다 떴다.

"……그래."

그가 말했다.

"내가 했다."

쿠르릉 쾅쾅. 구름을 가루로 만들 기세로 내리친 천둥이 산천을 뒤흔들었다. 폭우가 폭포수처럼 쏟아졌다.

사매는 심장이 철렁 내려앉은 걸 느끼며 비틀비틀 한 걸음 내디뎠다.

"사…… 사존이 어떻게……."

"네가 네 이야기를 들려줬으니."

초만녕의 목소리가 낮게 가라앉았다.

"나도 내 이야기를 들려주마."

"……."

"전생에서 나는 영핵이 망가지고 구가의 힘만 남은 채 어떤 신세가 될지 알 수 없었다. 답선군에게 맞서기엔 너무 무력했지."

손목에서 금빛이 번쩍이더니 챙, 소리가 났다. 족쇄가 끊어지고, 부적이 탔다!

초만녕은 침상에서 일어나 봉안을 들어 올렸다.

"하지만 이번 생에서 그가 나를 연급한 며칠은 내가 그의 마음속에 주술을 걸기에 충분했다."

이 말을 하는 초만녕의 얼굴에는 아무 표정도 없었다.

슬픔도, 고통도, 연민도, 회한도, 아무것도 없었다. 시체처럼 평온했다.

"주술은 점점 깊이 침범하여 결국 그의 영류를 흩트리고 심장을 멈추게 할 것이다. 네 무기는 내 손에 망가질 거다."

"……."

"……미안하다, 화벽남. 나는 너희가 집으로 돌아가게 둘 수 없다."

사매의 얼굴은 예상하지 못한 반전에 옥보다 더 창백하고, 얼음보다 더 차가워졌다. 그는 믿을 수 없다는 듯 초만녕을 응시하며 입술을 바르르 떨었다.

"끝났다."

그렇게 말하는 초만녕의 손바닥에서 빛이 번쩍였다.

"……미쳤어요!"

금빛을 본 사매는 정신이 나가 버렸다. 그의 안광이 짐승처럼 야만적으로 번뜩였다.

"그를 죽이려고요? 그를 죽이겠다니…… 어떻게 그렇게…… 어떻게 그렇게 잔인할 수가 있습니까!"

초만녕의 새까만 눈동자 속에 흐르는 것이 무슨 감정인지 아는 사람은 아무도 없었다. 그가 말했다.

"나는 잔인하다."

"……."

금빛이 밝아질수록, 초만녕의 얼굴은 점점 일그러졌다. 그는 비록 염제 신목의 한 토막일 뿐이지만, 하늘이 내린 신목의 수많은 주술이 어렴풋이 기억났다. 천문의 '만인관'도 머릿속에 어렴풋이 윤곽이 남아 있어서 가능했다.

그는 한때 우연이라고 생각했지만, 나중에 그게 아니라는 걸 알게 됐다.

신목으로 만들어진 그의 몸에는 신농이 남긴 수많은 주술의 흔적이 있었다. 그가 기억해 내려고 애쓰기만 하면 상고 시대의 수많은 비술이 생각났다. 시공생사문이 그랬고, 지금 이 순간 처음 쓰는 열시결(裂屍訣)도 마찬가지였다.

열시결은 혼돈의 시기, 신계와 마계의 전쟁과 연관이 있었다. 그 전쟁 후, 대륙의 인간 사상자가 심각했고, 살아남은 사람들은 시체 바다에서 몸부림치다가 역병에 걸리고 악질에 감염됐다……. 그때 복희는 마족을 소탕하는 데 전념했고 여와는 중상을 입고 깊은 잠에 빠졌기에, 세상을 구할 자는 신농뿐이었다.

그래서 신농은 염제의 신목을 동쪽 바다 끝에 심었다. 신목은 위로는 하늘로, 아래로는 심원으로 수만 개의 가지를 뻗어 꽃을 피우고 과일을 맺었다.

'신목, 만인관.'

말이 떨어지자, 염제 신목의 뿌리가 동쪽 바다에서 뻗어 나가 순식간에 수진계 전체로 퍼졌다! 두껍고 가늘고, 거칠고 부드러운 뿌리가 땅을 뚫고 올라왔다.

'열시, 수관(收棺)!'

뿌리는 부패한 시체를 감싸 가루로 만들었다……. 세상에서 썩은 시체는 사라지고, 시체 가루는 옥토가 되어 땅에서 꽃이 피었다. 염제의 신목이 인간 세상에서의 첫 번째 일을 완수한 뒤, 수억만 개의 뿌리는 다시 동쪽 바다 끝으로 돌아갔다.

이는 사서에 남은 염제의 신목에 관한 가장 오래된 기록이다.

초만녕의 눈동자에 손에서 뿜어져 나오는 찬란한 빛이 비쳤다.

이는 신농의 법술이었다. 그가 염제 신목의 일부이기에 할 수 있는 것이었다. 그가 법술을 펼치면, 그 사람은…… 금세 재가 되어 사라져 아무것도 남지 않을 것이다.

그저 시체에 불과하다.

초만녕은 극심한 고통 속에서 생각했다. 미련은…… 없다.

"당신…… 초만녕, 당신……."

그를 보는 사매의 눈에 충격과 분노, 다급함이 스쳤다. 두 번의 생을 걸쳐 계획한 모든 것이 이 순간에 달려 있었다. 그는 이제 여유를 부릴 수 없었다.

"멈춰요!"

급박한 목소리에 초만녕은 고개를 들고, 오래전 어느 비 오는 날 사생지전의 학당 처마 아래에 서 있던 아이를 보듯 조용히 그를 봤다.

당시에는 사매의 정체가 죽을 뻔한 위기에서 탈출한 접골미인석일 거라고는 전혀 상상하지 못했다.

사매에 대한 그의 첫인상은 입소문에서 비롯됐다. 사생지전에 새로운 아이가 왔는데, 공부는 열심히 하지만 안타깝게도 선천적으로 영핵이 너무 약해 어떤 법술도 펼칠 수 없다고 했다. 게다가 자질이 너무 떨어져서 그를 제자로 거두려는 장로가 없었다. 선기 장로마저 아이의 영근을 확인한 뒤 완곡하게 그를 거절했다는 것이다.

그해, 연꽃 같은 어린아이는 품에 두꺼운 책을 한가득 안고서 까만 기와를 타고 처마에서 뚝뚝 떨어지는 빗방울을 멍하니 올려다보고 있었다.

초만녕은 아이를 발견하고 조금 놀라 말했다.

"……너는?"

무리에 끼지 못하는 아이를 알아본 그는 종이우산을 받친 채 아이에게 다가갔다.

"아, 옥형 장로님."

놀란 아이가 황급히 고개를 숙여 인사했다. 턱까지 쌓인 책이 떨어질 것처럼 아슬아슬하게 흔들렸다.

"안녕하세요."

"……이렇게 늦었는데 학당에서 뭐 하느냐?"

"어, 어쩔 수 없었습니다. 봐야 할 게 많은데 다 보지 못했어요."

초만녕은 시선을 내려 《고월야 약학 백초집》을 봤다.

아이는 난처한 듯 하얀 뺨을 붉혔다.

"자질이 부족하여 약학 문파의 것을 볼 수밖에 없어요……. 고월야가 더 좋아서 그런 게 아니에요……."

초만녕은 이해가 되지 않아 살짝 인상을 찌푸렸다.

"책을 보는 것뿐인데 왜 긴장하느냐."

아이는 고개를 더 푹 숙였다.
"말실수였어요."
가녀린 몸을 한껏 움츠린 아이. 남의 시선을 끌지 않으려는 모습이 너무 가여웠다. 초만녕은 장로들과 했던 대화가 떠올랐다.

– 사매는 영리하긴 하지만 재능이 너무 없어서 안타깝습니다.
– 그 아이는 수진계에 어울리지 않아요. 에휴, 존주는 무슨 생각으로 자질 없는 아이를 데리고 와 수행시키는 것인지. 불쌍하면 맹파당에서 야채 씻고 밥하는 일이나 시킬 것이지.
– 약학에 관심 있는 거 같던데. 탐랑 장로, 받아 줄 생각 없으시오?

탐랑이 태연하게 말했다.

– 성격이 너무 물러서 싫습니다. 안 받을 겁니다.

우산을 들이밀자 진주알 같은 빗방울이 종이우산에 토도독 떨어졌다.
우산 손잡이를 잡은 하얀 손가락이 매끈했다. 초만녕이 아이에게 담담하게 말했다.
"가자, 너무 늦었으니 데려다주마."
처마 위에 활짝 핀 하얀 들꽃이 흔들렸다. 사매는 잠시 당황하더니 허리를 숙여 인사한 다음 종이우산 아래로 들어갔다.
비스듬히 부는 바람과 가랑비 속에서 그들은 함께 걸었다.

사매의 눈시울이 빨개졌다. 그는 곧 끊어질 듯 팽팽하게 당겨진 활처럼 긴장하며 버럭 소리 질렀다.

"초만녕! 왜 날 막는 거죠? 지금 이렇게 된 마당에 날 막는 게 무슨 소용이란 말입니까!"

그가 울부짖으며 말했다.

"죽일 사람은 다 죽였고, 이제 마지막 30명의 목숨만 남았어요! 30명의 목숨이면 그 많은 접골족이 수천 년을 살아갈 수 있다고요! 마침내 마계로 돌아갈 수 있게 됐는데, 대체 왜! 당신이 뭔데!"

천둥소리가 요란하게 울렸다. 사매는 눈이 멀고 발톱이 부러진 용 같았다. 그 얼굴 어디에서도 과거의 다정함은 찾아볼 수 없었다.

"당신이 답선군을 죽여도 죽은 수사들은 살아 돌아오지 않아요. 그를 죽여도 이 세상은 희망이 없다고요. 당신…… 당신이……."

초만녕이 말했다.

"천벌이 떨어지기 전에 시공생사문을 닫을 것이다. 이 세상은 희망이 없지만, 다른 세상은 아직 구할 수 있다."

"딱 30명만 더 있으면 된다고요!"

"……단 하나의 목숨도 더 내줄 수 없다."

초만녕이 눈을 감자 손바닥의 빛 세기가 극에 달했다.

"천문, 만인관!"

신농이 시체를 옮아맸을 때처럼, 그의 매서운 외침에 따라 멀리서 대지의 신음이 들렸다.

손바닥을 하나로 합쳤다.

멀리 뒷산. 혼절해 있던 답선군이 버드나무 가지에 꽁꽁 묶였다.

"……대체 왜…… 왜 이렇게까지 모질게……."

"……."

"왜 우리에게 마지막 살길을 내주지 않는 겁니까. 어떻게 자기 제자를 죽일 수가 있어……. 그저…… 그저 30개의 목숨만 있으면 되는데……."

한 세상은 시체로 뒤덮였고, 다른 세상은 혼란에 빠졌다. 마계의 문이 열리면 또 어떤 이변이 생길지 모른다. 마족은 호전적이고 피에 굶주린 족속이다. 과거에도 구진이 배신하고 복희가 악전고투를 치른 끝에 겨우 그들을 인간 세상에서 몰아낼 수 있었다.

30명의 목숨이 끝이 아니라는 걸 초만녕은 잘 알고 있었다.

설사 단 30개의 목숨이라도, 누가 죽어야 한단 말인가. 또 누가 접골족의 귀향길을 위해 희생해야 한단 말인가.

더 거세진 금색 빛이 사매의 눈에 비쳤다. 빛이 심장을 파낼 것 같았다. 분노한 사매가 달려들려고 했지만, 순간 초만녕 앞에 결계가 쳐졌다.

사매는 다가갈 수 없었다.

답선군이 없으면 사매는 칼을 잃은 백정처럼 텅 빈 두 손만 남는다……. 그와 목연리는 절대 초만녕의 상대가 될 수 없었다.

절망 속에서 사매의 눈시울이 피가 뚝뚝 흐를 것처럼 빨개졌다. 어쩌지? 어쩌면 좋지? 그를…….

문득 한 가지가 떠올랐다. 그는 맹수를 마주한 백정처럼 황급히 건곤낭을 뒤져 최후의 무기를 꺼냈다. 그는 일생을 바쳐 세운 계획을 망치려고 굳게 마음먹은 사람을 향해 마지막 도박을 하듯 무기를 겨눴다.

"좋아요, 좋습니다. 사존은 모진 사람입니다. 그냥…… 죽이세요."

"……."

"죽이세요."

초만녕은 사매의 태도가 왜 돌변했는지 이해할 수 없었다. 사매가 고개를 들고 크게 웃어 젖히더니 다시 고개를 내리고 초만녕의 얼굴을 뚫어지게 보며 짓씹듯이 말했다.

"죽이세요, 사존. 그를 갈기갈기 찢으세요. 기껏해야 우리 둘 다 아무 이득 없이 처참하게 패배하기밖에 더하겠습니까."

목연리는 광기 어린 사매의 모습에 슬퍼하며 나지막이 말했다.

"남아……."

사매는 이제 그녀의 말이 들리지 않았다. 그는 죽음에 몰려 마지막 일격을 준비하는 짐승처럼 치아를 드러내고 흉악하게 말했다.

"그를 죽여요, 죽이라고요!"

"……."

악독한 말을 뱉으며 사매의 까만 눈이 손가락 사이로 초만녕을 응시했다. 그가 한 글자, 한 글자 힘주어 말했다.

"그의 몸속에 있는, 당신을 맹목적으로 사랑하는 마지막 식혼까지 같이!"

298장 사생지전, 그대의 마음은 곧 내 마음

천둥 번개가 번쩍였다. 그러자 활짝 열린 대전 문으로 들어온 빛이 사매의 얼굴에 그림자를 만들어 냈다.

눈부신 불빛 속에서 오직 두 눈동자만이 어두웠다.

축융[#8]의 천화(天火)로도 눈동자를 밝히지 못할 것 같았다.

초만녕은 표정이 미세하게 변했지만, 아무런 질문도 하지 않았다. 그 어떤 말을 하더라도 지금 사매의 속내를 파악할 수 없으리라. 그의 손에 있는 화염이 살짝 어두워졌다.

그 어두워진 빛을 사매가 포착했다.

그가 소용돌이 속에서 지푸라기를 잡듯 황급히 초만녕에게 말했다.

"사존, 설마 정말 묵연이 완전히 죽었다고 생각하십니까?"

사매의 미세한 숨소리가 들렸다.

#8 축융 祝融, 전설 속 불의 신

"정말로…… 답선군이 텅 빈 껍데기 같으세요?"

그가 잠시 멈추었다가 이어서 말했다.

"……사존, 잘 생각해 보세요. 이 세상의 어떤 시체가 그렇게 구체적으로 생각하고 고집을 부리겠어요……. 누가 그럴 수 있을까요? 무엇이 그럴 수 있을까요? 진롱기국도 그 정도는 아닙니다."

"……."

"아시겠죠."

사매가 초만녕의 눈을 응시하며 간직해 온 비밀을 천천히 뱉었다.

"답선군의 몸속에 아직 흩어지지 않은 식혼이 남아 있어요."

"!"

이 말을 하기 전까지 초만녕의 눈은 줄곧 시체처럼 공허했다. 그러나 이 말을 하자, 그의 봉안에 동요가 일어났다. 사매는 한시름 덜었지만, 그래도 방심할 수 없었다.

"사존도 아시겠지만 저는 영핵이 약해서 대단한 법술을 펼칠 수 없어요. 그래서 진롱기국을 통제할 수 없죠. 그러나 약을 다루는 종사는 약학 종사만의 방법이 있답니다."

이 말을 하는 사매의 눈앞에는 독약을 먹고 자결한 답선군의 시체가 아른거렸다. 통천탑 무덤에 조용히 누워 있는 시체…….

그때 사매는 무엇이 잘못된 건지 몰라서 머릿속이 새하얘졌었다. 그의 무기가, 무수한 전투를 치른 그의 병기가 어떻게 죽었지?

묵연의 양심은 팔고장한화에 먹혔을 텐데! 무엇이 그의 마음을 괴롭히고 그가 자살하도록 했지?

"전생에서 10대 문파가 사생지전을 포위해 공격할 때, 그들은 묵연의 시체를 능지처참하려고 했어요."

사매가 말했다.

"하지만 제가 사람들 틈에서 약학 종사만의 신분으로 간신히 말렸고, 결국 그의 몸을 보존했죠."

그는 한마디씩 내뱉으면서 초만녕의 표정을 주시했다.

"저는 그의 힘을 잃어서는 안 됐어요. 그래서 그를 산 송장으로 만들 방법을 찾았죠. 비록 그의 능력이 살아 있을 때만큼은 아니지만, 적어도 잠깐은 아쉬운 대로 쓸 만했어요……. 하지만 죽기 전 그가 가슴속에 누군가를 품고 있어서인지, 그의 마음 깊은 곳의 집념이 너무 강해서 제가 아무리 그의 영혼을 비워도 깨끗하게 비워지지 않았어요."

사매가 조금씩 다가왔다.

"아무리 영혼을 압박해도 그 혼백은 흩어지지 않았죠. 그……."

사매의 말은 명확했다.

"정신이 흐릿한 그를 통천탑으로 이끌었던 혼백."

한 자 한 자 또렷했다.

"당신에게 집착했던 그 혼백은."

발걸음을 멈춘 사매는 대전 중앙에 섰다.

그의 눈에, 퍼렇게 질린 얼굴로 입술을 꾹 다물고, 손등에는 핏줄이 불거진 상대의 모습이 또렷이 들어왔다.

초만녕의 고통과 주저함을 본 그는 완전히 마음을 내려놓고 천천히 다시 침착하게 말했다.

"그 혼백은 환생하지 않고 답선군의 시체 속에서 흩어지지 않았어요. 그래서 그가 부활한 뒤에도 당신에게 극도로 집착한 거죠. 묵 종사는…… 당신도 느꼈겠지만, 그는 막 환생했을 때 당신에게 마음이 없었어요. 당신을 향한 그의 마음은 나중에 생겼으니까요."

사매는 오래된 진실을 실토하면서 초만녕의 표정 변화를 주시했다.

"답선군의 몸속에는 전생에 당신을 향한 가장 고집스러운 애정이 남아 있어요."

초만녕의 손끝이 미세하게 떨리는 걸 발견한 그는 입술을 핥고는 뱀이 미끄러져 가듯 앞으로 한 걸음 내디디며 사람을 홀리는 매혹적인 목소리로 말했다.

"사존, 보세요. 지금 저는 이제 딱 마지막 30명만 필요할 뿐입니다. 30명으로 묵연의 목숨을 바꿀 수 있어요. 어떻습니까?"

바람이 세차게 부는 바깥은 마치 마귀들이 날뛰는 것 같았다.

그는 초만녕의 대답을 기다리며 이 얼마나 좋은 거래냐고 생각했다.

눈앞의 남자는 얼음같이 차갑고 속세를 벗어난 것처럼 보이지만, 사실 두 번의 생 모두 깊은 정 때문에 무너졌다.

사매는 초만녕이 동의할 거라고 굳게 믿었다.

잠시 후 초만녕이 고개를 떨구었다. 하지만 그가 대체 어떤 표정을 짓는지 보이진 않았다.

"……그의 몸속에 혼백이 조금이나마 남았다는 말이냐."

"네."

"30명을 바쳐 너희를 위해 길을 다 깔면, 그를 놓아줄 생각이고?"

"그렇죠."

"……."

초만녕은 바로 대답하지 않고, 잠시 후 중얼거렸다.

"그러니까 내가 그를 만난 뒤, 그가 했던 그 말은 모두 진심이었던 거군."

약점이 있는 사람은 설득하기 쉬웠다. 그게 설령 북두선존이라도 마찬가지였다.

사매는 승기를 손에 쥔 듯 더 안심하고 말했다.

"그렇죠, 모두 그의 진심입니다. 처음처럼 완벽한 묵연은 아니지만 적어도 영혼이 있고, 의식이 있어요."

사매가 말을 이었다.

"사존, 제 말 한 번만 들어요."

그가 부드럽게 설득했다.

"공격하지 마세요. 사존, 저, 그리고 묵연, 우리 셋 모두 더 잘 지낼 수 있어요."

초만녕은 여전히 고개를 들지 않고 한숨을 쉬었다.

"……사명정."

"네?"

"네가 문하에 들어왔을 때, 소원 종이에 무엇을 적었는지 기억하느냐?"

뜬금없이 훅 들어오는 질문에 사매는 조금 당황했지만, 생각하다가 대답했다.

"가엽게 여겨 집으로 돌아갈 수 있게 해 주세요."

대답한 뒤 그는 불길한 느낌에 덧붙여 말했다.

"하지만 그때 저는 정말 사존을 가족으로 여겼어요. 접골미인석 일족이 고향으로 돌아가는 것을 뜻한 게 아니에요."

초만녕은 가타부타 말없이 또 물었다.

"그해에 묵연이 문하로 들어왔을 때, 무슨 소원을 빌었는지 아느냐?"

"……뭔데요?"

마침내 고개를 든 초만녕이 사매를 보았다. 눈빛은 점차 무정하게 변했고, 그 무정 속에는 심지어 처음보다 더 깊은 적막함이 있었다.

"천문 같은 신무가 갖고 싶다고 했다. 그러면 더 많은 생명을 구할 수 있다고."

남자는 무미건조하게, 일상 이야기를 하듯 연인의 옛 소원을 말했다. 뒤이어 사매가 반응하기도 전에 대전 안에 금빛이 폭발했고, 강한 영력이 거대한 파도가 허공을 가르듯 가까이 다가갈 수 없을 만큼 퍼졌다!

번뜩 정신을 차린 사매가 고함쳤다.

"초만녕!"

뒤틀린 날카로운 외침은 기와를 뚫고 날아갔다.

"초만녕! 당신 미쳤어? 미쳤냐고!"

절망적인 사매가 미쳐 날뛰었다. 그는 눈을 뜰 수 없을 만큼 환한 빛 중앙에 서 있는 하얀 옷의 남자를 향해 다가갔다. 옆에 있던 목연리가 그를 도우며 부축했고, 그를 다독였다.

하지만 그게 무슨 소용일까.

"열시수관!"

"하지 마! 멈춰! 멈추라고!"

미친 듯이 흐르는 금빛 속에서 초만녕의 목소리를 들은 사매는 더 미친 듯이 날뛰었다. 포효하고 고함치고 오열하고 욕을 퍼부어도 아무 소용이 없었다.

금빛이 밝아졌다 사라졌다. 방금 눈부시도록 이글거리던 빛이 동공을 자극하여 반점을 만들어 냈다. 모든 것이 끝났다.

바람도 멈췄다.

적막만이 흘렀다.

하얗게 질린 초만녕은 서 있었고, 초췌해진 사명정은 무릎을 꿇고 있었다.

영력이 점점 사그라들었다.

잠시 후, 멀리 뒷산에서 엄청난 굉음과 함께 대지가 울리는 소리가 들렸다. 답선군의 시체가 가루가 되는 소리였다.

사매가 초만녕을 노려봤다. 수많은 뜨거운 감정이 얼굴에서 뒤섞이다가 결국 공허함만 남았다. 그의 증오와 격노는 모두 흩어지고, 그 틈으로 공포가 드러났다.

그 역시 자신이 무엇을 두려워하는지 몰랐다. 제 손으로 묵연을 죽인 초만녕을 두려워하는 건가? 앞날을 두려워하는 건가? 무엇을…… 무엇을 두려워하는가.

이미 종말이 온 것 같았다.

사매가 마침내 웅얼거렸다.

"……죽었나요? ……그가…… 죽었어요?"

사매가 이를 악물었다.

"초만녕, 당신이 그를 죽였어요……. 한때 그는 홍련수사에서 내 앞을 막고 당신이 아닌 자신을 해치라고 빌었는데…… 당신이 결국 모질게 그를 죽였습니다……."

겁에 질리다 못한 그가 결국 실성하여 미친 듯이 웃었다. 웃을 생각이 전혀 없던 것과는 다르게, 고개를 젖히고 껄껄대기 시작했다. 목연리가 옆에서 울며 그를 말렸다.

"남아…… 그만해……. 그만……."

사매는 그저 계속 웃었다. 웃는 두 눈에서 금빛 눈물이 흘러 땅에 떨어졌다.

"그가 죽었어. 답선군이 죽었어……. 잘됐네, 다 끝났어. 초만녕, 당신이 이겼습니다. 몰인정한 당신이. 재미있네요."

그 자리에 가만히 서 있는 초만녕은 아무런 표정도 없었다.

시체 같은, 그냥 시체나 다름없는 모습이었다.

"사존, 제가 당신을 얕봤어요."

사매의 목소리가 떨렸다.

"당신은 제가 생각했던 것보다 더 독합니다."

초만녕은 마지막 열정을 잃은 것처럼 꼼짝도 하지 않았다.

그는 묵연이 이미 세상을 떠난 줄 알았다. 그런데 방금 전 알았다. 이 세상에 아직 약간의 혼백과 한 구의 시체가 남아 있었고, 산산조각 나 버린 묵미우가 있었다.

그런데 그가 이 조각을 잿더미로 만들었다.

그랬다. 모진 그가 그랬다. 변명의 여지가 없었다.

그 소년은, 그 청년은, 그 남자는, 웃고 화내고, 완벽하든 불

완전하든 그의 연인이었다. 세상에서 유일하게 그를 무서워하지 않고, 존중하고 포용했던 연인. 자기 육신으로 그를 대신해 재앙을 막은 연인.

그를 대신해 팔고장한화에 잠식됐고, 그를 대신해 잔학한 흑암지주[#9]가 된 사람이었다.

열여섯의 끝 무렵, 가진 모든 것을 내걸고 그를 보호한 바보.

이제 다시는 돌아올 수 없다.

– 지렁이를 구하고 있었어요. 비가 그치면…… 지렁이는 햇볕에 말라 죽을 거예요.

– 사존, 빨리 드셔 보세요. 이화백주예요.

– 사존께 드릴 선물이요. ……그냥 안 드릴래요. 사실 너무, 너무 안 예쁘거든요!

만녕, 보고 싶어.

그는 배시시 웃으며 글쓰기를 배웠고, 넓고 큰 집을 지어 가난한 사람을 돕겠다고 했다.

– 은혜를 갚거라, 복수할 생각 하지 말고.

그러나 시체로 된 산과 피로 물든 바다에서, 그는 두 번의 생을 보냈다.

복수할 생각 하지 말아라……. 복수할 생각은 하지 마…….

#9 흑암지주 黑暗之主, 어둠의 왕, 어둠의 군주

– 특별한 야심은 없어요. 법술을 잘 배워서 나중에 많은 사람을 구할 수만 있으면 돼요…….

묵연이 어린 시절, 정신이 또렷할 때 초만녕에게 진지하게 말했던 소원이었다.

그때 그는 더 많은 사람이 살 수 있기를 간절하게 희망했다.

그가 답선군으로 타락하기 전, 한때 그렇게도 노력하고 집착하며 아름다운 생명을 열렬히 사랑했다. 심지어 자신을 보호하고 자신에게 잘 대해 준 모든 사람에게 기꺼이 영혼을 바쳐 은혜를 갚겠다고 했다.

– 전 멍청하지만 최선을 다해서 공부할 거예요. 열심히 하면 사존도 제가 멍청하다고 혼내지 않으시겠죠, 하하.

기억 속 소년이 머리를 긁으며 웃었다. 그렇게 초만녕에게 다정한 모습을 보여 줬다. 그때 그의 눈부신 보조개에 이화백주가 가득 담긴 듯, 그렇게 일생을 취해 있었다.

초만녕은 눈을 감았다.

손이 떨리기 시작했다.

혼란함에 어지럽던 중, 상쾌한 바람이 얼굴을 스치듯 그의 촉촉한 눈에 입을 맞췄다. 답선군의 목소리가 들리는 듯했다. 저음의 부드러운 목소리가 귓바퀴를 어루만지며 그의 귓가에 작게 속삭였다.

명성, 소원, 선혈, 육체, 심장, 영혼, 주검, 잔재.

미안해요. 내가 가진 것은 고작 그 정도뿐이어서, 모두 제물로 바쳤습니다.

전 최선을 다했어요.

만녕, 스스로 잘 해야 해요…….

그가 눈을 번쩍 떴다. 봉안은 이미 흐릿했다. 허망한 아득함 속에서 그는 답선군의 영혼이 나타난 것만 같았다. 답선군은 다정하고 준수한 얼굴에, 행복한 듯 애달픈 듯 한 미소를 띠고 있었다.

"묵…… 연……."

겨울 매화처럼 순수하고 맑았어야 할 혼백이 영롱한 빛을 발산했다. 초만녕이 몸을 숙여 그를 안고 입을 맞췄다. 초만녕이 뻗은 손 사이에서, 초만녕의 품에서 빛나는 혼백이 우담화처럼 흩어졌다.

"큰일 났습니다!"

갑자기 천음각 제자가 달려와 발등에 불이 떨어진 것처럼 황급히 외쳤다.

"큰일 났습니다, 각주님!"

목연리는 이 방에서 그나마 침착한 사람이었다. 그녀가 눈물을 머금은 채 고개를 돌려 사납게 말했다.

"답선군에게 일이 생긴 거 안다. 그러니까……."

"네?"

제자는 잠시 당황하더니 이내 발을 구르며 말했다.

"답선군이 아닙니다! 산 아래에서 상하수진계의 모든 문파가 한 번에 공격해 왔습니다!"

299장 사생지전, 겹쳐지는 과거

폭우 속에서 한 무리의 의병이 산 앞으로 집결했다. 각 문파의 수사들이 빠짐없이 모였다.

시공생사문이 처음 열렸을 때, 어떻게 된 영문인지 알 수 없는 데다 전방의 험한 땅에는 위험이 도사리고 있었다. 그래서 이번에 처음 결성된 동맹군 사람들은 내심 불안에 떨며, 다들 저마다 속셈을 가진 채 참여하게 되었다. 그래서 먼저 앞장서는 사람은 거의 없었다. 그들은 모두 사생지전에 있는 진룡 바둑돌과 교산에서 마주쳤던 잔악무도한 자를 다시 마주칠까 걱정했다.

먼 곳을 바라보는 그들의 눈에는 불안이 가득했다. 혹시 비 뒤로 어렴풋이 보이는 저 무산전 안에서 악마가 눈을 감고 가부좌를 틀고 앉아, 나쁜 놈을 벌하고 싶어도 괜한 피해를 볼까 겁내는 군웅들을 갈기갈기 찢어발기려고 기다리고 있지는 않을까?

누군가 주술로 불을 붙인 횃불을 높이 들고는, 우뚝 솟은 산 정상을 올려다보며 개탄을 금치 못했다.

"전혀 상상도 못 했는데…… 천음각이 이런 일을 벌일 줄이야……. 아직도 꿈인 것 같습니다."

"이제 그만하십시오."

벽담장의 견종명이 그의 어깨를 두드렸다.

"그럴 시간이 있으면 차라리 어떻게 산을 공격해서 하루빨리 이 악몽을 끝낼지를 생각해요."

우울한 표정의 다른 사람이 말했다.

"그렇게 쉽지 않을 겁니다. 목연리는 신의 피를 이어받은 몸이고 화벽남은 약학 종사인 데다, 그리고 답선제군…… 그러니까 묵연은 법력도 높고 음험한 자이니, 우리도 신중하게 행동하는 것이 좋겠소이다."

이 수사의 말에 많은 사람이 동의의 뜻을 내비쳤다.

만약 전생의 설몽이 이곳에 서 있었다면, 그는 분명 인생은 돌고 돌아 결국 처음으로 돌아간다고 생각했을 것이다.

눈앞의 모든 것이 과거 10대 문파가 사생지전을 포위 공격한, 답선군이 자결한 그날 밤과 너무나도 똑같았다.

아쉽게도 지금 군웅들 사이에 있는 건 전생의 설몽이 아닌, 얼마 전 부모를 잃은 청년이었다.

그의 외모는 수려했으나 안색은 초췌했다. 상복을 입기 위해 사생지전의 은남색 갑옷을 입지 않은 그는, 그저 수수한 푸른 옷 한 벌을 걸치고 머리는 하얀 머리끈으로 묶었다.

설몽이 입을 열고 말했다.

"잡담은 여기까지 하시죠. 더 지체하면 형세를 되돌릴 수 없습니다. 뭐가 악독이니 신중이니 하며 꾸물대는 건지……. 두려우면 이곳에 남으세요. 올라갈 필요 없습니다."

모든 것이 전생과 닮아 있었다. 그때처럼 설몽이 이렇게 말하자 주변에 있던 사람들이 화를 냈다.

그는 다시 한번 사람들의 비난의 대상이 되었다.

"설 공자, 말이 너무 지나친 듯합니다. 두렵다뇨?"

강동당의 여수사가 고운 눈썹을 추켜세웠다.

"당신은 두렵지 않아서 얼마 전 다짜고짜 무산전으로 달려가 답선군을 암살하려고 했나 봅니다. 그래서 결과는요?"

"……."

"결국 패했고, 심지어 매 사형까지 끌어들여 수습하게 만들지 않았습니까!"

"그……."

그때, 팔목에서 은방울을 딸랑거리며 하얗고 긴 손이 설몽의 앞을 막았다.

설몽이 버럭 화냈다.

"쓸데없이 끼어들지 마!"

매함설은 오히려 환한 표정을 지으며 말했다.

"은인 아들의 일인데, 어찌 쓸데없다는 거야?"

그가 이 말을 하면서 고개를 돌려 여수사를 향해 미소 짓자, 그녀는 장소도 못 가리고 얼굴을 발갛게 붉혔다.

"그리고 이렇게 예쁜 낭자가 듣기 안 좋은 말을 하니, 당연히

지적해 고쳐야지."

그가 점잖고 예의 바르게 말했다.

"설몽을 도운 것은 벗끼리 서로 도운 것이지 뒷수습한 게 아닙니다. 하늘에 맹세코 명백한 사실이니, 낭자도 괜히 저를 억울하게 하지 마시지요."

강호에서 누가 매 사형의 매력을 모를까. 순간 말문이 막힌 여수사는 돼지 간처럼 얼굴이 빨갛게 달아올랐다.

그 모습을 본 여수사의 연인은 순간 자기 여자를 다른 남자한테 뺏긴, 못난 남자가 된 기분이었다. 그가 앞으로 나와 비아냥댔다.

"재미있군요. 설 공자의 용맹함에는 당할 자가 없고 우리는 모두 두려워서 벌벌 떠는 겁쟁이인가 봅니다. 그럼 차라리 당신이 먼저 산에 올라가서 상황을 살피는 게 어떻겠습니까? 사생지전은 당신에게 가장 익숙한 곳 아닙니까. 듣기로 위에 있는 답선군은 사촌 형인 묵미우의 전생이라던데, 설마 동생의 목숨을 가져가지는 않겠지요. 이 얼마나 적절한 방법입니까."

그가 답선군을 언급하자 적지 않은 사람들의 얼굴에 난처한 기색이 드러났다.

당초 묵 종사가 그들에게 진실을 밝혔을 때, 그들은 묵연이 꼼수를 부리려고 거짓말을 늘어놓는다고 생각했다. 그러나 이제 진실이 수면 위로 드러나고 모든 일이 묵연이 말했던 것처럼 흘러가자, 많은 사람이 양심에 가책을 느꼈다.

하지만 아쉽게도 모든 사람이 그런 것은 아니었다. 나이가 좀 있는 수사가 수염을 비비적거리며 가볍게 기침하더니 말했다.

"사실 나는 답선제군의 신분을 확인할 필요가 있는 것 같네."

설몽이 그를 차갑게 쏘아봤다.

"뭘 확인한단 말입니까?"

늙은 수사가 말했다.

"내 말은 답선군이 묵연과 똑같이 생기긴 했지만, 묵연이 전에 말했던 것처럼 그의 전생이 아닐 수도 있다는 걸세. 가면을 썼다거나 진롱 바둑돌이라거나, 뭐든 다 가능하지."

"맞아요. 저는 여전히 고월야에서 사람을 죽인 건 묵연 본인이라고 생각합니다. 전생이네 아니네 하는 건 모두 둘러대는 핑계일 뿐입니다!"

이 지경이 됐는데도 일부 사람들은 여전히 묵 종사가 당시 거짓말을 했고, 그들이 생사람을 잡은 게 아니라고 굳게 믿고 있었다.

그들 중 어떤 사람들은 천음각에서 열변을 토하며 묵 종사를 모욕했다. 어떤 사람들은 공개 재판이 있던 사흘 동안 그에게 돌멩이와 야채를 던지며 조롱했다. 묵 종사의 말이 사실이라고 인정하는 건 자신이 속임수에 넘어가 착한 사람을 모독했다는 걸 인정하는 꼴이었고, 이는 어떤 사람들에게는 너무도 창피한 일이었다.

잘못을 인정하는 건 어쩔 땐 잘못을 저지를 때보다 더 큰 용기가 필요하다. 그러나 겁쟁이들은 이런 용기가 부족했다. 그들은 자신이 실수하지 않았다는 것을 증명하기 위해서라도 묵연의 누명을 결코 벗기려 들지 않을 것이다. 설령 그가 아무리 억울하고 모욕당하며, 수많은 죄명을 짊어져 두 번의 생이 모두 안녕하지 못해도 말이다. 그들은 그가 계속 죄를 짊어지길 바랐다.

이 '군자'들에게 있어서 타인의 결백은, 자신의 체면보다 한 푼어치의 가치도 없는 것이었다.

여기까지 들은 매함설이 방긋 웃으며 칭찬했다.

"손 도사님은 참으로 대쪽 같은 성격이라 꺾을 수가 없습니다."

당황한 늙은이는 한참을 생각한 뒤에야 매함설이 그를 놀린 것이라는 걸 알아챘다. 노인네가 크게 격분하며 그에게 돌진해 싸우려고 했지만, 늙은 중이 그를 막았다.

현경대사가 그를 달랬다.

"그만하시지요. 두 시주 모두 싸우지 말고 이 늙은이의 말을 먼저 들어 보세요. 답선군이 어떤 신분인지는 중요하지 않습니다. 중요한 건 우리가 산에 올라가서 어떻게 대응하고 어떻게 병력을 나눌 건가, 하는 거지요."

그가 고개를 돌려 설몽에게 상냥하게 물었다.

"설 공자, 답선군을 상대한 적이 있는 그대가 보기에, 그의 무력이 어느 정도인 것 같습니까?"

설몽은 조용히 한참을 있다가 주먹을 꽉 쥔 채 말했다.

"이곳에 모인 모든 장문들의 힘을 합쳐도 이기리란 보장이 없습니다."

"허!"

손 도사가 하얀 눈썹을 추켜세웠다.

"하늘의 총아라더니, 상대방을 치켜세워 스스로를 깎아 먹는 데 도가 텄군!"

현경대사가 살짝 놀라며 말했다.

"그렇다면 그의 실력은 초 종사를 훨씬 뛰어넘을 것인데, 설마 초 종사가 그에게 납치를……."

"납치? 초만녕과 묵연의 더러운 관계를 누가 모를까. 내가 보기엔 납치가 아니야. 답선군도 전생과 전혀 상관없을 거야. 묵연이 배후에서 모든 일을 조종하고, 초만녕은 그와 한패인 게지! 못 믿겠으면 산으로 올라가서 확인하자고!"

설몽의 얼굴이 하얗게 질렸다. 예전의 그였다면 분명 크게 분노하며 늙은 도사에게 달려들어 입을 찢었을 것이다. 하지만 그도 얼마 전에야 사존과 묵연 사이를 알고 혐오감을 느꼈기에, 그 자리에 굳어서 무너지는 표정으로 아무 말도 하지 못했다.

곤란에 빠져 난처하던 그 순간, 옅은 청색의 기다란 형체가 설몽의 앞을 가렸다.

강희가 냉랭하게 말했다.

"손 도사가 이렇듯 대담하게 함부로 결론을 내렸으니, 산에 올라간 뒤 도사의 말이 틀렸다면 요사스러운 말로 사람을 홀리는 그 혓바닥을 남겨 둘 필요가 없을 듯싶소."

늙은 도사는 안면 근육이 움찔거리더니, 뭐라고 말하고 싶은지 입술을 달싹이며 한참을 우물거렸다. 하지만 강희 앞에서는 말할 패기가 없어 결국 입을 닫았다.

강희는 곁눈질로 설몽을 한 번 본 뒤, 별다른 말 없이 고개를 숙이고 잠시 고민하다가 다른 사람들에게 말했다.

"지체할 수 없다. 우선 산에 올라가 각자 맡을 상대를 정한 뒤 바로 행동에 옮기지."

그의 시선이 다른 장문과 장로들에게 닿았다. 일종의 확인인 셈이었다.

"진룡 바둑돌을 제외하고, 사생지전에 누가 있는지 아는 자 있소?"

주변에서 잇달아 사람들이 대답했다.

"분명 목연리를 마주칠 겁니다."

강희가 물었다.

"그녀와 맞서 싸운 적이 있는 자는?"

한 여수사가 손을 들었다.

"내란이 일어났을 때 몇 수 주고받은 적 있습니다."

강희가 또 물었다.

"실력이 어느 정도였소?"

여수사가 잠시 생각하다가 말했다.

"장로 셋을 보내면 충분히 막을 수 있을 겁니다."

"좋소. 그럼 어느 세 분이 기꺼이 목연리를 잡고 있을 건가?"

목연리를 눈엣가시처럼 여기는 사생지전의 세 장로가 바로 나섰다. 선기, 탐랑, 녹존이었다. 동문인 세 사람은 실력도 뛰어났다. 공격, 치료, 보조, 각각의 장점이 있어 강희는 단번에 승낙했다.

강희가 또 물었다.

"또 없나?"

"그리고 천음각의 일부 측근이 있습니다. 그들의 수를 헤아리기 어렵습니다. 적어도 육칠백은 될 것이고, 실력도 예측 불가입니다."

강희가 골똘히 생각하다가 말했다.

"천음각의 전투 방식과 가장 비슷한 곳이 무비사이니……."

그가 현경대사에게 시선을 돌렸다.

"대사의 제자들이 전쟁 시 천음각의 측근을 맡을 수 있겠소?"

"그건……."

현경대사는 속으로 이해득실을 따졌다.

불리할 게 뻔했다. 천음각 제자의 수와 실력은 미지수였다. 약하면 가장 좋지만, 강하다면 무비사의 원기가 크게 상할 것이다. 그러나 이득도 너무 컸다. 최소한 그들은 가장 두려운 답선제군과 마주치지는 않을 테니 말이다.

그가 고개를 끄덕였다.

"노승은 당연히 천하와 걱정을 나누겠습니다."

"남은 건 화벽남인데……."

강희가 한숨을 쉬며 눈을 감았다.

"이건 말할 필요도 없소이다. 고월야가 그의 초식을 잘 안다고 할 수는 없으나, 적어도 스승은 같소. 전쟁이 일어나면 제문하의 장로들은 그를 전담하며, 사정을 봐주지 않을 것이오."

그는 계속 일을 안배했고, 남은 건 진롱 바둑돌과 답선군이었다.

강희는 사람들을 훑어봤다. 그러나 흔쾌히 나선 일부 수사를 제외하고 대부분은 마치 목에 병이라도 생긴 듯 하나같이 고개를 떨어뜨렸다. 어떤 이들은 목이 아픈 듯 아예 손으로 목을 주물럭거리기도 했다.

"궁주?"

명월루가 고개를 끄덕였다.

"답설궁도 당연히 힘을 보태야지요."

강희가 또 상청각 각주에게 묻자, 그가 고개를 끄덕이며 대답했다.

"저희의 책임을 어찌 남에게 미루겠습니까."

그러나 이들을 제외하고 다른 문파는 두려워하는 게 아니라 전투에 적합하지 않아 장문들은 걱정이었다. 심지어 어떤 이는 이렇게 중얼거렸다.

"답선군은 시공생사문까지 열 수 있으니 장문들의 힘만으로는 분명 역부족일 텐데."

"그렇습니다. 이건 죽음을 무릅쓰느냐 마느냐의 문제가 아닙니다……."

누군가 한숨을 쉬었다.

"유풍문이 아직 있었다면 72개 성의 수사와 성주가 많았을 텐데. 에휴…… 아쉽습니다."

"아, 참."

갑자기 강동당의 수사가 목소리를 높였다.

"엽망석은요? 그녀도 뛰어나지 않습니까? 아마 남궁류 열 명을 합친 것보다 뛰어난 장문급 실력일 겁니다. 어디 있습니까?"

언급하지 않았더라면 좋았을 일이 언급되자, 강희의 얼굴이 잿빛이 됐다. 그가 음울하게 말했다.

"출발 전 피난민 일부를 고월야에 안착시켰소. 바둑돌 대군이 경계선까지 밀어닥칠 수 있으니 수사 한 명을 남겨 지키라고 할 생각이었는데, 아무도 지원을 안 해서 그녀가 남았지."

수사는 '아' 하고 탄식하더니 난감한 표정을 지었다.

강희가 음울하게 말했다.

"모두가 호걸이라면서 어찌 항상 그녀가 필요한 겐가?"

"……."

조금 더 기다려 봤지만, 이들 중에서 기꺼이 앞장설 사람은 몇 없었다. 강동당의 젊고 예쁜 새 장문은 심지어 이리저리 둘러댔다.

"잘 생각해야 할 듯합니다. 장난하는 게 아니니까요. 조금 더 기다려 주시겠어요?"

'기다려 달라'라는 말에 설몽은 욱해서 입술이 퍼렇게 됐다. 그는 최대한 감정을 억누르고 물었다.

"언제까지 기다리라는 말이죠? 더 기다린다고 더 적합해진답니까?"

"그렇지만 무턱대고 산에 올라가서 죽을 순 없어요."

"이번 움직임에 승패가 달렸으니 설 소주도 신중하세요."

현경대사도 타일렀다.

"설 공자, 돌다리도 두드려 보고 건너야 합니다. 천지개벽이 일어나 시공생사문이 나타났으니, 그 누구도 앞에 어떤 변수가 있을지 알지 못하오. 지금 수진계의 모든 인재들이 이곳에 모여 있지 않습니까. 그런데 장대 하나를 잘못 써서 모두가 물에 빠진다면 누가 책임지겠습니까?"

"맞아요, 장문 선군들이 죽기라도 하면 저희는 어찌합니까……."

설몽은 더는 참을 수가 없었다. 그가 고개를 휙 들고 핏발 선 눈으로 말했다.

"당신네 장문은 아직 안 죽었으니 어떻게 할지 방법을 찾고 있다지만, 그럼 사생지전은요?"

"……."

사생지전을 언급하자, 많은 사람들이 장문 부부가 억울하게 목숨을 잃은 것이 떠올라 눈빛을 피했다. 어떤 이들은 죄책감에 고개를 숙이고 입을 열지 못했다.

"사생지전은 이제 어찌해야 한단 말입니까."

설몽이 가라앉은 목소리로 말했다.

"저는 사촌 형도 잃었고, 사형도 잃었으며, 어머니도 아버지도 잃었고, 지금은 사존마저……."

설몽의 속눈썹이 떨리고, 울분이 목구멍으로 울컥 올라왔다. 그는 온 힘을 다해 고통을 삼켰지만, 너무나 깊은 고통에 결국 참지 못하고 감았던 눈을 다시 떴다.

"여러분이 죽음이 두려운 이유는 의지할 곳이 있어서죠. 저는 없으니 죽음이 두렵지 않습니다."

매함설이 눈살을 찌푸리고 낮은 소리로 그를 가로막았다.

"설몽!"

그러나 어찌 그의 귀에 들리겠는가.

이 세상에서 아무도 그를 막을 수 없었다.

설몽이 말했다.

"당신들이 가지 않겠다면 저 혼자 가겠습니다."

"소주!"

사생지전의 제자들이 잇달아 앞으로 나와 말리려고 했지만, 설몽은 확고하게 죽음도 불사하겠다는 결심까지 밝혔다. 그는 모든 사람을 뒤로했다. 줄곧 참았던 분노와 서러움은 눈물이 되어, 아무도 보지 않는 곳에서 흘러내렸다.

강희는 폭우 속에 서서 그의 뒷모습을 바라보았다.

"너……."

그의 목소리에 설몽은 더 빠르게 걸었다. 그의 용성은 이미 부서졌고, 심지어 제대로 된 검 한 자루도 없었다. 그러나 그는 고개 한번 돌리지 않고 우뚝 솟은 산 위의 사생지전으로 향했다.

"설몽!"

잠깐의 망설임 끝에 결국 강희의 목구멍에서 쉰 목소리가 힘겹게 터져 나왔다.

강희가 다가가 손을 내밀었지만, 손이 설몽의 어깨에 닿기도 전에 그가 몸을 휙 돌렸다. 새처럼 동그란 눈동자 속에 번개가 번쩍였다. 설몽이 분노하여 소리쳤다.

"저리 가요! 건들지 마!"

그러더니 힘껏 강희를 뿌리치고 그 누구에게도 말할 기회를 주지 않은 채, 몸을 돌려 그곳을 떠났다.

계단에는 이끼가 꼈고, 산에는 대나무가 흔들렸다.

설몽은 폭우에 점점 호흡이 거칠어졌고, 눈앞엔 꿈처럼 젖은 세상이 보였다.

한때 이곳에서, 왕 부인은 달빛 아래에서 괭이를 메고 활짝 핀 모란꽃 한 송이를 보고 있었다. 저곳에서는 설정옹이 창을 비껴들고 말을 내달리며 위풍당당하게 돌아왔다. 백석문을 지나서는 사매가 고개를 숙이고 우물쭈물하는 모습이 보였고, 영웅 기둥을 지나치니 달을 바라보는 묵연이 보였다. 폭풍우 속에서는 수업을 마치고 떠들썩하게 돌아가는 제자들이 보였다. 다리 위에서 환하게 웃는 모습이 마치 어제 일 같았다.

그는 마치 사나운 호랑이에게 쫓기듯, 빠른 걸음으로 도망치듯 내달렸다. 그러다 곁눈으로 늙은 복숭아나무를 보았을 때, 나무 아래에서 배시시 웃으며 고개를 들고는 하얀 옷을 펄럭이는 초만녕에게 예를 표하는 어린 시절의 자신이 보였다.

— 제자 설몽, 사존을 뵙습니다.

순간 눈을 감았다.

사생지전은 너무나 많은 과거를 담고 있었고, 하나하나가 그의 오장육부를 태웠다. 이곳은 한때 찬란한 불빛이 있었는데, 지금은 그저 처량한 잿더미일 뿐이었다.

설몽이 걸어가는 길은 비바람이 몰아쳤고, 죽은 사람들이 스쳐 갔다.

"따라오지 마……. 더는 이런 걸 보고 싶지 않아……."

그가 중얼거리며 흩어지지 않은 망령의 그림자 사이를 지나가자, 의기양양하던 소년의 세월이 달아났다. 그가 산 정상에 서자 온몸이 비에 흠뻑 젖었다. 그는 깃털이 모조리 빠진 봉황처럼 덜덜 떨었다.

춥다.

추위에 뼛속까지 얼어 버렸다.

그가 짙은 속눈썹을 찌푸리며 스산한 궁전의 어두운 불빛을 바라보았다. 이곳이 바로 전생의 사생지전이었다. 지난번 암살을 하러 왔을 때는 자세히 볼 겨를이 없었던…….

그때, 비교적 가까운 통천탑 앞에 있는 세 개의 무덤이 그의 눈에 들어왔다.

그가 문파에서 한 번도 본 적이 없던 것이었다. 그는 바로 다가가 자세히 살폈다. 세 개의 무덤 중 하나는 '유폭 황후'였고, 하나는 평평하게 깎인 비석이 한쪽으로 쓰러져 있었다.

마지막 무덤은 아주 오래되고 아주 낡았다.

무덤 앞에 흐릿한 형체가 쓸쓸하게 서 있었다.

그의 장포는 피로 얼룩졌고, 넓은 소매는 땅에 닿았다. 그는 무덤 앞에 서서 손을 들어 비석에 새겨진 글자를 어루만졌다.

설몽은 깜짝 놀랐다. 화살이 머리를 뚫고 지나간 것처럼 온몸의 피가 모조리 머리로 쏠렸다. 그가 소리쳤다.

"묵연!"

용성을 뽑아 베고 싶었지만, 허리춤이 텅 비어 있었다.

그제야 용성이 이미 부러진 게 생각났다. 지난번 답선제군과의 교전 중 부러졌던 것이다.

옆에 서 있는 남자는 아무 소리도 못 들었는지, 그저 느릿느릿 묘비 앞으로 몸을 숙였다. 마치 극도로 피곤한 여정이 마침내 끝난 것처럼. 설몽은 그가 이마를 차가운 석면에 대고 가볍게 비비는 모습을 지켜봤다.

설몽의 손바닥에서 갑자기 불길이 솟아올라, 사방으로 주황빛이 퍼졌다.

그가 막무가내로 답선군의 등을 가르고 공격했다.

펑!

굉음이 울렸지만 불꽃은 아무에게도 상처를 입히지 못한 채, 오래되어 이끼가 낀 비석만 깨지고 말았다.

설몽이 깜짝 놀라 주변을 둘러봤지만, 답선제군이든 검은색 형체든 아무것도 보이지 않았다. 어디에도 없었다.

그의 주변으로 비가 억수같이 내리고, 만물이 바스락거리며 스러졌다. 세상에 오직 그만 의지할 곳 없이 외로운 듯했다. 그러나 흔들리는 나무의 그림자와 바람 소리는, 마치 천군만마가 어두운 숲과 억센 풀 속에 잠복한 채 싸울 태세를 갖추고 있는 듯했다.

"답선군! 답선군!"

그가 외쳤지만, 목소리는 순식간에 천둥소리에 산산이 부서진 가루가 됐다.

잘못 봤나?

어찌 잘못 볼 수 있을까. 분명 그렇게나 선명한 뒷모습이었는데, 분명 방금 바로 이곳에 서 있었는데. 분명 그 사람은 심지어 손을 뻗어 비석을 만졌고, 비석에는…….

멈칫했다.

설몽은 몸을 숙이고 자신이 부순 비석을 천천히 손으로 그러모았다. 반쯤 모았을 때 그는 그대로 굳어 버렸다.

비석에는 이렇게 쓰여 있었다.

[선사.[#10]

#10 **선사** 돌아가신 스승

초만녕의 묘]

누구의 묘라고? 무슨 묘?

설몽은 튕기듯 벌떡 일어나 비틀거리며 뒤로 물러났다. 번개의 하얀빛이 그의 참담한 얼굴을 비췄다. 설몽은 고개를 저으며 중얼거렸다.

"아니야…… 아니야……. 어떻게…… 어떻게 그럴 수가 있어?"

그는 침을 삼키며 애써 냉정해지려고 했다. 그는 그 자리에 쪼그려 앉아 한참 숨을 가다듬은 후, 간신히 정신을 차리고 가늘게 뜬 눈으로 비석을 자세히 관찰했다.

비석은 얼룩덜룩했다. 적어도 십 년은 된 것 같았고, 새것은 아니었다. 비석에는 깊이가 다른 흔적이 새겨져 있었는데, 원래 뭐라고 새겨져 있던 것을 나중에 누군가 원래 글을 지우고 다시 새긴 것 같았다.

선사…… 초만녕의 묘.

이게 전생의 사존 묘라고?

설몽은 입술이 파랗게 질렸고 온몸이 덜덜 떨렸으며, 가슴속에서 슬픔인지 분노인지 공포인지, 아니면 다른 무엇인지 모를 감정이 치밀어 올랐다……. 손바닥에 얼굴을 파묻고 축축한 빗물을 닦아 내는 그의 마음은 복잡해졌다.

그가 모르는 세계의 미래에 대체 어떤 애증이 있었을까?

그는 알 수 없었다. 이 비석에 원래 뭐라고 새겨졌는지, 그리고 어떤 이유로 누가 비문을 바꿨는지 그가 알 수 없는 것처럼.

아무것도 알 수 없었다.

설몽은 그 자리에서 잠시 숨을 가다듬었다. 그가 눈을 떴을 때, 흑금색 환영이 또 나타났다. 이번에는 더 가까워서, 장포에 금색으로 수놓인 험준한 산과 강, 그리고 승천하는 용과 포효하는 호랑이가 선명하게 보였다.

그 사람은 혼백과 산 사람 사이에 있는 그림자처럼, 완전히 살아 있는 것도, 완전한 혼백도 아니었다. 그가 통천탑을 내다보고 있을 때, 설몽은 느닷없이 그의 나지막한 목소리를 들었다.

"사존…… 저 좀 봐 주세요."

희미한 목소리는 마치 환영 같았다.

"전 이제 집으로 돌아갈 거예요. 집으로 돌아가고 싶어요."

그의 말투에는 막막함과 불안함이 담겨 있었다.

"집으로 돌아갈 거예요……."

그가 읊조렸다.

"사존……."

'쿵' 하는 소리와 함께 대지를 망치로 내려치듯 벼락이 떨어졌다. 산과 강, 대지의 미세한 떨림이 느껴지자 온몸의 장기가 저릿해졌다.

"그런데 돌아갈 집이 없어요……."

흑금색 형체가 고개를 휙 돌렸다. 거칠고 사나운 파도 같은 폭우 속에서 설몽은 그의 얼굴을 똑똑히 보았다. 그는 바로 묵연이었다.

묵연은 그가 안 보이는지 혼자 중얼댔다.

"집이 없어졌어요……. 돌아가고 싶은데…… 돌아갈 거라고요!"

그는 초조하고 또 절망적으로 울부짖었다.

"돌아가게 해 줘요, 돌아가게 해 달라고! 난 그를 만날 거야……. 그를 만날 거라고!"

천둥 번개 속에서 검은 환영은 높이 올라갔다. 설몽은 돌연 음침하고 사나운 검은 바람에 휩쓸렸고, 그 그림자는 그를 관통하여 지나갔다. 뼈가 시릴 만큼의 서늘함은 빗물보다도 차가웠다. 설몽은 순간 눈을 뜨지 못하고 땅에 넘어지고 말았다.

"난 죽을 수 없다……. 나는 그를 만날 거야!"

낮게 포효하는 묵연의 목소리가 설몽에게 선명히 들렸다. 검은 그림자는 소용돌이처럼 사생지전 뒷산으로 날아갔다. 그가 정신을 차렸을 때 이미 귀신의 그림자는 사라지고, 그저 뒷산에서 하늘을 찢을 듯한 붉은빛만 사방으로 퍼지고 있었다.

무슨 일이 일어난 거지? 방금 그 그림자는 뭐였지?

영혼인가?

그는 시체처럼 핏기 없는 얼굴로, 누군가 뒤에서 그를 툭 칠 때까지 그 자리에 굳어 있었다.

극도로 긴장 상태였던 설몽은 누군가 건드리자 펄쩍 뛰며 미친 듯이, 힘이 다 빠져나간 듯 말했다.

"누구야? 누구!"

매함설이 그를 누르고 황급히 말했다.

"겁내지 마, 나야."

그의 뒤쪽 숲속에서 걸어 나오는 너무나도 못생긴 답설궁 사람은, 설몽에게 너무나도 익숙한 담벽색 눈동자를 가졌다. 인면 가면을 쓴, 매함설의 냉정한 형 매한설이었다.

숲에서 걸어 나온 매한설은 손에 검 두 자루를 쥐고 있었다.

하나는 그의 신무 삭풍이었고, 다른 하나는…….

"설황이다."

매한설은 떨고 있는 설몽 앞으로 가서 강희의 패검을 그에게 건넸다.

"강 장문이 대신 너에게 전해 달라고 했어. 너에게 필요할 테니 다른 이유로 거절하지 말라더군."

그의 동생이 궁금해했다.

"하나만 묻자. 너랑 강희는 대체 무슨 사이야?"

"가자."

형이 가차 없이 말을 잘랐다.

"같이 무산전으로 가서 초 종사의 상황을 먼저 살펴보자."

매한설은 몇 마디 하며 설몽을 흘끗 보다가, 삭풍의 검 자루로 상대의 어깨를 두드리더니 아무 말 없이 폭우 속으로 걸어갔다.

그의 쌍둥이 동생은 한숨을 내쉰 뒤 설몽의 머리를 토닥이고는, 형을 따라 폭풍우가 몰아치는 무산전으로 향했다.

300장 사생지전, 혼란의 무산전

무산전은 한때 단심전이었다. 답선군이 제군의 자리에 즉위한 뒤 공간 조정을 하여 전전(前殿), 중정(中庭), 후전(后殿) 세 구역으로 나눴다.

매씨 형제는 곧장 들어가지 않고 입구에서 설몽이 따라오기를 기다렸다. 설몽이 따라붙자, 형인 매한설이 말했다.

"이 궁궐은 별로 크지 않지만, 미혼장이 있어."

"미혼장이 뭐야?"

설몽이 물었다.

매함설이 설명했다.

"기문둔갑[#11]과 비슷한데, 짙은 연기로 된 장독[#12]이야. 답설궁의 매화 숲에도 있는데 일 년 내내 흩어지지 않아."

설몽이 파랗게 질린 얼굴로 물었다.

#11 기문둔갑 奇門遁甲, 음양 변화에 따라 몸을 숨기고 길흉을 택하는 용병술
#12 장독 瘴毒, 독한 기운

"무슨 효과가 있는데?"

"침입자가 길을 못 찾게 만들어."

매함설이 대답했다.

"이런 장독은 같은 편에게는 아무런 효과도 없지만, 침입자에겐 풍경이 왜곡되어 보이기에 진짜 출입구를 못 찾게 돼. 백성들이 말하는 귀신이 세운 벽도 아마 이런 걸 거야."

설몽은 말이 없었다.

매한설이 냉랭하게 말했다.

"이건 시간을 끄는 거야. 후전에서 누군가 교전 중인 것 같아."

매함설이 물었다.

"어쩌지? 돌아서 갈 수 있겠어?"

매한설이 그를 흘끗 쳐다봤다.

"답설궁에 이십 년 넘게 있었으면서 나한테 묻는 거야?"

"……크흠."

동생이 멋쩍어하며 고개를 돌려 설몽에게 말했다.

"별수 없네. 들어가서 장독의 발원지를 찾아서 몰아내야겠어."

그러곤 설몽의 눈치를 보더니 위로의 말을 건넸다.

"하지만 걱정하지 마. 내가 제일 잘하는 게 이거야. 종종 답설궁 뒷산의 매화 숲 미혼장을 이용해서 귀찮게 찾아오는 여수사들을 피해 다녔거든. 선향 한 대 탈 만큼의 시간만 있으면 깰 수 있어."

그의 말에 형의 안색이 잿빛으로 변하더니, 얼음장같이 차갑게 대꾸했다.

"그런 말 할 낯짝도 있네."

설몽은 그들의 잡담을 들을 마음이 조금도 없었다. 그는 앞으로 걸어가 무산전 정전의 대문을 밀었다.

악귀가 더러운 입을 벌리듯, 붉은 칠을 한 대문이 천천히 열렸다. 등불이 가물거리는 안은 고요했다. 한 걸음 내디딘 설몽은 공기 중에 떠다니는 옅은 꽃향기를 맡았다.

그가 고개를 돌렸지만 매씨 형제는 이미 보이지 않았다. 아마도 장독이 흩어지기 전에 세 사람이 보는 장면이 모두 달라져서, 아무도 서로를 보지 못한 것 같았다.

이때, 갑자기 익숙한 목소리가 대전 높은 곳의 옥좌에서 들려왔다.

"설몽……."

음산한 바람이 스치자 검은색 휘장이 펄럭였다. 깜짝 놀란 설몽이 외쳤다.

"묵연?"

그 목소리가 탄식했다.

"너 맞지. 네가 온 거냐?"

침을 꿀컥 삼킨 설몽은 바짝 긴장한 채, 검을 들고 어두컴컴한 대전 깊숙한 곳으로 걸어 들어갔다.

검 끝으로 겹겹이 쳐진 휘장을 걷어 내자 그가 보였다.

높은 곳에, 준수하고 창백한 얼굴의 남자가 두 눈을 감은 채 앉아 있었다. 남자는 금을 녹여 만든 화려한 의자에 비스듬히 앉아 구류 면류관을 쓰고 있었다. 새카만 눈썹, 냉담한 표정, 오뚝하지만 살짝 휜 콧날. 옅은 입술을 꾹 다물고 있어서 별다른 표정을 읽을 수 없었다.

답선군이었다.

답선군의 안색은 너무 안 좋았다. 시체처럼 하얗다 못해 파래서, 마치 독약을 먹은 듯한 모습이었다. 그의 앞에 있는 은쟁반에는 보랏빛 포도, 불그스름한 사과와 함께 갖가지 아름다운 꽃이 가득 담겨 있었지만, 옥좌에 앉아 있는 사람은 눈을 뜨지도 않았다. 그는 보지 않았다.

환영인가? 진짜인가?

확실하게 구분할 수 없었다. 머리가 웅웅 울렸지만, 설몽은 가까스로 정신을 차리고 말했다.

"묵연, 너……."

답선군은 겉보기에는 얕은 잠에서 깨지 않고 여전히 눈을 감고 있는 듯 보였지만, 뜻밖에도 대답을 했다.

"……뭐?"

어쩌면 눈앞에 있는 남자가 너무 약해서, 아니면 조금 전 폭우에 이미 자신의 끝없는 분노를 털어 내서일까. 높은 곳에 앉아 있는 환영을 보고 있는 지금, 설몽은 피곤함이 분노를 뛰어넘었다.

그도 묵연이 대답을 할지 안 할지 몰랐다. 그렇게 한들 대체 무슨 의미가 있을까 싶었다. 그저 무미건조하게 중얼거리며, 거의 그를 붕괴시킬 뻔한 마음속에 담아 두었던 질문을 던졌다.

"이런 짓을 왜 하는 거야……. 너 환생한 거야? 너…… 너랑 사존은…… 정말……."

당연히 답선군은 대답하지 않은 채, 가볍게 코웃음을 친 뒤 천천히 눈을 떴다.

가물거리는 등불 속에서 그가 설몽을 내려다봤다.

"어디 보자, 곤륜의 답설궁에서 헤어진 후로 너와 사존도 벌써 이 년을 못 봤겠구나."

설몽은 깜짝 놀랐다.

"뭐라고?"

답선군이 미소 지으며 말했다.

"설몽, 사존이 보고 싶으냐?"

설몽은 버럭 하며 물었다.

"무슨 곤륜의 답설궁이고, 이 년 동안 못 봐! 무슨 헛소리야!"

눈앞의 환영은 사실 전생에서 묵연이 음독자살했을 때 설몽과 나눴던 마지막 대화였고, 답선군이 인간 세상에 남긴 마지막 말이었다.

제멋대로 생겨난 미혼장은 전생의 두 사람이 이별하기 전 장면을 만들어 냈다.

그러나 지금의 설몽은 전혀 알 수 없는 일이었고, 그래서 막막하고 화나고, 초조하면서 두려웠다. 그는 남자를 노려보며 고함쳤다.

"지금 무슨 헛소리를 하는 거야!"

답선군의 눈은 그를 보는 것 같기도, 또 보지 않는 것 같기도 했다.

마치 실제로 존재하는 설몽을 투과하여 존재하지 않는 다른 그림자를 보는 것 같았다.

그와 그 그림자는 서로 대화를 했다.

"돌려 달라고? 어리석군. 머리를 굴려 보면 알 텐데. 나와 사존 사이의 원한이 그렇게나 깊은데 어찌 그를 이 세상에 살려 두겠어."

설몽은 입을 닫았다.

그래…… 이건 환영이야. 내가 대답을 하지 않아도 답선군은 끊임없이 말하잖아. 그는 내가 못 보는 사람과 대화를 하고 있어.

무슨 이야기를 하는 거지?

귓가가 웅웅 울렸다. 답선군이 내뱉는 말을 알아듣지 못한 설몽은 많이 기억하지 못했다. 그러나 옥좌에 앉아 있는 남자의 광기 어린 눈은 냉담하고, 편집적이고, 모순적이었다. 설몽은 온몸에 소름이 돋았다. 이건 그의 형이 아니었다. 그가 모르는 모습이었다.

답선군은 여전히 흉악했다.

"사존이 날 만신창이가 될 정도로 때리고, 모두의 앞에서 날 무릎 꿇리고 죄를 인정하게 했다는 걸 상기시키려는 거냐? 아니면 예전에 사존이 널 위해, 아무 상관도 없는 사람을 위해 날 가로막았던 거 말이냐? 내가 하려는 좋은 일은 방해하고 나의 대업을 망쳤었지."

폭군은 눈이 멀고 발톱이 잘린 용처럼, 늪에서 안간힘을 쓰며 최후의 흉악함을 붙들었다.

그는 끊임없이 투덜댔다. 미친 것처럼, 귀신에 씐 것처럼. 그는 보기에는 악독하나 사실 지독히도 피곤했다.

그가 말했다.

"그래도 한때는 스승과 제자 사이였지. 시신은 남봉의 홍련수사에 두었다. 연꽃 속에 잘 보존되어 있어. 잠자는 것처럼."

그가 또 말했다.

"그의 시신은 내 영력으로 유지되고 있어서 이제껏 썩지 않았어. 정 보고 싶다면 나랑 여기서 쓸데없는 말이나 늘어놓을 게 아니라, 내가 죽기 전에 얼른 가 보는 게 좋을 거다."

설몽은 계단 위로 올라갔다. 설황을 꽉 쥔 손에는 땀이 줄줄 흘렀다.

"대체 무슨 말을 하는 거야……."

전생에 누가 죽었다고?

누구의 시신이 홍련수사에 있어?

누구의 시신이 답선제군의 영력으로 유지돼서 썩지 않는다는 거야…… 누구라고?

사실 답선군의 말에서, 조금 전 통천탑 앞 무덤에서, 설몽은 이미 답을 얻었다. 그러나 그의 머릿속은 얼음으로 꽁꽁 언 것처럼 입술이 덜덜 떨리고 부딪쳤다.

누가 죽었다는 거야…… 누가 죽었냐고!

그는 일그러진 표정으로 돌진하여 묵연의 멱살을 잡았다. 그러나 다섯 손가락은 환영을 통과했다.

바로 코앞에 있는 답선군이 쉰 목소리로 말했다.

"가라. 어서 그를 보러 가. 내가 죽어서 영력이 끊어지면 그도 재로 변해 버릴 테니까."

말이 끝나자 남자는 힘없이 눈을 감았다. 독이 퍼진 것이다.

그러나 설몽은 눈을 동그랗게 뜨고 온몸을 덜덜 떨었다.

왜 이렇게 됐지? 이 세상에 대체 무슨 황당한 일이 일어난 거야?

"네가 사존을 죽였어?"

떨리는 설몽의 목소리에 좌절감이 배어 나왔다.

"네가 사존을 죽였어?"

"……."

"너 환생한 뒤에 다 기억하고 있었지. 사실은, 모든 걸 다 알고 있었지?"

당연히 그에게 대답하는 사람은 없었다. 그런데도 설몽은 재차 물었다.

이 세상의 수많은 대답은 알아봤자 기쁘기는커녕 오히려 고통만 준다. 하지만 그걸 뻔히 알면서도 꼬치꼬치 캐묻기 마련이다.

잔혹한 진실과 달콤한 거짓말. 무엇이 사랑이고, 무엇이 증오일까?

"알고 있었다면…… 왜 우리를 속였어? 형…… 어떻게 그렇게 잔인해……. 어떻게 그렇게 잔인할 수 있냐고……."

눈앞에 있는 사람의 얼굴에 경련이 일어났다. 독약 때문에 발작을 일으키면 누구라도 보기 흉했다. 답선군의 입가로 피가 흘렀고, 그는 몸을 세워 일어나 비틀거리며 대전 밖으로 나갔다.

"어디 가?"

설몽이 환영을 향해 손을 뻗었다.

"어디……."

갑자기 다섯 손가락에 따스함이 전해졌다.

설몽은 몸을 흠칫 떨었고, 코에 꽃향기가 사라지면서 황혼 속으로 걸어가는 흑금색의 뒷모습도 가루로 변했다.

"묵연?"

묵연이 사라졌다.

미혼장이 사라지자 설몽의 눈빛과 표정은 막막함과 고통으로 변했다. 꿈과 환영, 전생과 현생, 대체 무엇이 진짜고 무엇이 가짜일까? 시공생사문이 열리고 과거의 세상과 그들의 세상이 엉망으로 뒤섞였으니, 무엇이 진짜 일어났던 일이고, 어느 묵연이 진짜 묵연이고, 어느 자신이 진짜 자신일까?

설몽의 핼쑥한 얼굴에 드러난 고통스러운 표정은 너무나도 안쓰러웠고, 눈빛마저 불안했다.

한참 뒤에 초점이 돌아왔다.

그리고 갈색 눈동자에 매함설의 모습이 들어왔다.

"일어나 봐."

매함설이 그의 손을 풀고 이마를 톡 치자 설몽은 따끔함을 느꼈다.

"끝났어."

"……."

잠시 멍하니 있던 설몽은 마침내 정신을 차리고 힘을 짜내서 중얼거렸다.

"미안해……."

매함설이 말했다.

"미안할 거 없어. 이런 미혼장은 아주 심오해서, 네가 걱정이 많을수록 더 끔찍한 장면을 만들어 내거든."

눈을 뜬 설몽이 촉촉한 검은 눈동자로 그를 응시했다.

사실 그는 매함설과 대화하는 걸 매우 싫어했다. 그러나 지금 눈앞의 사람은 마치 허망함 속에서 유일하게 안정적인 존재

같았다. 그래서 그는 자기도 모르게 잠긴 목소리로 말했다.
"너는? 너는 뭘 봤어?"
매함설은 바로 대답하지 않고 잠시 말이 없더니 환하게 웃었다.
"십여 년 동안 나한테 상처받았던 낭자들 천여 명을 봤지. 휴, 예쁜 낭자들이 작정하고 덤비는데, 진짜 살이 떨리더라."
"……."
마침 그때, 후전 쪽에서 하늘을 뒤흔드는 폭발음이 들렸다.
매한설이 차가운 눈으로 검을 잡고 말했다.
"가자."
설몽과 매함설은 나란히 폭우가 쏟아지는 중정을 지나 후전으로 갔다. 그들은 제일 먼저 백금색의 아름다운 형체가 지붕으로 올라가는 모습을 보았다. 형체는 들이닥친 세 사람을 보더니 발걸음을 멈추고 시선을 아래로 향했다. 우르릉거리는 번개가 그녀의 얼굴을 비췄다.
매한설이 수심에 찬 얼굴로 차갑게 말했다.
"목연리?"
그때, 앞쪽에서 누군가 크게 고함을 쳤다.
"누님, 저들은 신경 쓰지 말고 어서 도망쳐요!"
목연리는 내키지 않았지만 재빨리 도망쳤다. 설몽 일행이 도착했을 때 후전은 이미 무너져서 엉망이었다. 온통 부서진 나무와 깨진 기와였고, 불이 부러진 기둥을 삼켰으며, 비단 휘장은 활활 타올랐다. 불 혓바닥이 하늘 높이 치솟았고, 검은 연기는 파도처럼 밀려왔다.
폐허 속에서 두 개의 하얀 형체가 빠르게 서로를 베었다. 세찬 바람이 불고 불꽃이 폭발했다. 번개처럼 빠른 두 형체는 공중에서 쏜살같이 서로 부딪쳤다 떨어졌다.

금속이 부딪치는 '쨍' 하는 소리와 함께 금빛과 푸른빛이 계속 번쩍거렸다. 기와가 와르르 무너지며, 자갈밭 속에서 두꺼운 나무가 용이 깨어나는 것처럼 높이 솟아올랐다. 다른 쪽에서는 부서진 전돌 아래에서 영력이 흘러나와 푸른 파도가 되어 사납게 몰아쳤다.

형체는 쌩쌩거리며 빠르게 움직이더니, 각자 거대한 나무와 파도 꼭대기에 자리 잡았다.

설몽은 아연실색했다.

"사존!"

무엇이 진실인지는 모르지만, 위험 속에서 초만녕을 걱정하는 건 설몽의 본능이었다.

매한설은 눈을 찌푸리며 계속 뿜어져 나오는 물안개를 보며 중얼거렸다.

"사명정……."

폭풍을 일으키며 싸우는 두 사람은 바로 한때 사제지간이었던 초만녕와 사명정이었다.

그러나 이상한 건, 사명정의 온몸이 답선제군이 가진 강력한 영력으로 뒤덮여 있었다. 공기 중에 노출되는 그의 피부 위로 검은색 주술 문자가 가득했고, 혈관은 징그럽게 불거져 있었다.

설몽이 돌진하며 말했다.

"이게 대체 무슨 일이야? 사매, 사……."

'펑' 하는 소리와 함께 설몽이 결전지 밖으로 튕겨 나갔다. 간신히 일어난 그의 눈앞에 금빛 해당화 결계가 쳐졌다.

초만녕이 안 좋은 안색으로 서늘하게 말했다.

"오지 말거라."

매함설이 앞으로 몇 걸음 나가 설몽의 옆에 섰다. 그가 사매의 수상한 영력을 보더니 눈썹을 찌푸렸다.

"……이상하네. 사용하는 건 자신의 물 속성 초식이면서, 완전히 다른 사람의 힘을 발산하고 있어."

아주 잠깐 멈췄던 초만녕과 사명정은 또다시 번개처럼 싸웠다. 이번에 두 사람이 영력을 완전히 분출하자, 자리에 있던 세 사람은 강한 기운에 눌려 호흡이 어려워졌다.

북두선존의 버드나무 가지가 이리저리 펄럭이고, 손에 들린 황금빛 회사가 검광을 번쩍이며 검 끝보다 날카로운 그의 두 눈을 비췄다. 그는 새처럼 가볍게 검을 들어 사매를 내리찍었다!

"초만녕!"

사매는 분노로 뒤틀렸다.

"두 번의 생 모두 당신을 죽이지 않았는데, 날 이렇게 대하다니!"

말이 끝나자 쾅, 소리가 났다. 그가 손을 들어 결인하자 짙푸른 보호벽이 사매 앞에 펼쳐지더니 그대로 초만녕의 공격을 막았다.

자세히 보니 보호벽은 난데없이 나타난 게 아니라, 칼집이 없는 맥도가 막으면서 생긴 것이었다. 바로 불귀였다! 사매의 몸에 흐르는 답선군의 난폭한 영류에, 불귀마저 주인을 잘못 알아보고 그의 소환에 응하고 힘을 실었다.

초만녕의 눈이 어두워졌다.

"아니, 너는 두 번의 생에서 나를 죽였다."

그가 금색 검을 휘두르자 아름다운 빛이 흐르고, 사매가 만든 보호벽에 희미한 균열이 생겼다. 초만녕은 하늘로 솟아올라 긴 다리로 균열이 난 곳을 힘껏 찬 뒤, 그 힘으로 뒤로 날아가며 손에 든 회사를 그에게 던졌다! 천둥 같은 폭발음과 함께 공중엔 먹구름이 드리워졌다. 구주[#13]를 뒤흔드는 폭풍우와 천둥 번개 속에서 회사가 사매의 결계를 뚫었다!

사매는 불귀를 들어서 막았지만, 그는 묵미우가 아니었다.

그는 회사의 힘을 버티지 못했고, 맥도는 손에서 벗어나 땅에 거꾸로 박혔다. 뒤이어 황금빛의 신무 회사가 그대로 사매의 가슴을 찔렀다!

"으윽……."

사매는 간신히 피했다. 하지만 급소인 심장을 피했을 뿐, 다른 곳은 피하지 못했다. '촤아' 하는 소리와 함께 피가 사방으로 흩뿌려졌고, 사매의 어깨를 관통한 회사는 피를 뿌리며 초만녕의 손으로 돌아왔다.

땅으로 떨어진 사매는 깨진 기와와 처마 위에서 구르더니, 간신히 상처를 부여잡고 기어가다 비틀거리며 일어났다.

그의 눈은 격노와 흉악함으로 번뜩였다.

"왜 날 막는 거야! 날 막아서 무슨 소용이지? 날 막는다고 죽은 사람이 돌아와? 날 막으면 당신들의 삶이 편해져? 날 막으면 두 세상이 예전으로 돌아갈 것 같아!"

초만녕은 높은 곳에서 내려와 발끝을 땅에 디뎌 폐허 위에

#13 구주 九州. 흔히 천하(天下)를 말하는 것으로, 고대 중국에서 전 국토를 통치하기 위해 설치했던 9개의 주(州)를 말함

착지했다.

그의 온몸은 젖어 있었다. 상처도 나고 피도 흘렸지만, 눈빛은 담담했다. 그 어느 때보다 초만녕 같지 않았다.

그가 방금 한 말은 진심이었다.

팔고장한화가 그의 연인을 삼켰고, 그래서 그는 두 평생 모두 사명정의 손에 죽었다. 두 번의 생이었다.

"뭘 해도 늦었어! 어떻게 했어야 이 모든 걸 막을 수 있었는지 알아?"

사매는 거의 미쳤다. 그는 얼굴을 일그러뜨리며 초만녕에게 소리를 질렀다. 폭우가 두 사람의 몸을 타고 흘러내렸지만 증오의 불길은 꺼지지 않았다.

"당신은 전생에서 시공생사문을 연 뒤 과거로 돌아가 묵연을 죽이고, 그의 시체를 갈가리 찢어 잿더미로 만들었어야 했어! 당신이 묵연을 죽였어야 했다고!"

"……."

초만녕의 눈빛은 냉랭했다.

"처음부터 뭘 시작하고 무슨 속죄를 빌어! 웃기시네! 바로 당신이 그를 살리고 구하고 싶어서, 그를 죽이기 싫어해서, 그래서 내가 다시 강해진 그의 영핵을 얻을 수 있었다고! 그 덕에 내가 답선제군을 다시 만들고, 그래서 오늘 이 지경이 된 거야!"

사매는 말하다가 갑자기 크게 웃었다.

눈빛은 뱀의 독니처럼, 전갈의 독침처럼, 땅벌의 벌침처럼 독기가 가득했다.

사매가 이를 악물고 말했다.

"이건 모두…… 당신이 해내지 못했기 때문이야. 날 막고 싶어? 당신이 조금 더 일찍 단호하게 손을 썼으면 모든 게 끝났을 테고, 나까지 오지도 않았을걸?"

사매가 소리 질렀다.

"당신이 두 세상을 끌어들인 거야!"

독기가 가득한 목소리가 울려 퍼졌다.

"만야옥형, 북두선존은 무슨. 당신이 뭘 했는데? 당신은 아무것도 못 했어! 나는 당신이 남긴 시공의 틈 덕분에 제1 금지술법의 비밀을 파악했고 그래서 시공생사문을 다시 열었으니, 천하를 망친 건 당신 책임도 있어…… 하하하, 하하하하하."

웃음소리는 거미줄처럼 끈적였고, 독수리처럼 서늘했다.

비틀거리는 그의 입가엔 여전히 피가 흘렀지만, 몸에 생긴 문자는 조금씩 옅어졌다. 그러나 그는 개의치 않고 악독한 말로 눈앞의 사람을 모욕하고 저주했다.

한때의 두근거림도, 좋아하는 마음도 그만이었다.

모두 폭우 속에서 연기처럼 흩어졌다.

그는 초만녕을 얕잡아 봤거나, 자신을 과대평가했다. 예전부터 자기애가 넘쳐 초만녕을 손에 넣고 가지고 놀 수 있다고 생각했다. 쇠사슬만 잘 채우면 재미 삼아 키워도 될 거라고 생각했다. 목숨은 필요 없었다. 그러나 지금은…….

"처음부터 다시 할 수 있다면……."

요염한 눈에 분노와 증오, 그리고 서늘함이 번뜩였다. 사매는 피가 뚝뚝 떨어지는 어깨를 움켜잡았다.

"……반드시 당신을 죽일 거야."

마지막 주술 문자가 사라졌다.

사매의 몸에 있던 강한 영류도 사라졌다.

그는 땅에 쓰러져 평범하기 그지없는 접골미인석으로 돌아갔다.

사매는 미약하게 숨을 몰아쉬며 비의 장막 너머로 초만녕을 응시했다.

사매는 이미 최후의 필살기 차신(借神)을 썼다. 이 초식은 그가 환생 후의 묵연에게, 임령서 객잔에서의 그날 밤에 사용했다.

사실 초식이라기보다는 영약을 삼킨 것이다. 약은 답선제군의 피로 만든 것으로, 선향 한 대 피울 시간 동안 묵연의 힘을 쓸 수 있었다.

비록 그 힘은 묵연의 진정한 실력이 아니라 조금 차이가 났지만, 대부분 상황에서는 쓸 만했다.

이번에 그는 단시간 안에 초만녕을 이기지 못했다. 쥐꼬리만 한 재간마저 바닥났다.

그는 아주 잘 알고 있었다.

그때였다. 옆에서 보던 설몽이 머리카락이 쭈뼛 선 채 어쩔 줄 몰라 하며 잠긴 목소리로 말했다.

"사존? ……사매?"

목소리는 작았지만, 설몽과 멀지 않은 곳에 있던 사매가 듣고 고개를 돌렸다. 두 쌍의 눈동자가 마주치자 설몽의 머릿속이 새하얘졌다.

잠시 그를 보던 사매의 눈이 번뜩거렸다. 그러더니 절세의 얼굴에 서서히 처연한 미소가 번졌다.

"소주……."

설몽은 흠칫했다.

어리둥절했다. 사매의 눈빛은 여전히 옛날의 그 눈빛이었고, 얼굴도 과거의 얼굴이었다. 그런 그가 너무나도 안쓰럽고 연약한 모습으로 별말 없이 설몽에게 손을 뻗었다.

결계 가장자리에 서 있던 설몽은 자기도 모르게 한 걸음 내디뎠다. 아니, 반걸음이면 충분했다. 그러면…….

그런데 바로 그 순간, 옆에 꽂혀 있던 불귀에서 갑자기 강렬한 불꽃이 튀었다! 깜짝 놀란 사람들의 시선이 불귀에 쏠렸다. 맥도는 아무런 조짐도 없다가 갑자기 빛이 흘렀고, 그 빛은 핏빛이었다가 푸른빛이 되기를 열 번 정도 반복하더니, 갑자기 강력한 기운이 터져 나왔다!

"조심해!"

매함설이 외치며 하마터면 결계로 발을 내디딜 뻔한 설몽을 잡아당겼다.

뒤이어 그들은 불귀가 땅에서 폭풍우 속으로 솟구치더니, 찬란한 유성처럼 뒷산의 금지 구역으로 날아가는 걸 목격했다.

이제 막 산을 가득 채운 바둑돌과 겨루던 수사들도 그 장면을 보고 경악했다.

"저게 뭐야?"

"무슨 일이지?"

사매는 눈을 가늘게 뜨고 땅에 엎드린 채 별안간 뒷산을 가득 채우는 붉은빛을 보았다. 붉은빛이 그의 동공을 물들였고, 그는 손끝을 누르며 눈을 감고 느꼈다. 잠시 후, 문득 무언가를 깨달은 듯 눈을 번쩍 뜬 사매의 얼굴엔 희색이 가득했다.

"답선군!"

고개를 획 돌린 초만녕의 얼굴이 하얗게 질렸다.

사매가 번뜩이는 눈으로 웃었다.

"답선군이 안 죽었어……. 하하하…… 안 죽었다고!"

어디서 힘이 났는지 그가 비틀대며 일어나더니, 사람들이 미처 반응하기도 전에 자기 혈 자리를 눌러 지혈한 뒤 피가 뚝뚝 떨어지는 장포를 펄럭이며 순식간에 처마를 넘어 몇 걸음 만에 숲속으로 사라졌다.

"사존……."

초만녕은 지체할 수 없었다. 그는 고개를 돌려 설몽을 본 뒤 매함설에게 말했다.

"설몽을 부탁한다."

그러고는 날아서 사매의 뒤를 쫓았다.

동작이 가벼운 사매는 경공만큼은 사부에게 전혀 뒤지지 않았다. 둘의 간격은 일정했다. 사매는 초만녕을 따돌릴 수 없었고, 초만녕도 그를 따라잡을 수 없었다. 그들은 눈 깜짝할 사이에 뒷산에 도착했지만, 눈앞에 벌어진 장면에 놀라서 걸음을 멈추고 말았다.

301장 사생지전, 전생의 설몽

순도의 길 앞에 있는 깊이를 알 수 없는 틈은 초만녕이 열시결로 남긴 흔적이었다. 빗물이 계곡으로 콸콸 흘러 들어가는 것이 마치 요란한 폭포수 같았다.

그 틈 위로 흑금색 장포를 입은 남자가 그들을 등진 채 손에는 맥도를 들고 허공에 떠 있었다.

기척을 느낀 남자가 손끝을 움찔하더니 천천히 고개를 돌렸다.

묵연이었다!

거친 칼바람 속에서, 심장이 날카로운 돌에 베인 것처럼 초만녕은 믿을 수 없다는 듯 눈앞의 사람을 응시했다.

우르릉.

번개가 하얗게 번쩍이더니 천둥이 몰아쳤다.

창백한 빛이 답선제군의 피로 얼룩진 얼굴을 비추었다. 너무나도 섬뜩한 얼굴에 사매는 무의식적으로 뒤로 한 걸음 물러났다.

그러나 초만녕은 자기도 모르게 앞으로 두 걸음 나갔다.

핏자국이었다.

얼굴이 온통 핏자국이었다. 얼굴뿐 아니라 겉으로 드러난 피부가 모두 피범벅이었다. 토막을 내려다가 칼날이 무뎌서 토막에 실패한 시체처럼 온통 상처투성이였다. 오직 눈썹과 눈만 옛날 준수했던 모습 그대로였다.

"……."

초만녕의 입술이 파랗게 질렸다. 그는 퍼붓는 폭우 속에 서서 갈기갈기 찢긴 산 송장을 응시했다.

산 송장도 그를 응시했다. 흰자와 검은자가 선명하게 나뉜 눈동자에 피눈물이 맺혔다.

답선군은 의식이 흐릿했다. 기억과 기억이 서로 싸우고, 혼령과 혼령이 격전을 벌였다. 너무도 아파서인지 그는 자기도 모르게 검을 잡지 않은 손으로 얼굴 한쪽을 쓸어내렸다.

검붉은 피와 빗물이 손가락 사이로 흘렀다.

떨리는 그의 빽빽한 속눈썹에는 답선군의 분노가, 묵 종사의 막막함이 담겨 있었다.

"……저한테 왜 이러시는 거예요?"

초만녕은 대답하지 못했다.

"왜 절 죽이려고 했어요?"

불안해하는 남자의 동공에 초만녕의 그림자가 비쳤다. 그의 얼굴은 서서히 무력하고 유순한 표정으로 변했다. 그가 중얼거렸다.

"사존, 제가 또 무슨 잘못을 했어요?"

"아니다……."

"제가 또 화나게 했어요?"

그의 목소리를 듣자 초만녕은 머릿속이 무너지는 것 같았다. 모든 것이 엉망이 됐다. 그는 생각했다. 빗속에 있는 건 답선군인가? 아니면…… 아니야, 저건 묵연이야.

답선군이든 묵 종사든, 모두 묵연이었다.

온몸에 피 칠갑을 한 묵연이 비틀거리며 초만녕에게 걸어왔다. 시체처럼 하얀 얼굴은 온통 피범벅이고, 초점이 없는 눈은 막막함과 슬픔으로 가득했다.

"제가 또 사존을 실망시켜서 이러시는 건가요."

초만녕은 뼛속까지 침투한 차가운 빗물에 오들오들 떨었다. 그는 묵연이 한 걸음, 한 걸음 다가오는 걸 지켜만 보았다. 묵연은 피눈물을 흘리고 있었다.

"다시는 채찍으로 때리지 마세요…… 저도 아파요……. 아무리 멍청하고, 아무리 둔해도…… 사존이 절 때리면…… 저도 아프다고요…… 사존……."

미세하던 떨림이 격해지더니 제대로 서 있을 수조차 없었다. 초만녕은 거의 무너지기 직전이었다.

그가 주저앉았다. 가슴이 날카로운 발톱에 갈기갈기 찢긴 것처럼 폭우 속에서 몸을 한껏 웅크렸다. 그는 눈앞에 있는 묵연보다 더 죽은 사람 같았다.

"미안하다……."

초만녕은 잠긴 목소리로 슬피 울었다.

"……미안해……."

너의 상처가 곧 나의 고통이다.

네 한 맺힌 피가 결국 날 완전히 삼켰다.

그는 묵연 앞에 구부정하게 주저앉아 움츠렸다. 남은 모든 용기를 쏟아부어 고개를 들었지만, 자신 때문에 갈가리 찢긴 몸을 보고 결국 소리 죽여 울었다.

"내 잘못이다……."

그는 어디가 잘못된 건지 알 수 없었다. 어쩌면 산 송장에 약간의 영혼이 남아 진짜 시체가 아니기에, 열시 주술이 완벽하게 먹히지 않은 건지도 모른다.

묵연은 죽지 않았지만 미치기 직전이었다. 그의 인생 속의 고통과 광기, 먹먹하고 슬픈 기억이 몰려왔다.

그는 묵미우이자 묵 종사였으며, 답선군이자 묵연이었다.

무수한 조각이 모여, 눈앞에 있는 이 처참한 모습의 남자가 되었다.

"묵연……."

초만녕의 목소리를 듣자 묵연의 동공이 미세하게 움직였다. 그가 발걸음을 멈췄다. 그의 발이 닿은 빗물은 전부 붉은색이었다. 땅이 온통 피로 물들었다.

잠시 후, 정신이 분열된 남자는 갑자기 난폭해졌다. 다른 의식이 점령한 것처럼 왔다 갔다 서성였고, 섬뜩하게 일그러진 얼굴에 험상궂은 표정이 더해져 더 공포스럽게 보였다.

"초만녕! 당신은 본좌를 증오해서 어떤 대가를 치르더라도 본좌의 목숨을 끊으려는 거지?"

그가 분노를 터뜨렸다.

"본좌도 당신을 증오해! 당신을 갈기갈기 찢어 내장을 꺼내지 못해서, 당신과 영원히 함께할 수 없어서 분해! 당신은 날 원망해서는 안 돼. 당신이 날 죽였잖아!"

장포와 소매를 펄럭이며, 분노에 찬 눈을 부릅떴다.

그는 일촉즉발의 기세로 노발대발하며, 금방이라도 돌진해 초만녕의 목을 조이고 부술 것만 같았다.

그러나 활시위는 제대로 당기지 않으면 끊어지고, 검은 제대로 뽑지 않으면 부러지는 법이었다.

폭발음이 들리더니 푸른 빛줄기가 답선군의 가슴을 파고들어 갔다. 답선군의 눈빛이 어두워지더니, 갑자기 표정이 변하며 입을 닫아 버렸다. 잠깐의 침묵 뒤, 그가 천천히 몸을 세우고 순도의 길옆에 섰다.

고개를 돌린 초만녕의 눈에 사매가 부적을 던지는 자세로 비틀거리며 바위에 기대는 모습이 들어왔다. 그는 요염한 눈을 험악하게 뜨고 격앙된 눈빛을 하고 있었다.

"회포는 그만큼 풀면 됐어."

사매는 어금니를 꽉 물고 두 손을 들어 결인하며 피 칠갑을 한 답선제군을 응시했다.

"뭐가 가장 중요한 일인지 알 거야. 안 죽었으니 어서 가서 마지막 30개 바둑돌을 만들어!"

그가 숨을 고르며 말했다.

"서둘러, 지체하면 안 돼."

부적의 빛에, 혼란하고 선과 악이 교차하던 답선군의 얼굴이 점차 고인 물처럼 평온해졌고, 눈처럼 차가워졌다.

그의 눈빛에 있던 광기나 원한 같은 모든 감정이 사라졌다.

답선군이 사매에게 고개를 끄덕였고, 손에 든 맥도에서 빛이 났다. 그가 무미건조하게 대답했다.

"네, 주인."

그가 손을 들어 보호 주술로 사매를 보호한 뒤, 검은 장포를 휘날리며 전전으로 날아가려 했다. 그때 허공에서 한 형체가 그의 앞을 가로막았다.

초만녕이 그를 막은 것이다.

온몸이 젖고, 심장은 이미 망가져서 너덜거렸다. 흙으로 돌아가 폭풍우에 사라지지 못해 아쉬울 따름이었다.

그러나 그는 막아야 했다.

– 더 많은 사람이 평탄하게 살면 좋겠어요…….

묵연이 의식이 또렷할 때 그에게 했던 말이다. 그러니 아무리 고통스럽고 아무리 지쳤어도, 그는 마지막 순간까지 버틸 것이다.

초만녕이 쉰 목소리로 말했다.

"회사, 소환."

답선군이 그의 손바닥에 나타난 익숙한 금빛을 보고 눈썹을 살짝 찡그렸다.

회사.

폭우.

무너진 속세. 끝없는 피바다.

수년 전, 그들도 한때 비슷한 하루를 보냈다. 그날, 그들은 서로 모든 열정을 바쳐 일생의 무력을 쏟아 내며, 하늘의 색이 변하고 석양이 넘어갈 때까지 싸웠다.

전생에 있었던 사제 간의 전쟁이, 아득한 세월을 넘어 다시 한번 인간 세상에 나타났다.

사람이 일생을 살아감에 있어, 어쩌면 그 운명은 이미 정해져 있을지도 모른다. 남궁사가 요절을 피하지 못할 운명이었고, 엽망석이 미모의 군자가 될 운명이었고, 사생지전이 재앙을 벗어나지 못할 운명이었듯이 말이다. 답선군과 초만녕도 서로에게 검을 겨누게 될 운명이었다.

원한이든 사랑이든, 모두 피할 수 없다.

"불귀, 소환."

나지막한 목소리와 함께 검푸른 빛이 답선군의 눈동자에 비쳤다. 그는 지금 사매에게 강력한 조종을 받고 있어서 눈동자엔 조금의 파문도 일지 않았다. 그는 마치 지옥에서 온 거울처럼 빗속 초만녕의 고독한 모습을 비추었다.

검기가 구름을 뚫고 비를 거슬렀다.

질풍 속에서 검은 형체와 하얀 형체가 뒤엉키며, 영류가 부딪쳤다!

그들이 폭풍우 속에서 빠르게 공격을 주고받자, 삽시간에 땅이 흔들리고 광풍이 휘몰아쳤다. 두 사람 주위에서 사방으로 물보라가 튀는 게, 마치 설원의 눈보라나 피어오르는 먼지구름 같았다. 누구도 긴장을 늦추지 않고 서로 전력을 다해 맞서며, 뒷산에서 통천탑 앞까지 이동하며 싸워 댔다.

엄청난 기세에 구름의 흐름이 멈추고, 땅이 진동했다. 순간 산 위와 산 아래에 있던 사람들 모두 놀라 고개를 들어 올려다봤다.

"초만녕이야?"

"그, 그가 왜 묵연이랑 싸우는 거지? 한패 아니었어?"

수만 마리의 말이 내달리는 듯한 폭우가 사생지전에 쏟아졌다. 초만녕의 손안에 있던 금빛은 그대로 답선군의 가슴을 찔러 들어갔다! 그러나 빛이 채 닿기도 전에 폭발음이 들리더니, 뜨거운 태양 빛이 끓어오르는 용암처럼 답선군의 손바닥에서 솟아 나왔고, 화산이 분출하는 것처럼 단숨에 금빛을 삼켜 버렸다!

펑!

삽시간에 기와와 처마가 깨져 사방으로 날아가고 주변 나무가 뿌리 뽑혔다.

사람들을 이끌고 산문 앞에서 바둑돌과 대치하던 강희가 재빨리 외쳤다.

"모두 조심해!"

그런 다음 결계를 펼쳐 주변 사람들을 보호했다. 돌멩이와 모래, 커다란 나무가 그대로 그의 결계에 부딪쳐 왔다.

버티는 게 무리였던지, 강희가 순간 피를 뿜었다. 한쪽 무릎을 꿇은 그의 입술이 붉게 물들었다.

"어서 결계를 펼치시오! 두 번째는 막지 못해!"

수사들은 그제야 허둥대며 결계를 펼쳤다. 그들은 고개를 들어 통천탑을 바라보며 넋을 놓았다. 묵미우와 초만녕의 실력이 실로 대단했다…….

통천탑 앞에서 사제 간의 싸움은 점점 격렬해졌다. 초만녕은 이를 악물고 답선군이 날리는 모든 초식을 받아쳤다. 이 세상에서 그를 제외하고 답선군의 이렇게 많은 공격을 막아 낼 사람은 없었다.

오직 초만녕만이 가능했다.

눈앞의 남자는 검을 휘두르며 빠르게 피했다. 예전과 꼭 닮은 이 초식은, 초만녕이 직접 가르친 것이었다.

여기 사생지전에서, 심지어 몇 번은 바로 이 통천탑 앞에서, 초만녕은 묵연의 손을 잡고 자세를 교정해 주며 반복적으로 그에게 심법의 요점을 당부했었다. 그 무지몽매했던 소년이, 지금은 무기가 되어 그와 맞섰다.

북두선존 초만녕이 제자 답선제군 묵미우와 두 번째로 펼치는 격전이었다.

이전의 격전에서, 초만녕은 희망을 품고 검을 안고 왔었다. 그는 잘못된 길을 가는 제자를 구해 낼 수 있다는 일념으로 전력을 다해 뛰어들었다.

그러나 지금 초만녕은 모든 것을 되돌릴 수 없다는 사실을 알고 있었다. 승패와 상관없이 그가 가장 되돌리고 싶은 그 사람은 돌아올 수 없었다.

답선군이 낮게 포효했다.

"나를 막는 자는 모두 죽는다."

눈앞에 소년 시절의 묵연이 검을 연습하는 장면이 스쳤다. 이마에 땀이 송골송골 맺힌 아이는, 아침 햇살 속에 기다란 막대를 밟고 공중으로 올라가 검을 세 번 휘두른 뒤 땅에 가볍게 착지했다.

그가 고개를 돌려 초만녕을 보며 씨익 웃자, 깊게 보조개가 생겼다.

— 사존, 사존, 저 잘 따라 하죠?

손바닥에 일어난 불길이 갈비뼈를 향해 들어왔다.

초만녕은 피했지만, 피가 낭자한 답선군의 손바닥이 그의 옷자락을 스쳤다.

예전에 묵연이 홍련수사에서 초만녕과 함께 연마한 초식이었다. 그때 청년의 손바닥은 가늘고 길어서 아무런 상처도 없었다.

청년이 고개를 돌려 그를 볼 때면 매우 다정했다. 나중에 웃으면서 그의 손을 잡고 말했다.

— 그만 싸워요. 더 싸워 봤자 끝이 안 날 것 같아요.

칼이 날카롭게 비명을 질렀고, 검은 큰 소리로 울부짖었다.

초만녕은 문득 옥량촌에서 묵연이 간절히 원해 그를 끌고 함께 보러 간, 악기 소리가 절절했던 강가의 연극이 생각났다.

소리 높여 부르는 배우의 목소리가 귓가에 전해졌다.

— 패왕의 기개가 바닥나니…….

묵연은 무대 아래에서, 무대 위 알록달록하게 분장한 얼굴에 온 정신을 집중했다. 초만녕이 고개를 들자 묵연은 슬픈 이야기 속에서 빠져나와 어릴 적 소원을 이룬 눈으로 그를 바라보았다.

그가 웃으며 물었다.

– 재미있어요?

새카만 눈동자는 너무나도 다정했다.

초만녕은 한때 그 연극이 쓸데없이 장황하고 시끄러우며, 한 글자를 세 글자로 늘려서 부른다고 생각했다. 대체 뭐가 좋은지 몰랐다. 그러나 그는 하필 지금 옥량촌의 연극 무대가 생각났다.

무사 역을 맡은 배우가 입으로 기름을 힘껏 뿜자, 뜨겁게 불이 타올라 강변이 환하게 빛났다. 그 연극이 한평생 계속될 수 있다면 얼마나 좋았을까.

쨍!

잠깐 딴생각을 하던 중, 회사가 불귀에 맞아 떨어졌다.

그때도 그랬다. 신무를 떨어트린 그는 재빨리 뒤로 날아 천문을 소환해 임시로 막았다. 그러나 이번에는 답선군의 실력이 한층 더 성장했다. 초만녕이 후퇴하기도 전에 칼집이 없는 검은 칼이 그의 가슴을 겨눴다.

답선군은 눈을 찌푸렸다.

그는 눈앞이 흐려서 검 끝이 누구를 겨누는지 잘 보이지 않았다. 하지만 상대가 한밤중에 산을 달리다 밤새 갈대에 둘러싸여 사면초가가 된 사람처럼 기운이 바닥났다는 건 알았다.

막다른 길에서 간신히 버틸 뿐이었다.

"방해꾼."

그가 입술을 달싹이며 검을 휘둘렀다!

생사가 달린 그때, 강철로 된 부채가 답선군의 얼굴 정면을 향해 날아갔다! 엄청난 기세로 날아오는 부채의 힘은 놀라웠다. 답선군은 재빨리 불귀를 회수해 막았지만, 그래도 강철 부채에 한 걸음 밀려났다.

뒤이어 붉은색과 푸른색이 뒤엉킨 세 갈래 빛이 드높은 허공에서 떨어지더니, 천둥 같은 기세로 답선군을 에워쌌다.

"누구냐!"

순간 움직이지 못한 답선군이 어금니를 꽉 물고 소리쳤다.

"썩 나와!"

먹물을 뒤집어쓴 듯한 새까만 먹구름에서 세 개의 형체가 나타나 통천탑 위에 우뚝 섰다. 그러곤 폭우 속에서 훌쩍 뛰어내려 긴 계단 앞에 사뿐히 착지했다. 그제야 그들의 얼굴이 선명하게 보였다.

하나는 여우 모피를 걸치고 이마에 장식을 단, 경박한 차림이었다.

하나는 금발을 묶어 올리고 차가운 표정을 짓고 있었다.

그리고 제일 앞에 서 있는 사람은 삼사십 대 정도로, 은남색 경갑을 입고 있었다. 날카로운 눈매에 진지한 표정을 짓고 있는 그는 왼쪽 이마에 비스듬히 칼자국이 나 있었다. 경망스러운 기색은 조금도 없이, 냉정함과 더불어 설정옹과 너무나도 닮은, 만물을 포용할 만한 배포를 가진 모습이었다.

남자가 손을 들어 돌아오는 강철 부채를 잡더니, 청춘을 잃어버린 두 눈을 떴다.

전생의 매씨 형제와…….

요란한 천둥이 허공을 갈랐다.

초만녕이 그 남자를 응시했다.

다른 세상의 설몽이었다!

302장 사생지전, 그들의 전생

전생의 설몽은 세찬 바람을 맞으며 빗속에 서 있었다. 이윽고 그가 입을 열었다 닫았다, 침도 여러 번 삼키더니 마침내 소리 내어 말했다. 목소리는 심하게 갈라졌지만, 말투는 공손하기 그지없었다.

"제자 설몽, 사존께 인사드립니다."

짧은 몇 글자였지만, 십여 년간 하지 못한 말이었다.

설몽의 그 말에서 인생의 온갖 경험이 느껴졌다. 그는 말도 못 하게 쓴맛을 느끼며, 다음 말을 잇지 못했다.

그의 뒤에서 매함설이 말했다.

"자명, 집중해."

전생의 매씨 형제의 모습도 크게 변하지 않았다. 다만 미간에 진중함이 더해졌고, 영력도 훨씬 높아졌다.

"네 마음이 흔들리는 건 알지만, 영류까지 같이 흔들려서는 안 돼. 방금 청년 시절의 너도 이 세상에 온 걸 봤어. 이번에도 지면 네 앞에서 네 체면을 구기는 거야. 어서 정신 차려."

"……."

설몽은 이제 더 이상 경솔하고 무지한 예전의 소년이 아니었다. 그는 매함설의 말이 옳다는 걸 깨닫고 아쉽지만 크게 심호흡한 뒤, 시선을 초만녕에게서 답선군에게로 돌렸다.

"너희는 뭐 하는 것들이냐."

답선군은 법진 속에서 위협적으로 눈을 찌푸렸다.

"죽으려고 환장했구나?"

매함설은 당황했다.

"어떻게 된 거야. 우리를 못 알아보는 거 같은데."

옆에서 호흡을 가다듬은 초만녕이 말했다.

"지금 완전히 의식이 없어서 아무도 알아보지 못한다."

설몽은 아무 말도 하지 않았다.

그는 방금 초만녕을 본 것만으로도 정신이 흐트러졌다. 그런데 지금 익숙한 그 목소리를 다시 듣게 되었다. 오직 꿈에서만 들을 수 있었던 목소리에, 설몽은 더는 참지 못하고 눈시울을 적셨다.

몇 년이나 지났을까?

그는 차마 지난 세월을 되돌아볼 수 없었다. 조금이라도 추억을 되새겼다가 눈물이 주책맞게 흘러내릴까 봐, 걱정됐다.

사실 그의 시간은 아주 빠르게, 또 아주 느리게 흘렀다. 그는 초만녕이 답선군에게 잡혀 사생지전에서 생사 불명이 됐던 첫해를 아직도 기억했다. 그때 그는 혼자 동분서주하며 애걸복걸

했지만, 그동안 너무 오만하게 굴어서였을까, 상하수진계에서 그를 상대해 주는 사람은 거의 없었다.

나중에 바라던 의병이 간신히 집결했다. 그는 하루빨리 마굴에 있는 사람을 구하고 싶었다. 그러나 사람들은 그가 또 경솔하고 이기적이라며 조롱하고 비웃었다. 그때 매함설은 병력 배치 때문에 선봉에 없었다. 그래서 그는 아무런 지원도 없이 홀로 산에 올랐었다.

하지만 그를 기다리던 것은 풍경만 여전한 사생지전과 죽을 날이 가까워진 답선제군, 그리고 답선군이 죽자 서서히 재가 된 홍련수사 연못가의 초만녕 시체였다.

거의 십 년이었다.

그가 십 년 가까이 기다린 사람이 시체가 됐다. 그리고 그 시체는 그가 보는 앞에서 재로 변했다.

그를 지탱하던 기둥이 그렇게 사라졌다. 그는 마치 아무 힘도 없는 아이처럼, 어지럽게 흩날리는 재 속에 꿇어앉아 이성을 놓고 통곡했다.

너무 늦게 와서 스승의 소맷자락 한번 만지지 못했다.

초만녕이 그를 '설몽'이라고 부르는 소리를 다시는 듣지 못하게 됐다.

그 후 더 무서운 일들이 벌어졌다.

죽은 답선군이 부활했고, 사명정은 서슬 퍼런 얼굴로 이빨을 드러냈다. 그들은 거리낌 없이 사람들을 죽였고, 인간 세상은 완전히 귀계로 전락했다. 설몽의 옛 벗들 중 죽을 사람은 죽고, 변할 사람은 변했다. 그러니 소년 시절 계수나무 아래 묻어 놓은 술 단지를 다시 꺼내 놓은들, 누가 그와 함께 마실 수 있겠는가?

그래서 설몽은 십여 년을 지나 처음 보게 된 초만녕에게서 정말 간신히 눈을 돌렸다.

"이번에는 늦지 않았어요."

설몽이 말했다.

"사존, 제가 돕겠습니다."

바로 그때, 또 다른 세상의 설몽도 다른 두 매씨 형제와 함께 도착했다. 시공생사문이 열리면 상상도 못 했던 사람을 만날 수 있다는 건 알고 있었지만, 별안간 십여 년 뒤의 자신을 마주치자 세 청년 모두 놀랐다.

청년 설몽이 말했다.

"다…… 당신은……?"

전생의 설몽이 그를 흘끗 보았다. 부러움과 슬픔이 담긴 눈길이었다. 그는 낮게 웃더니 말했다.

"하마터면 잊을 뻔했군. 십여 년 전의 나는 이렇게 생겼었지."

"……."

"정말 바보 같군."

청년 설몽은 뜬금없이 자신에게 바보라는 소리를 들었다. 그가 뭐라고 하기도 전에, 답선제군의 불덩이가 그의 등으로 날아왔다.

설몽은 몸을 비틀었다. 그는 설황을 쓸 생각이 없었지만, 반사적으로 신무를 꺼내 날아오는 공격을 간신히 막고는 비틀거리며 몇 걸음 물러났다. 겨우 똑바로 서게 되자, 답선군이 분노에 차 포효하며 그에게 돌진했다. 하지만 푸른빛이 흐르는 패검이 그를 막아섰다.

전생의 매한설이 그의 앞에 서서 곁눈질했다.

"우리가 있으니 너희들은 나설 필요 없어."

매함설도 방긋 웃으며 십 년 전의 자신에게 말했다.

"이 세상의 말썽은 이 세상 사람들이 책임져야지. 너희는 염려하지 않아도 돼. 젊고 유망한 매 선군은 지금이 한창때인데, 괜한 고생과 원한에 얽매여 남은 인생을 우리처럼 재미없게 살면 안 되잖아."

청년 매함설은 말이 없었다.

그때, 답선군을 둘러싼 세 사람의 법진이 갑자기 격렬하게 진동했다. 매함설은 한때의 자신을 놀리는 걸 멈추고 재빨리 고개를 돌려 심각하게 말했다.

"큰일이야! 그의 힘이 예전보다 훨씬 강해졌어!"

초만녕이 말했다.

"그의 몸속에 새로 영핵이 심어졌다."

"!"

온 힘을 다해 법진을 펼치느라, 설몽의 손에선 핏줄이 튀어나왔다. 그가 이를 악물고 말했다.

"우리가 버틸 수 있는 시간은 예상보다 짧을지도 몰라요. 사존, 어서 가서 화벽남을 죽이세요!"

초만녕이 대답하기도 전에 청년 설몽이 물었다.

"화벽남을 죽이라고요? 왜 화벽남을 죽여요. 죽이려면 이……이……."

그는 순간 답선제군을 묵연이라고 해야 할지, 아니면 다르게 불러야 할지 알 수 없었다.

설몽은 전생의 자신을 한번 쳐다봤다.

"이건 시체로 만든 꼭두각시라서 죽일 수 없어. 배후에서 그를 조종하는 자가 죽으면, 그도 얼마 지나지 않아 재가 되어 사라질 거야. 그리고……."

그는 잠시 주저하더니 억지로 한쪽 손을 살짝 떼고 청년 설몽의 발아래에 붉은 진형을 만들었다.

"이곳은 위험해. 아직 젊은 너희는 이런 고생을 해서는 안 돼. 가라, 모두 산을 공격하고 있는 의병에게로 돌아가."

"싫습니다! 싫어요! 당신이 뭔데…… 이봐!"

청년 설몽이 발버둥을 쳤지만, 매씨 형제와 함께 빛나는 법진에서 나타난 나비 떼에 둘러싸였다. 그 나비 떼는 세 젊은이를 데리고 전전으로 날아가더니, 금세 시야에서 사라졌다.

세 사람을 보내자마자 '쩍' 하는 소리가 또렷이 들렸다. 매함설의 안색이 변했다.

"진법이 깨지려고 해, 자명!"

설몽은 모든 영류를 답선제군이 있는 쪽으로 쏟아부었다. 그가 온몸을 부들거리며 지탱했다. 마치 허공을 가르고 올라가려는 짐승을 온 힘을 다해 잡아당기고 있는 것 같았다. 그런데도 그 짐승의 목에 감긴 줄은 곧 끊어질 것만 같았다.

"사존, 가세요!"

설몽이 다시 재촉하기 전에 초만녕은 허공으로 날아올랐다. 그가 눈썹을 일그러뜨린 채 설몽을 바라봤다.

"금방 돌아오마. 다치지 말거라."

"그건 제가 사존께 할 말이에요."

설몽은 이를 악물었다.

"걱정 마세요. 저는 예전과 달라요. 버틸 수 있습니다."

그는 버틸 수 있었다.

그는 이 세상에서 오랜 세월을 버텼고, 버티는 것에 익숙해졌다. 그리고 익숙함은, 그가 계속 앞으로 나아갈 수 있도록 그를 지탱해 주었다. 밝은 세상을 보지 못했던 그 긴 시간을 버텨 지금 다시 스승을 만났으니, 그가 버티지 못할 이유가 없었다.

초만녕이 탄식했다.

"그 오랜 세월 동안 널 혼자 두어서 미안하다."

귓가에 맴도는 목소리만 남긴 채, 그는 이미 멀어져 갔다.

설몽의 눈물이 결국 흘러내렸다.

불혹에 가까운 남자가 눈물을 흘리는 모습은 볼썽사나웠다. 아무리 폭우가 쏟아져도, 그의 떨리는 어깨와 빨개진 눈시울은 가릴 수 없었다.

답선군은 법진 안에서 거의 미치기 일보 직전이었다. 천지의 얼음이 갈라지듯 법진의 빛에 금이 가고, 금방이라도 산산조각이 날 것 같았다. 그가 막 포위를 뚫을 것 같던 그 순간, 붉은빛이 날아와 그를 단단히 속박했다. 자극을 받은 답선군은 더 분노해 핏발 선 눈동자로 빛이 날아온 방향을 봤다.

설몽이 답선군의 두 눈을 보며 말했다.

"포기해. 난 사존이 또 내 눈앞에서 사라지게 두지 않을 테니까."

그는 모든 영력을 쏟아부었다. 목에 핏줄이 툭 불거졌고, 눈빛은 강철처럼 단호했다.

“사제, 예전에는 네가 날 이겼지만, 오늘은 사존이 계시니 난 실망시켜 드리고 싶지 않아. 그러니…… 날 이길 생각은 하지도 마!”

순간, 매한설의 반응이 아주 빨랐다. 깜짝 놀란 그가 인상을 쓰며 외쳤다.

“자명! 뭐 하는 거야?”

우르릉거리는 소리가 들리더니 설몽 뒤에서 붉은 화염이 맹렬히 치솟았다. 그가 기합 소리를 내며 두 손바닥을 마주치자 불빛이 법진을 따라 답선군을 덮쳤고, 순식간에 수만 개의 화살이 심장을 뚫듯 사방에서 답선군을 그 안에 가두었다.

“읔!”

답선군은 두 눈을 찡그리며 고개를 들고 낮게 신음했다. 주변에서 미친 듯이 흐르던 영력이 순간 절반으로 약해졌다. 그는 새카만 눈동자를 천천히 굴려 원귀처럼 조용히 설몽을 응시했다. 그의 입가에는 까만 피가 계속 흘러내렸다.

그의 가슴 왼쪽, 심장과 가까운 곳에 흉터가 있었다.

과거 설몽의 용성에 찔린 곳이었다.

그런데 지금 또다시 설몽이 펼친 주술로 수백 개의 가시에 몸을 찔렸고, 가장 예리한 가시가 과거 그 가슴의 상처를 뚫고 지나갔다.

그곳은 텅 빈 구멍이었다…….

매함설이 놀라서 다급하게 외쳤다.

"어서 멈춰. 이미 영핵을 뛰어넘는 힘을 쓰고 있어. 계속 이러면 네 영핵이……."

"조용히 해!"

설몽이 버럭 소리 지르며 그의 말을 잘랐다.

그는 답선군을 응시했다. 지난날의 사형이 사제를 응시했고, 예전의 자객이 폭군을 응시했다.

과거의 형제가 서로를 바라봤다. 생사의 긴 세월을 한 번에 씻어 버렸다. 설몽은 안색이 안 좋았지만, 눈은 과거 봉황의 아들이 가졌던 뜨거움으로 반짝였다.

"내가 평생 배운 것은, 모두 오늘을 위해서다."

매함설은 아무 말도 하지 않았다.

말이 끝나자 봉황이 순식간에 구름을 뚫고 올라갔고, 사나운 불길이 높이 치솟았다.

사나운 불길 속에서 아주 오래전, 은남색 경갑을 입고 높이 묶은 머리에 금 장신구를 한 소년이 시끄럽게 떠들며 외치는 모습이 보이는 듯했다.

– 영산논검에서 내가 1등 할 거야!

– 흥! 나도 언젠가는 신무를 가질 거라고! 뭐 그렇게 대단하다고!

– 오십 년 뒤, 아니! 삼십 년만 있으면 반드시 사생지전을 내 손으로 더 발전시켜서, 구주에서 위세를 떨치게 할 거야!

앳된 외모는 새싹 같았고, 목소리는 막 맺힌 복숭아처럼 맑았다. 소년은 거리낌 없이 하늘도, 운명도 두려워하지 않고 가슴속의 포부를 밝혔었다.

사생지전의 하늘 절반을 비춘 불빛에, 과거가 모두 타 버려 잿더미가 되었다…….

모든 것이 가라앉고, 지금의 설자명만 남았다.

그의 눈이 단호함으로 번뜩였다.

"나는 공을 세워 이름을 날리기를 바라지 않는다. 다만 그때와 같은 사람이 되고 싶을 뿐이다."

303장 사생지전, 순도의 길에 바친 신의 몸

그와 동시에 사생지전 사방에서 전쟁이 일어났다. 산 정상으로 돌진하는 의병, 바둑돌과 싸우는 선봉대, 결계 해제를 담당하는 호위대, 전쟁터를 누비는 의무병……. 몇천 가지 주술이 뒤섞이며, 거대한 검은 짐승 같은 산에 전쟁의 불길이 일었다.

그 사이에서도 설몽의 일격이 일으킨 거센 불길이 눈길을 끌며 파죽지세로 하늘 높이 치솟았다. 초만녕은 밤바람 속에서 뒤돌아보고는 심장이 철렁했다. 설몽의 영핵이 타기 시작했음을 눈치챈 그는 자신이 속전속결로 끝내지 못한다면 설몽이 남궁사의 뒤를 따라가게 될 수도 있다는 걸 알았다.

"승룡, 소환!"

그가 두 손가락에 승룡 부적을 끼우고 핏방울을 뿌렸다. 그러자 용의 울음소리가 들리더니 종이 촉룡이 큰 소리를 내며 비를 뚫고 하늘로 올라갔다.

"초만녕, 무슨 일로 또 본좌를 찾은 것이냐?"

초만녕은 눈썹을 내리깔고 무섭게 말했다.

"순도의 길 끝으로 가자. 어서."

종이 촉룡은 용안으로 봉화가 타오르는 구주를 훑더니, 더는 묻지 않고 말했다.

"타거라."

인간과 용은 순식간에 바람을 타고 곧장 죽은 사람을 깔아서 만든 순도의 길로 날아갔다. 초만녕이 하늘에서 내려다보니 신계와 마계를 잇는 길 위로 핏빛이 흘러넘쳐, 마치 동맥의 피가 미지의 영역으로 쏟아져 들어가는 것 같았다.

뒷산은 마계의 문과 매우 가까워서 마족 기운의 영향을 받기에, 하늘에는 새빨갛게 불타는 구름이 흐를 뿐, 폭우는 내리지 않았다.

급강하한 촉룡은 땅에 닿는 순간 금빛으로 변해 부적으로 돌아갔다. 초만녕은 순도의 길에 안정적으로 착지한 후 숨을 고르며 고개를 들었다.

"오셨어요?"

공허한 목소리가 들렸다. 길 끝자락에 서 있는 사매의 뒤에는 맹렬하게 타오르는 마계의 문이 있었다. 설몽과 매씨 형제가 답선군을 막고 있어서 그의 보호 결계는 이미 사라지고 없었다. 기척을 느낀 사매는 아름다운 얼굴을 살짝 돌려 초만녕을 흘끗 보았다.

"참으로 대단하세요."

바람에 그의 머리카락이 날렸다. 사매는 다시 눈길을 돌려 뒤틀린 빛을 발산하는 마계의 문을 바라보았다.

"시공생사문이 열렸는데도 서둘러 보완할 생각은 안 하고, 우리 일족이 고향으로 돌아가는 걸 막으려 하다뇨……."

초만녕은 계략에 넘어가지 않았다.

"3대 금지 술법은 구진상궁이 만든 것이라 마족의 기운은 그 법력을 수십 배는 크게 만든다. 내가 접골족의 귀향을 원치 않는 것이 아니다. 마계가 열리면, 마족의 기운이 몰려와 시공생사문은 더 크게 벌어질 것이다."

"……."

사매가 잠시 침묵하더니 차갑게 웃었다.

"역시 사존은 못 속이겠네요."

초만녕은 그와 시간을 낭비할 생각이 없었다. 그가 손바닥에 금빛을 일으켜 천문으로 사매를 내리치려는 순간, 옆으로 한 형체가 스쳐 지나갔다. 목연리가 검을 들고 그의 일격을 막은 것이다.

"그를 건드리지 마시오."

목연리는 검에 반사되어 번뜩이는 눈을 들어 낮게 소리쳤다.

"이미 충분히 고생한 아이입니다."

"……누님……."

목연리가 어떻게 했는지는 모르지만, 그녀 뒤에서 백여 명의 바둑돌이 순도의 길에 깔리기 위해 무리 지어 나타났다. 초만녕은 급박한 상황에 바둑돌 대군을 먼저 막으려고 했다. 그러나 목연리가 빠른 동작으로 번개처럼 그의 앞을 막았다.

초만녕이 말했다.

"비키시오."

목연리가 냉소했다.

"당신이 뭔데 비키라는 겁니까? 수진계는 접골미인석의 생사는 안중에도 없습니다. 그러니 접골미인석이 귀향하면서 당신들의 목숨을 신경 쓸 필요가 있나요?"

그녀는 말하면서 검 끝을 휘둘렀다.

바로 이때, 그녀의 주위로 극도로 공포스러운 백금색 열기가 폭발했다. 마지막 승부수였다. 목연리는 가장 강한 전력을 얻기 위해 자신의 영핵을 깬 것이다.

그녀는 신의 몸이었다. 아무리 피가 희석되었더라도 자폭 후에도 여전히 자연을 움직이는 힘을 갖고 있었다. 그래서 잠깐 동안은 답선제군의 전력을 뛰어넘을 수 있었다.

"종사의 능력은 뭐고, 명문의 정도는 또 무엇인가……."

목연리의 눈빛은 서늘하고 단호했다.

"몇천 년 동안 사람의 피를 마시고 살을 먹었지. 당신들은 선경에 날아가기 위해 무슨 짓이든 했다고!"

예리해진 그녀의 검기에 초만녕은 전력을 다해 맞설 수밖에 없었다. 앞에 있는 여인은 비록 접골미인석의 피가 한 방울도 섞이지 않았고, 심지어 신명의 먼 후예라 할 수 있었지만, 목숨 바쳐 마족의 귀향을 도울 생각이었다.

초만녕의 하얀 겉옷이 휘날리고, 목연리의 금색 소매가 펄럭였다. 두 사람이 연처럼 가볍게 공중을 날자, 살기가 허공을 갈랐다.

쇳소리와 함께 무기가 부딪치고 사방으로 불꽃이 튀었다. 두 사람이 서로를 노려봤다.

목연리가 말을 내뱉었다.

"방해꾼!"

초만녕은 이를 악물고 말했다.

"이 세상에…… 당신의 말처럼 모든 사람이 다 그런 건 아닙니다."

긴 밤을 지내며 온몸이 차갑게 얼어붙었을 때 용 부인이 준 밥 한 그릇의 따뜻함과, 라섬섬이 폭주하기 전 사람을 해치지 않으려던 것, 사생지전의 제자가 푼돈에 연연해하지 않고 사람들을 돕던 것, 그리고 초순이 심장을 꺼내 앞길을 밝힌 일들이 그의 기억 속에서 떠올랐다…….

그는 또한 옥량촌 주민들의 환한 미소, 비화도 주인의 정직함, 용혼지에 몸을 던져 요물을 물리친 남궁사, 이무심이 어검으로 사람을 구했던 것이 생각났다.

그는 남궁장영이 미소 지으며 온화하게 했던 말이 생각났다.

- 인간 세상은 좋다. 꽃만 있으면 될 것을, 피를 묻힐 필요가 어디 있으랴.

지금 그들은 이번 재앙으로 거의 병들거나 죽고, 집을 잃고 떠돌거나 요절했다…….

그리고 엽망석도 있었다.

그해, 헌원각에서 그녀는 천금을 아끼지 않고 접골미인석을 구했고, 생면부지의 접골미인석에게 미래와 자유를 주었다.

"그래서?"

목연리가 말했다.

"설마 그 몇 명 때문에 이 세상의 죄악을 용서해야 합니까?"

깊은 원한을 토해 내며, 검의 기세는 점점 드세졌다.

"내 어미는 그토록 선량했는데, 접골 마족이라는 이유로 아버지가 산 채로 잡아먹었습니다……. 내 어미의 목숨은 목숨도 아니란 말인가요?"

"……."

"어렸을 때부터 어머니는 날 예뻐했고 진정 딸로 여겼어요. 어머니 외에 아버지나 문파의 장로, 그리고 당신 같은 수사 중 나를 산 사람으로 대한 사람이 누가 있을 것 같습니까?"

목연리는 분노했다.

"내 몸에 천지신명의 피가 흐른다는 이유로 모든 사람은 나를 공평함을 재는 저울로만 여겼지. 나더러 인간의 욕심을 끝내라 하고, 심법을 수련하라고 했는데…… 무슨 자격으로요?"

영력의 힘이 절정에 올랐다. 목연리의 온몸이 신의 후예에게 나타나는 백금색 빛으로 둘러싸였다. 그녀의 영핵이 자폭하는 건 평범한 수사와 달랐다. 그녀의 동공과 머리카락까지 모두 옅은 금색으로 변하기 시작했고, 모든 일격이 묵직하게 날아왔다.

"신의 후예는 마음이 없어야 당연하고, 접골미인석은 잡아먹혀야 당연하다고 천만년 동안 그래 왔습니다……."

검과 검이 부딪쳤고, 신무가 충돌하는 날카로운 소리에 고막이 찢어질 것 같았다.

하지만 목연리의 눈빛보다 날카로운 건 없었다. 목연리는 한 글자 한 글자 강조하며 말했다.

"초 종사, 접골미인석 일족의 기록을 읽은 적 없지요?"

"……."

"인간이 인간을 먹는 내용이 담긴 책입니다……. 과거 수사들은 접골미인석으로 선경에 오르는 약을 만들었으니, 이제 접골미인석도 그저 당신들을 이용해 집으로 돌아가는 길을 까는 것뿐입니다!"

굉음이 울렸다. 목연리는 온 힘을 쏟아부어 검으로 초만녕을 세게 내리쳤다.

초만녕이 견제하며 외쳤다.

"구가, 소환!"

회사가 사라지고, 칠현금이 나타났다. 맑게 울리는 칠현금 소리에 눈부신 금빛이 하늘을 가르며 치솟더니 사생지전 전체를 밝혔다. 초만녕 앞에 해당화가 흩날리는 거대한 장막이 펼쳐졌다. 그는 허공에 서서 넓은 소매를 펄럭이며 원한이 가득한 목연리의 얼굴을 마주했다.

그녀는 그를 원망하는 것이 아니었다. 그녀는 세상의 불공평함을 원망했고, 어머니의 처참한 죽음을 원망했고, 태어날 때부터 자유롭지 못하고 감옥에 갇힌 듯한 삶을 원망했다.

"그들이 돌아가게 해 주세요."

일격에 뚫을 수 없었다. 그녀의 영력은 이제 한계에 가까워졌지만 여전히 초만녕의 결계를 부술 수는 없었다. 그녀의 입가에서 계속 피가 흘렀다.

그녀는 목이 쉬기 시작했고, 검을 든 손이 떨렸다.

영핵이 곧 부서질 것이다…….

목연리는 갑자기 초만녕을 보며 나지막이 말했다.

"부탁입니다……."

초만녕은 옅은 금색으로 변한 그녀의 눈동자에 비친 자신의 모습을 보았다.

저건 누구의 모습이지?

혼란스럽고, 공허하고, 일그러지고, 막막한 얼굴이었다.

잔혹하고, 너그러웠다.

"그들이 집으로 돌아가게 해 줘요…… 초 선군……."

금빛 속의 그림자가 사라졌다.

머릿속이 너무나도 혼란스러웠던 초만녕은 시간이 조금 지난 후에야 목연리의 힘이 바닥나고 영핵도 깨져서, 다시 원래 모습으로 돌아왔다는 걸 깨달았다. 그녀의 까만 눈이 그를 바라보고 있었다.

갑옷을 모두 벗고, 막다른 길에 내몰렸다.

그녀는 이제 더 이상 차갑고 고고한 신의 후예가 아니었다. 지금의 두 눈은 평범하기 그지없는 여인의 눈이었다.

자신의 동생을 위해, 자신의 종족을 거스르는 마족의 후예를 위해 그녀가 애원했다.

"그들이 가게 해 줘……."

말하는 그녀의 손에서 검광이 사라졌다. 이전과 같은 격렬한 싸움을 버티지 못해 영류가 사라지는 사이 가루가 되었다.

"제발."

목연리가 고공에서 떨어지자, 백금색 장포가 연꽃처럼 활짝 펼쳐졌다.

그녀의 허리춤에는 천음각의 저울 그림이 수놓여 있었다. 정의와 광명을 뜻하는 문양이 어두운 밤하늘에서 휘황찬란하게 빛났다.

천음은 장대하니, 사사로운 마음이 없어야 하네.
천음의 자식은 감정에 치우쳐선 안 되네.
천음은 넓고 아득하니, 신을 모독해선 안 되네.
천음은 측은지심으로 중생을 존중하리.

이 노래는 그녀가 어릴 때부터 성인이 되어서까지 쭉 부르던 것으로, 눈을 감으나 뜨나 족쇄처럼 그녀를 옥죄었다.

그녀가 태어나서 제일 처음 배운 말 역시 아버지도 어머니도 아닌 이 가사의 첫 마디, '천음각은 장대하다'였다.

매일 수천수만 번을 외우고, 천지신명 불상 앞에 무릎을 꿇고 앉아 반복해서 기도를 올렸다.

사사로운 마음이 없어야 하네…… 감정에 치우쳐선 안 되네…… 신을 모독해선 안 되네…… 중생을 존중하리.

그녀가 기억하는 첫 번째 생일에 다정함이라고는 없는 아버지가 그녀에게 정교하게 만든 흙 인형을 선물했다. 알록달록하게 색을 칠하고 금색 모래가 뿌려진 비단 상자를 열자, 인형들이 그녀를 보며 방긋 웃고 있었다.

"우와, 정말 예뻐요!"

아버지가 담담하게 그녀를 내려다봤다.

"마음에 드니?"

"네!"

목연리는 기뻐하며 고개를 들었다. 가슴 속에서 수만 개의 불꽃이 터지는 것 같았다.

"고마워요, 아버지!"

그녀가 아버지라고 부른 남자는 그녀의 머리를 쓰다듬더니 아이의 손에서 비단 상자를 빼앗았다.

그러더니 그녀가 보는 앞에서 바닥에 던져 부수었다.

쨍그랑!

흙 인형이 바닥에 떨어지면서 소리가 났다.

인형들은 말없이 방긋 웃으며 그녀를 보고 있었다. 미소에 금이 가고, 얼굴이 조금 깨졌다. 그 자리에 멍하니 있던 목연리는 너무 놀라서 울며 인형들을 챙기려고 했다.

그때 저울 문양이 새겨진 흰색 신발이 그것을 짓밟았다.

으드득 소리가 소름 끼쳤다.

인형의 머리가 그렇게 깨졌다…….

아버지가 발을 치우자, 여자아이 앞에는 산산이 조각난 파편만 남았다.

조금 전만 해도 가지런히 누워 그녀를 보고 천진난만하게 웃었는데…… 왜? 왜 이러는 거지? 그녀에게 주는 생일 선물이 아니었나? 그녀가 무엇을 잘못하고 아버지를 화나게 했길래 인형들이 억울하게 죽게 됐을까.

"천음의 자식은 감정에 치우쳐선 안 된다."

남자는 엉엉 우는 여자아이에게 냉담하게 말했다.

"좋아하면 예의를 잃게 되고, 좋아하면 공정함을 잃게 된다. 너는 천지신명의 후예고, 인간 세상의 정의를 주재해야 한다……. 네가 정말 좋아하는 선물을 준 것은, 영원히 그 어떤 것에도 '좋아한다'라는 말을 해서는 안 된다는 걸 가르치기 위함이었다."

사사로운 마음이 없어야 하네…… 감정에 치우쳐선 안 되네…….

사사로운 마음이 없어야 하네……. 저주처럼 그녀의 머리를 헤집었다! 향로에서 나는 연기와 불상의 장엄함 속에서 찬양하는 소리가 들렸다. 천음은…… 장대하니…….

얼마나 긴 밤을 머리를 감싸고 광증에 시달리듯 괴로워했는지 모른다. 그녀는 비단 이불과 휘장 속에서 소리 없는 비명을 질렀다.

출구를 찾을 수가 없었다.

답을 찾을 수가 없었다…….

아버지란 뭐지? 어머니는 또 뭘까?

그녀는 과거 생모인 임 부인을 안으려고 했었다. 그런데 미친 임 부인이 가위로 그녀를 찔러 두 손에 온통 상처가 났다. 심지어 가위로 그녀의 목을 찌르려고까지 했다…….

사사로운 마음이 없어야 한다.

사사로운 마음이 없어야 한다!

죽고 싶을 만큼 고통스러운 밤, 그녀는 홀로 불상 앞에 앉아 신을 모독해선 안 된다고 외우면서, 마음속으로는 이 불상을 산산조각 내지 못해서 한스럽다고 생각했다.

그렇게 여자아이는 소녀가 됐고, 소녀는 여인으로 변했다.

수천 명이 뒤에 꿇고 앉아, 이미 그녀의 뼛속 깊이 박혀 버린 노랫말을 읊었다.

"천음은 장대하니, 사사로운 마음이 없어야 하네……."

어떤 때는 미친 사람처럼 어깨를 떨며 일어나 검을 휘둘러 천음각의 모든 사람을 고깃덩어리로 다져 죽이는 상상을 했다.

그러나 그럴 때면 귓가에 온화하고 다정한 목소리가 들리는 듯했다. 달콤하고 젊은 그 목소리는 부드럽게 노래를 불러 주었다.

"높은 갈대, 긴 갈대, 산 넘고 물 너머 서로를 보네. 갈대의 이쪽은 고향, 갈대의 저쪽은 바다.[#14]"

그녀가 눈을 뜨자 햇빛이 불상 뒤에서 쏟아져 바닥을 얼룩덜룩 비추었다.

그때 이미 천음각의 각주였던 그녀는 놀라서 바닥의 그림자를 보았다. 마치 노래처럼 망천(忘川)의 갈대와 꽃잎이 흩날리는 것 같았다.

한 여인이 갈대밭 한가운데 서서 옅은 미소를 지으며 그녀에게 손을 내밀었다.

"갈대의 이쪽은 고향…… 갈대의 저쪽은 바다……."

"엄마……."

그녀가 웅얼거렸다.

그녀는 임 부인을 깍듯하고 공손하게 어머니라고 불렀다. 오직 한 사람만 엄마라고 불렀다.

그건 그녀의 계모이자 어렸을 때부터 그녀를 키워 준 유모였

#14 높은 갈대, 긴 갈대, 산 넘고 물 너머 서로를 보네. 갈대의 이쪽은 고향, 갈대의 저쪽은 바다 작가 주: 고대 동요 〈죽지사육조(竹枝詞六組)〉에서 인용

다. 어쩌면 다른 사람은 그녀가 왜 안방을 차지한 이 여인을 미워하지 않는지 이해하지 못할 수도 있다. 아니, 그들은 영원히 이해하지 못할 것이다.

선악이 격자무늬처럼 분명하게 나뉜 그녀의 삶에서 화귀 부인이 있었던 그 짧은 몇 년의 세월 동안, 그녀는 기뻤고 다정함을 느꼈으며, 따스하게 안겨 보고, 달콤한 가족의 정을 느꼈다.

말해도 믿지 못할 것이다.

화귀가 그녀를 재울 때 불렀던 갈대 노래는 그녀의 인생에서 '천음은 장대하다'를 제외하고 유일하게 들어 본 노래였다.

오직 이 노래만이 그녀의 마음속에 있는 악마를 진정시켰고, 그녀의 마음속 악마가 되기도 했다.

"누나!"

귓가에 동생 화벽남의 비명이 들렸다. 그녀는 이렇게나 예의를 잃은 그의 목소리를 들어 본 적이 없었다.

하지만 그녀는 그런 것까지 신경 쓸 수 없었다. 그녀는 마지막 남은 한 줄기 영기로 자신이 떨어지는 속도를 늦췄다. 하지만 살기 위해 그런 건 아니었다.

그녀는 이를 악물고 순도의 길을 따라 구더기처럼 조금씩 움직여 가장자리까지 갔다.

그리고…….

그 누구도 미처 반응하지 못했을 때, 그녀는 남은 힘을 다해 다리에 힘껏 몸을 던졌다!

"목연리, 순도의 길에 기꺼이 몸을 바치니, 숙원을 이루어 고향으로 돌아가길 바랍니다."

이 장면을 본 사매는 미칠 지경이 되어 달려갔지만, 이미 늦은 뒤였다. 목연리가 마지막으로 고개를 돌려 그를 보았다.

이 여인은 항상 냉랭했고, 표정이 거의 없었다. 피부마저 서리가 얼 것만 같은 한기가 돌았다.

하지만 지금 이 순간, 그녀는 이복동생에게, 서로 배척하는 종족인 동생을 향해 환하게 웃었다. 실로 아름다웠다.

그녀가 미소 지으며 쓰러졌다.

"누나!"

목연리는 웃으며 하늘을 봤다. 항상 침착하고 감정이 없던 여인은 수천만 번 절을 올렸던 하늘을 향해 말했다.

"사사로운 마음이 없어야 하기는, 빌어먹을."

다리에서 별안간 붉은빛이 번쩍이더니, 순도의 길의 핏빛 화염이 순식간에 그녀를 휘감았다. 맹렬한 불길에 먹힌 그녀는 온 힘을 다해 마계의 대문이 있는 곳을 바라봤다.

그녀는 거대한 문 뒤에서 소리를 들은 것 같았다. 다정한 엄마가 한여름에 시원한 평상에서 그녀에게 부채질해 주며 나른하게 불러 주던 노래.

– 높은 갈대, 긴 갈대, 산 넘고 물 너머 서로를 보네.

갈대의 이쪽은 고향,
갈대의 저쪽은 바다…….

"목 각주!"

"목 낭자!"

순도의 길 위에 있던 '바둑돌'들은 통제를 잃고 잇달아 달려가, 신의 몸으로 마족의 길이 된 여인 앞에 무릎을 꿇었다. 그러나 여인은 이미 희생의 길의 마지막 서른 번째 계단이 되었고, 시체는 휘감겨 마계의 화염 속에 잠기고 말았다.

초만녕은 땅으로 돌아왔다. 그의 손끝은 극도로 차가웠고, 눈앞에선 형체가 흔들거렸다.

그는 이 사람들이 목연리가 데리고 온 바둑돌이라고 생각했는데, 지금 보니 아니었다.

이들 대부분 준수한 외모에 천음각 직계 제자의 옷을 입었고, 금색 눈물을 흘리고 있었다.

접골미인석이었다!

목연리는 천음각을 통치하며 직계 제자를 들인다는 명목으로 운 좋게 살아남은 접골 일족을 모았던 것이다. 이들은 무릎을 꿇고 대성통곡했다.

그녀는 이들을 수사 무리에서 데리고 나왔다. 순도의 길이 다 깔리면 그들이 언제든지 집으로 돌아갈 수 있도록 하기 위해서였다.

"살인자!"

별안간 누군가 고개를 돌려 초만녕에게 소리쳤다. 증오로 일그러진 얼굴은 너무나도 섬뜩했다.

"당신은 살인자야!"

"왜 항상 우리를 적대시하는 거지? 왜 목 각주를 이 지경까지 내몬 거냐고!"

하나같이 절세의 외모였다. 그들의 눈 깊은 곳에서 뼈에 사무치는 원한이 보였다.

적지 않은 접골미인석이 그에게 돌진했다. 불에 뛰어드는 불나방처럼 이성을 잃고 달려들었다.

가만히 서 있던 초만녕의 눈앞이 어두워졌다. 영력이 미약한 접골미인석을 막는 건 너무나도 쉬웠다. 손을 들 필요도 없이 손가락 힘만으로도 결계를 쳐서 그들이 다가오지 못하게 할 수 있었다.

살인자…….

죄인.

종사.

구세주.

초만녕은 두 눈을 감았다. 지금 뭐 하는 거지? 뭘 더 할 수 있을까?

묵연은 죽었고, 시공은 열렸으며, 천벌은 곧 내려질 것이다. 또 목연리는 신의 몸을 마계로 향하는 길에 바쳤고, 설몽은 영핵으로 답선군을 제압하고 있었다.

그는 문득 앞에 있는 사람들이 날카로운 칼로 된 담장 같다는 생각이 들었다. 칼이 하나하나 섬뜩한 빛을 내며 그와 대치했고, 그는 그 사이를 지나가야 했다.

세상 사람들 모두가 악하지 않은 것처럼, 접골족도 모두 죄가 있는 건 아니었다.

그러나 그는 그들 모두가 집으로 돌아가는 걸 막을 것이다.

마지막 29개 계단만이, 29구 시체만이 남아 있더라도 말이다.

그는 마계의 문을 열고 그들이 떠나게 둘 수 없었다. 마계의 문이 열리면 천벌이 더 빠르게 떨어져 두 세상이 소멸하고, 구주의 사람들이 숨을 돌리고 반격할 기회마저 사라지기 때문이다. 얼마나 마음을 독하게 먹어야 이런 일이 벌어지는데도 가만히 앉아만 있단 말인가.

그는 그럴 수 없었다.

더 이상 일말의 망설임도, 조금의 동정심도 가져서는 안 된다.

묵연은 두 세상의 죄명을 짊어졌고, 설몽은 지금 목숨을 걸고 시간을 끌고 있으며, 억울하게 죽은 사람들은 앞에 있는 피비린내 나는 길이 되었다.

"살인자!"

"당신이 우리를 죽일 거야! 우리를 죽일 거라고!"

"무정한 냉혈한! 반드시 업보를 받을 것이야!"

영혼은 불처럼 뜨거웠지만, 심장은 강철처럼 딱딱했다.

초만녕은 눈을 번쩍 떴다. 그는 반드시 살인자가 되어야 했다.

다른 선택권은 없었다.

"사명정."

"……."

사매는 우글거리는 사람들을 사이에 두고 멀리서 그를 쳐다봤다. 경국지색의 얼굴에 눈물 자국이 났고, 광기 어린 눈은 텅 비어 있었다.

바람이 불자 그의 옷자락이 넘실거렸다. 그는 초만녕이 자신을 죽일 거라는 걸 운명으로 받아들였다. 초만녕의 손에서 금빛이 번쩍이더니, '펑' 하는 소리와 함께 회사가 다시 나타났다.

초만녕이 검기로 눈앞에서 바글대며 그를 막으려고 시도하는 접골미인석을 몰아냈다.

땅을 차고 뛰어오르는 그의 눈빛은 눈 오는 밤의 검처럼 서늘했다. 그가 칼날을 사매에게 휘둘렀다.

그때, 발아래에서 순도의 길이 갑자기 격렬하게 흔들리더니 두꺼운 붉은색 기둥이 솟아올랐고, 그중 몇 개가 초만녕의 앞길을 막았다.

누군가 외쳤다.

"어서 봐! 앞을 보라고!"

"마계의 문이다! 어떻게 된 거지?"

"다리가 길어지고 있어. 마계의 문에 닿겠어!"

마지막에는 거의 비명에 가까웠다.

"문이 열린다!"

깜짝 놀란 사매가 고개를 돌렸다. 백금색 빛이 목연리가 죽은 곳에서 발산되며 마지막 계단이 늘어나더니, 놀라운 기세로 마계의 문에 닿았다!

초만녕의 안색이 변했다. 사매는 처음엔 놀라다가 갑자기 미친 듯이 기뻐했다.

순도의 길이 이어졌다. 인간계와 마계를 잇는 다리가 드디어 이어졌다!

지치고 노쇠한 목소리가 마계의 문 뒤에서 흘러나와 세상에 울려 퍼졌다. 그 목소리는 칭찬하듯 나른하게 말했다.

– 순도의 길에 신족이 제물이 되었구나. 너희는 신족의 목숨을 이 길에 바치는 것으로 그 마음을 보였다.

목소리는 너무 커서 사생지전 100리 밖에서도 선명하게 들렸다. 산에서 싸우던 사람들이 모두 고개를 들고 뒷산을 바라봤다.

강희의 얼굴이 새하얗게 변했다. 물론 그만 알게 된 것은 아니었다. 모두가 알게 되었다. 마계의 문이 열리려고 한다는 것을…….

그 노쇠한 목소리는 계속 이어졌다.

– 천벌이 곧 떨어질 것이다. 너희가 신을 죽였기에 마존 폐하께서 너그러이 마지막 29개의 계단을 면하셨다. 곧 마계의 문이 열리면 너희는 귀향할 수 있다.

"뭐라고?"

산 정상과 산길은 순간 아수라장이 되었다.

도포산장의 마 장주는 심지어 털썩 주저앉아 울었다.

"세상에! 이를 어쩌나!"

얼굴이 잿빛이 되어 다리를 덜덜 떠는 사람도 있었다.

"천벌이 곧 떨어진다고? 무슨 천벌…… 무슨 천벌?"

답선군과 격전을 벌이던 설몽과 매씨 형제 역시 충격을 받았다. 설몽의 마음이 흔들리자 답선군은 기회를 놓치지 않고 포박을 풀고 허공으로 올라갔고, 설몽은 반대로 튕긴 힘에 가슴을 맞아 피를 울컥 토했다.

답선군은 피를 토하는 소리를 듣고 핏발 선 눈으로 설몽을 잠시 노려봤다. 그는 혼란스러운 기색이었다. 마치 머릿속의 기억이 또다시 뒤죽박죽 섞이고, 몸속의 혼백이 서로 괴롭히며 싸우는 것 같았다.

"……설몽……?"

매한설이 재빨리 장검 삭풍을 뽑아 들고 동생과 설몽을 보호하며 나지막이 말했다.

"조심해."

그러나 답선군은 계속 공격할 마음이 없었다. 오히려 미간에 주름이 갈 만큼 인상을 쓰며 고통스러운 표정을 지었다.

"이게 무슨 일이지……. 도대체 어떻게 된 거냐고!"

그는 막막함과 분노에 고함을 질렀다. 이성을 잃은 그가 빠르게 뒷산의 빽빽한 숲으로 몸을 날리더니, 이내 사라졌다. 매한설은 그제야 한숨 돌리고 다른 두 사람 옆으로 돌아갔다. 그가 설몽에게 물었다.

"괜찮아?"

"나는 신경 쓰지 말고 사존에게 가! 우리가 준비한 걸 사존께 말씀드려!"

매함설이 그의 팔을 잡고 고개를 저었다.

"네 영핵이 부서지기 직전이야. 치료 먼저 해야 해."

설몽이 버럭 화를 냈다.

"어서 가!"

"내가 먼저 가 볼 테니 너희는 움직이지 마."

매함설은 급박하게 돌아가는 상황에 지체할 수 없음을 깨닫고, 설몽을 가리키며 형에게 말했다.

"형, 쉬게 도와줘. 나는 초 종사한테 갈게."

순도의 길 앞, 마지막 계단이 생기면서 마계와 인간계의 길이 마침내 완벽히 이어졌다. 접골미인석은 꿈꾸는 듯한 표정을 지으며 몸을 떨었다. 누구 하나 먼저 발을 떼지 못했고, 사매마저 꿈쩍도 하지 않았다.

구체적으로 얼마나 흘렀는지는 모른다. 어쩌면 아주 잠깐이거나, 아니면 숨이 막힐 정도로 긴 시간이었을지도 모른다.

마계의 문이 별안간 요란한 소리를 내며 흔들리더니, 삽시간에 구름이 사방으로 흐르고 바람이 휘몰아쳤다. 천지의 폐가 깊게 숨을 쉬듯 숨 막히는 굉음이 들렸다.

화려한 조각이 새겨진 마계의 문이 양쪽으로 갈라지더니, 붉은빛 한 줄기가 틈에서 쏟아져 나왔다.

초만녕은 한 번도 느껴 본 적 없는 섬뜩하고 사악한 기운과 전쟁의 기운이 그 틈으로 쏟아져 나오는 걸 느꼈다. 3대 금지 술법의 힘을 더 크게 만들 수 있는 마족의 기운이었다…….

마계가 열렸다!

천지의 색이 순식간에 바뀌었다. 마족의 기운이 화살처럼 구름을 뚫고 올라가 저 멀리 시공생사문으로 곧장 날아갔다.

열흘 이상 지속되던 폭우도 돌연 멈추었다.

조금 전까지 억수같이 쏟아지던 비가 눈 깜짝할 사이에 뚝 그친 것이다.

누군가 입술을 바들바들 떨며 요행을 바라는 마음으로 물었다.

"이…… 이게 어떻게 된 거죠?"

모두 시공생사문이 있는 방향을 쳐다볼 뿐, 대답하는 이는 없었다. 그런데 하늘의 절반을 차지한 검은색 구멍에서는 아무 이상도 나타나지 않았다.

사람들은 불안한 마음으로 기다렸다.

심장이 쿵쾅거렸다…….

이상이 없다. 이상이 없어.

이상이 없다.

"비가 멈췄군요. ……별일 없는 게 아닐까요?"

"괜히 요란하기만 했지 괜찮은 것 같습니다……."

사람들은 잇따라 안도의 한숨을 내쉬며 긴장으로 굳혔던 얼굴을 풀었다. 그런데 바로 그때, 그들이 밟고 있던 대지가 심하게 요동치기 시작했다.

"무슨 일이야?"

다시 고개를 들자 시공생사문의 검은 구멍이 놀라운 속도로 커지며 아직 흩어지지 않은 비구름을 집어삼키는 것이 보였다. 날카로운 호각 소리가 하늘을 갈랐다. 모두 눈이 휘둥그레졌다! 그 순간, 붉은 봉황이 검은 구멍에서 튀어나와 온 하늘을 가릴 만큼 커다란 날개를 펼치며 활공했다. 천지만 한 눈과 산처럼 거대한 발, 300척은 거뜬히 넘을 듯한 깃털을 가진 봉황이었다. 한 번의 날갯짓에 바람이 휘몰아치고 초목이 뿌리째 뽑혔다. 가장 가까이 있던 곤륜산은 눈이 녹고 얼음이 깨졌다.

"피익!"

순식간에 곤륜산에 다다른 봉황이 힘차게 울었다. 시공생사문이 열리고 닫힐 때 울리던 그 호각 소리였다.

"저건……."

한 수사가 비명을 질렀다.

"시조 봉황!"

"시조 봉황이다!"

그것은 기록에도 없는 태곳적 신수이자, 후에 구진상궁 휘하에 들어간 신성한 새였다. 시조 봉황은 산을 옮기고 바다를 메꿀 수 있는 힘을 가졌으며, 거대한 날개를 움직여 비상할 때면 그 속도가 번개나 빛보다 빨랐다.

초만녕이 중얼거렸다.

"그렇다면…… 이제까지 시공생사문을 지킨 것이……?"

구진이 만든 3대 금지 술법 중 하나인 시공생사문은 사실 시조 봉황을 가둔 하늘 우리를 여는 술법이었다. 누군가 틈으로 들어서는 순간, 시조 봉황이 어디로 갈지 묻고 그를 태운 채 바람을 타고 시간을 건너 과거나 미래로 가는 것이다. 하나 봉황의 몸집이 너무 거대하고 속도가 빠른 탓에, 시공생사문을 여는 사람은 봉황의 그림자를 보기는커녕 언뜻 울음소리가 들린다 싶을 때 이미 가고 싶은 시대에 도착해 있었다.

곤륜산에 앉은 채 금홍색 눈동자로 대지를 굽어보던 봉황이 갑자기 사람의 말을 했다. 나지막이 내뱉는 고색창연한 목소리는 인간 세상에 울리는 경종 소리 같았다.

"세상에는 질서가 존재한다. 너희는 그것을 어겼으니 천벌을 받아 마땅하다."

말을 마친 봉황이 훌쩍 날아올라 금빛 날개와 꽁지를 쭉 펼치더니 땅을 쓸듯 날갯짓하기 시작했다. 두 날개가 접혔다 펴질 때마다 땅이 흔들리고 산이 무너졌다! 인간계 최후의 날의 광경만 아니라면 실로 더할 나위 없는 장관이었다.

초만녕이 사납게 외쳤다.

"철수하시오!"

그 순간 소리친 사람은 초만녕만이 아니었다. 각 문파의 장문과 장로가 거의 똑같이 반응했다.

철수!

살고자 하는 것은 누가 가르쳐 줄 필요도 없는 본능이다. 시조 봉황 앞에서 개미만큼이나 보잘것없는 존재인 수사들은 정신없이 검을 타고서 시조 봉황의 반대 방향으로 도망치듯 날아올랐다.

매함설이 헐레벌떡 초만녕에게 다가와 어지럽게 흩날리는 앞머리를 넘기며 말했다.

"종사님, 사람들을 시공생사문 경계로 후퇴시키시죠."

그는 초만녕의 답을 듣지도 않고 이어 말했다.

"이쪽 세상은 가망이 없습니다. 저희는 설몽과 함께 이날이 왔을 때 재앙을 최소화하기 위한 방법을 쭉 고심했습니다. 그래서 두 세계가 연결된 그날, 시공생사문 옆에 현무의 허물로 법진 결계를 쳐 놨죠."

현무의 허물이란 시조 봉황과 동시대를 살았던 현무의 유체를 말한다. 그것을 토대로 펼친 수호 결계는 그 위력이 수천 배 증가한다.

다만 동쪽 바다 끝, 죽음의 위험이 도사리는 곳에 있다고 전해지는 물건이었다.

이 세계의 매씨 형제와 설몽이 그것을 가져오기까지 얼마나 많은 고비를 겪었을까…….

매함설이 말했다.

"종사님, 사람들을 그쪽으로 철수시키고, 본래 본인이 속했던 세상으로 돌아가라고 하세요."

"……."

"이쪽 세계에서 일으킨 재앙이니 마땅히 이곳에서 매듭지어야 합니다."

그의 말이 끝나자마자, 멀리 있던 시조 봉황이 날개를 펄럭이며 금홍색 꼬리로 곤륜산을 내려쳤다. 산에 쌓였던 눈이 튀어 오르더니 한 줄기 붉은빛이 되어 천지를 비췄다. 아무도 눈치채지 못할 만큼 빠른 속도였다. 눈 깜짝할 사이 황하와 장강이 역류하고, 바다가 통째로 들어 올려진 것처럼 바닷물이 수만 장(丈) 높이로 치솟아 육지를 향해 무서운 기세로 돌진했다!

하늘에서 쏟아진 거대한 바닷물이 순식간에 대지를 휩쓸었다.

후퇴하려던 초만녕은 물이 대지를 삼키는 속도가 어검 속도보다 빠르다는 걸 깨달았다. 어느새 그들 앞으로 바짝 다가온 물이 금방이라도 철수하는 사람들을 덮칠 것만 같았다.

그는 즉시 마음의 결정을 내리고 매함설에게 말했다.

"넌 일단 설몽과 함께 사람들을 이끌고 가거라. 난 여기 남아 시간을 끌겠다."

그러면서 다시 승룡 부적을 꺼내 하늘에 던졌다.

초만녕이 매섭게 외쳤다.

"천문! 만인관!"

버드나무 가지가 땅을 뚫고 나오자 손가락을 깨물어 그 위에 떨어뜨린 후 소리쳤다.

"축장(築牆)!"

덩굴이 덩굴을 덮고 가지가 가지를 타고 올라가며, 첩첩이 쌓인 짙푸른 나무가 끝이 보이지 않는 높은 담장이 되었다.

"구가, 소환!"

손바닥에서 빛이 번쩍 일더니, 어느새 구가가 무릎에 놓였다. 초만녕이 현을 튕기자 물 흐르듯 자연스러운 소리가 흘러나왔다. 금빛 광휘가 버드나무 가지로 쌓아 올린 벽을 감싸며 꺾이지 않도록 더 단단하게 만들었다. 그가 이 모든 것을 마쳤을 때, 세차게 굽이치는 바닷물이 코앞에 도착했다.

철썩!

물보라가 담장을 때리고, 하늘에 닿을 듯한 거대한 물결이 일었다.

초만녕이 고개를 틀어 매함설에게 외쳤다.

"어서 가!"

이런 상황을 예상 못 한 것도 아니었다. 매함설은 속이 타 죽을 것 같았지만, 그렇다고 딱히 다른 방법도 없었다. 그는 할 수 없이 초만녕에게 예를 갖춰 인사한 뒤, 몸을 돌려 나무가 빽빽이 우거진 깊은 숲으로 사라졌다.

모든 수사가 후퇴하는 동안, 초만녕은 죽을힘을 다해 막았다.

세찬 바닷물이 사납게 울며 천문과 구가가 구축한 거대한 제방을 무너뜨리려 했다.

그 시각 순도의 길. 접골미인석의 눈앞에서 마계의 문이 서서히 열렸다. 마계의 평화로운 자홍색 구름이 참혹한 인간계 구름과 뒤섞였다.

문이 완전히 열렸다.

맨 앞에 서 있던 사매가 첫 번째로 순수한 마족의 기운에 휩싸였다. 온몸에 전율이 흐르며 편안해지는 것을 느낀 그는 저도 모르게 허겁지겁 마기를 들이마셨다. 오그라들었던 영핵도 마기를 접하고 다시 부풀어 올랐다.

순간 마족의 힘이 온몸에 퍼졌다.

강한 영력을 가지면 원래 이런 기분일까?

드디어 느끼는구나…… 드디어!

그의 눈이 희열로 반짝이며, 준수하고 아름다운 얼굴에 야수 같은 빛이 번졌다. 그의 뒤에 있던 접골미인석도 마찬가지였다.

마기가 부족하고 영핵이 시들어 닭 모가지 비틀 힘도 없던 접골미인석이, 지금 이 순간 드디어 원래 그들에게 속했던 강력한 힘을 얻은 것이다.

수염과 머리카락이 희끗희끗하고 등이 굽은 노인 하나가 마계 영역의 입구에 나타났다. 그가 적색 눈동자로 접골미인석을 훑어보더니 원래부터 쭈글쭈글한 얼굴에 주름이 파이도록 씩 웃었다.

"아이고, 늙은 몸으로 벌써 여기서 사천 년을 기다렸네. 지난번 문지기도 이 정도로 해내는 접골미인석은 못 보고 죽었지."

그가 지팡이에 몸을 지탱한 채 몹시 흡족한 듯 말을 이었다.

"잘했군, 잘했어. 신계와 맞선 공이 크네. 훌륭해, 훌륭해."

노인은 갈가리 찢긴 인간 세상을 보더니 칙칙하고 누런 이를 드러내며 웃었다.

그러고는 몸을 틀어 접골미인석에게 길을 내주며 느릿하게 말했다.

"이 늙은이가 여러분의 귀향을 환영하네."

그들 뒤로 바닷물이 사납게 일렁였다. 하지만 그건 인간의 일일 뿐, 마족과 무슨 상관이란 말인가?

사매는 온 힘을 다해 하늘의 재앙을 막으려는 초만녕을 돌아봤다. 고작 인간의 힘으로 이미 정해진 형세를 되돌리려 하다니.

그는 영웅일까, 어리석은 것일까?

하지만 초만녕의 그 어리석음이 그의 마음을 흔든 때도 있었다. 떠날 때가 되니 왠지 모르게 옥형 장로가 우산을 받쳐 들고 자신을 처소로 데려다주던 일이 떠올랐다. 그때 그들은 내하교 옆에서 꿈틀꿈틀 기어가는 지렁이를 봤다.

초만녕이 쓱 보고는 소매를 흔들자, 금색 빛줄기가 지렁이를 감싸더니 풀밭 위로 얌전히 내려놓았다.

"장로님, 방금 뭐 하신 거예요?"

초만녕이 무표정하게 답했다.

"길을 막고 있었잖느냐."

어쭙잖은 이유였다. 사매는 웃었다.

"장로님은 정말 친절하시네요. 하지만 비가 오면 답답하니까 장로님이 지렁이를 되돌려놔도 금방 밖으로 기어 나와서 다시 장로님 길을 막을 텐데요?"

초만녕의 걸음이 살짝 멈칫했다. 그의 깨끗한 미간에 옅은 주름이 패었다.

"……그건 몰랐다."

그가 눈을 내리깔고 사매를 봤다.

"넌 아는 것이 많구나."

사매가 수줍게 웃었다.

"지렁이는 지룡(地龍)이라고 약재로도 쓰이잖아요. 그래서 지렁이의 습성을 살짝 공부한 적 있어요. 저는 별 쓸모없는 내용을 조금 알고 있을 뿐이에요."

두 사람은 계속 앞으로 걸었다. 그런데 초만녕은 소용없다는 걸 알면서도, 길을 막는 그 작은 동물을 보이는 대로 계속 '치웠다'. 울지도 웃지도 못할 노릇이었다. 사매는 차라리 그를 돕기로 했다.

사매가 품 한가득 책을 안고서 억지로 허리를 굽히는 것을 본 초만녕이 말했다.

"그럴 필요 없다."

"지렁이들이 장로님의 길을 막잖아요."

사매가 서늘한 빗줄기 사이로 그를 올려다보며 부드럽게 말했다.

"제가 녀석들을 얌전하게 만들게요."

초만녕은 고개를 젓고는, 사매에게 다가가 곧게 뻗은 우산을 사매 위로 단정히 씌어 주었다.

"가만히 있거라. 다 젖는다."

처소로 가는 길은 그리 멀지 않았지만, 나란히 걸으면서 아무 말도 하지 않으니 어딘지 어색했다.

그래서 사매가 다정한 목소리로 물었다.

"장로님, 장로님은 늘 이렇게 친절하세요?"

"……."

위엄 있는 봉안 속 갈색 눈동자가 아래로 향했다.

초만녕의 얼굴에는 아무 표정도 없었다.

"어디가 친절하다는 게냐."

꽤 영민했던 사매는 그 순간 옥형 장로가 소문만큼 매정하지 않다는 것을 알아차렸다. 그가 웃으며 말했다.

"소용없는 일인 걸 알면서도 굳이 하시잖아요……."

초만녕은 대답 없이 조용히 걸음을 옮겼다.

사매가 속으로 이제 자기를 상대해 주지 않으려나 보다 생각했을 때, 초만녕이 입을 열었다.

"길을 가다 걸인을 만났다. 돈을 줘도 곤경에서 구할 수 있다는 보장이 없으니 아예 돕지 않을 것이냐?"

"……."

"길에서 영수(靈獸)를 해치는 것을 봤다. 구해서 산으로 돌려놔 봐야 얼마 안 있어 다시 덫에 걸릴 테니 그냥 손 놓고 있을 것이냐?"

사매가 여린 속눈썹을 떨구며 순하게 말했다.

"이 제자, 장로님의 뜻을 이해했습니다. 가르쳐 주셔서 감사합니다."

"……."

사매가 이렇게 순하게 나오니 외려 머쓱해진 초만녕은 작게 헛기침한 후 말했다.

"하지만 지렁이는 정말 길을 막아서 그랬을 뿐이다."

사매는 조금 놀라 고개를 들었다. 초만녕은 고개를 틀고 다른 곳을 보고 있었다. 표정은 분명 차가운데 귀 끝이 조금 달아올라 있었다.

문득 귀엽다는 생각이 들었다.

사매는 입술을 살짝 깨물었다가 잔잔한 목소리로 말했다.

"장로님은 정말 좋은 분이세요. 분명 다른 생명도 불쌍히 여겨 주실 것 같아요."

"……."

잠시 후 사매가 다시 입을 열었다.

"참, 오늘 서책을 읽다가 이해 안 가는 부분이 있었는데, 전 여쭤볼 사존이 없어서요. 장로님께서 대신 도와주실 수 있을까요?"

드디어 생명을 구하느니 마느니 민망하기 이를 데 없는 낯간지러운 화제에서 벗어났다는 생각에, 초만녕은 가벼워진 기분으로 고개를 끄덕였다.

"말해 보거라."

"고월야의 약학 경서는 삼라만상을 담고 있어요. 약 제조법은 혀를 내두를 정도고요. 그중에서 가장 어려운 게 빠르게 영핵을 키우는 약인데요, 복용 후에……."

초만녕이 왠지 모르게 낯빛을 굳히며 말을 끊었다.

"그런 약이 필요한 게냐?"

"무슨 약인지 아시나요?"

"오래전 수진계에서 추앙받던 약이다. 모든 문파가 제발 팔아 달라며 약학 문파를 찾았지."

초만녕이 눈을 가늘게 떴다.

"내가 어찌 모르겠느냐."

사매가 초만녕의 낯빛을 살피다 조심히 말했다.

"전 그 약에 관심 없어요. 하지만 보조 약재로 접골미인석의 피와 살이 필요하다고 쓰여 있어서 의문이 생겼어요. 접골미인석은…… 사람 축에 끼나요, 짐승 축에 끼나요?"

초만녕은 질문을 던진 제자에게 불쾌한 표정으로 일말의 주저 없이 엄숙하게 답했다.

"사람이다."

심지어 그는 '사람 축에 낀다'도 아닌 '사람이다'라고 답했다. 그것도 아무 고민 없이.

"……."

사매는 입을 다물었다. 초만녕은 그가 품에 안고 있는 고월야의 서책을 흘끗 보다 쓱 들어 올렸다.

"장로님?"

"고월야의 약학 경서에 담긴 내용은 정사(正邪)를 구분하기 힘들어 이제 막 배우기 시작한 사람이 참고하기엔 부적당하다. 내일 장서각에 가서 탐랑 장로의 저술을 빌려 읽는 게 더 나을 것이야."

사매가 고개를 숙인 채 말했다.

"전 장서각에서 외부 책만 빌릴 수 있어요. 내부 책은…… 직속 사존의 허가가 있어야 하거든요……."

초만녕은 잠시 어리둥절해하다가, 이 소년이 사생지전에 들어온 지 꽤 시일이 지났지만 자질 문제로 가장 너그럽다는 선기 장로마저 받아 주지 않고 있다는 사실을 떠올렸다.

비스듬히 부는 바람과 가랑비 사이에서 그는 허리에 찬 옥패를 풀어 사매에게 건넸다.

"받아라."

"……."

"장서각 사람이 묻거든 내 영패를 보여 주면 된다."

초만녕이 당부했다.

"서책도 잘 골라 읽어야 한다. 잘못된 책을 읽고 잘못된 길을 걸어선 안 돼."

사매는 두 손을 내밀어 옥패를 받고 싶었지만, 안고 있는 책이 너무 많았다. 한 손을 내밀기엔 예에 크게 어긋나는 행동 같아, 이러지도 저러지도 못하고 괜히 얼굴만 붉혔다. 그때, 초만녕이 한쪽 무릎을 꿇으며 풋풋하고 앳된 아이의 키에 맞게 자세를 낮췄다. 그러고는 긴 속눈썹을 내리깐 채 직접 사매의 허리춤에 옥패를 묶어 주었다.

그러는 동안 초만녕의 표정은 '길을 막는' 지렁이를 치울 때처럼 덤덤했다.

다른 장로였다면 자신의 장서각 영패를 잘 알지도 못하는 제자에게 절대 빌려주지 않을 것이다. 그것이 규율이었다.

하지만 확실히 초만녕은 규율에 묶여 사는 사람은 아닌 듯했다.

"됐다."

옥패를 다 묶은 그가 몸을 일으키며 늘 기갑인을 만지느라 못이 박인 손을 내려뜨렸다.

"가자."

"……."

어린 소년은 숨을 깊게 들이마셨다.

그는 왜 자신이 심호흡을 하는지 알 수 없었다. 하지만 이렇게 하지 않으면 문득 가슴속에 차오른 이름 모를 감정에 눈물이 나올 것만 같았다.

사실 그는 서러웠다.

접골미인석이라서, 혹은 영력이 부족한 제자라서, 그는 늘 공평한 대접을 받지 못했다. 예전엔 그도 상관없다고 생각했다. 어쨌든 이미 익숙해진 일이었다. 자신의 눈에 다른 사람은 그저 추악하기 그지없는 인간 백정에 불과했다.

하지만 그 사람이 제 옆에 멈춰 서서 '접골미인석은 사람이다'라고 말해 주었다. 직속 제자라도 받을 수 있을지 없을지 모를 영패를 자신에게 주었다. 그저 자신이 잘못된 길로 가는 걸 막기 위해서. 수천 번 두드려 단련한 심장이 갑자기 참을 수 없이 아파 왔다.

그리고 그제야 설움을 느꼈다. 그는 이제껏 너무 힘들게 참아 왔던 것이다.

사매는 자신이 부드럽고 공손해 보이지만, 그건 결국 위기를 꿰뚫어 본 자신이 스스로 만들어 낸 가면일 뿐이란 걸 알고 있었다.

그는 가면 뒤에 숨어서 상냥함으로 자신을 지키고 위험을 피했다. 겉으로는 누구에게나 다정하고 친절했지만, 사실 누구도 자기 마음에 들이지 않았다. 그의 마음은 이미 접골미인석 일족의 원수에 대한 생각으로 꽉 차서, 온정이라곤 조금도 남아 있지 않았다.

하지만 그날 처소로 돌아와 제자로 받아 달라는 배사첩(拜師帖)을 쓸 때, 그의 붓끝에는 조금일지언정 값진 진심이 실려 있었다.

배사첩을 다 쓴 후, 사매는 끝이 갈라진 대나무 붓을 내려놓고 등잔불을 바라보았다.

제 인생에 복수와 귀향 외에 예상치 못한 즐거움이 생긴 기분이었다. 그에게 이런 감정은 위험할지도 모른다. 하지만 당시에 그는 그 정도의 정이 제 길에 큰 지장을 주지도, 제 마음 속에 가장 커다랗게 자리 잡은 복수심을 흔들지도 못할 거라 여겼다.

그런데 지금, 사매는 한때의 '정'을 바라보며 알 수 없는 기분을 느꼈다.

이건 분노일까? 슬픔일까?

또 그렇게 단순한 것 같지도 않았다.

결국 길이 다르니 함께할 수 없는 대상.

사매는 잠시 가만히 있다가 반쯤 조롱하듯 말했다.

"사존, 보세요. 누구든 운명 앞에서는 투쟁할 수밖에 없어요. 사존도, 저도, 인간도, 마족도 다 마찬가지예요."

말소리가 작아서 하늘 높이 떠 있는 초만녕의 귀에 닿을 수 없었지만, 말하고 나니 마음이 편해지는 것 같았다.

그는 고개를 돌리고, 수천 명의 접골미인석을 이끌며 웅장한 마계의 문으로 걸어갔다.

고향으로 돌아가자.

문을 지키던 마족 늙은이는 제일 앞에서 오는 자가 무리의 우두머리라고 판단했다. 그래서 사매가 마계의 문에 들어서자 공손하게 예를 취했다.

"공자, 잠시 멈추시게."

"왜 그러시죠?"

"마계는 가족 혈통에 따라 등급을 나누지. 기왕 고향에 왔으니 우선 본원(本源)을 검사하고 조상을 찾으시게."

사매가 표정 없이 말했다.

"접골미인석은 구진상궁의 모족이 아닙니까? 검사할 게 어딨다는 말씀인지."

마족 늙은이가 말했다.

"구진의 모족은 마적(魔籍)이 말소됐네. 공자와 뒤에 있는 사람들은 마계에 들어온 후 피에 섞인 다른 마족 혈통에 따라 적을 나눠야 해."

사매는 미간을 찌푸렸다. 뒤돌아보니 초만녕은 힘이 달려 얼마나 더 버틸지 알 수 없었다. 더구나 자기 뒤에는 아직도 수천 명이 마계로 들어가기를 기다리고 있었다. 그는 귀찮았지만 고개를 끄덕였다.

"그럼 빨리 하시죠."

마족 늙은이가 손을 휘두르자 이빨을 드러낸 짐승 머리가 달린 지팡이가 나타났다. 그가 주문을 외자 짐승 머리에서 붉은색 빛의 띠가 수없이 뻗어 나와 비단처럼 사매를 둘둘 감쌌다.

"백(白), 정(程), 사(謝), 주(周)……."

띠마다 흐릿하게 빛나는 글자가 있었다.

사매가 물었다.

"이건 뭡니까?"

마족 늙은이가 말했다.

"종족 명부지. 공자의 피에 가장 부합하는 종족의 빛 띠가 공자의 손목에 감길 거야.”

사매는 아무 말 없이 고개를 숙인 채 휘황찬란하게 빛나는 띠를 바라보았다.

“진(秦), 비(費), 구양(歐陽), 상관(上官), 종리(鍾離), 락(洛), 엽(葉), 단(段), 초(楚)…….”

마족 늙은이는 쉬지 않고 명부를 외웠다. 하지만 한참이 지나도 사매의 손목에 내려앉는 띠는 없었다. 그가 눈살을 찌푸리며 고개를 들어 사매의 얼굴을 보았다.

사매가 차분히 그의 시선을 받았다.

눈이 마주치자 마족 늙은이가 멋쩍게 웃더니 더 빠른 속도로 명부를 외기 시작했다. 외고 또 외다 보니 갑자기 붉은 띠 하나가 사매의 팔목을 감쌌다. 사매가 생각에 잠긴 듯 팔을 들어 자세히 살폈다.

“이건가요? 어느 성씨입니까?”

그런데 그가 띠에 쓰인 글자를 제대로 확인하기도 전에 띠가 까맣게 타며 순식간에 재로 변했다.

사매는 할 말을 잃었다.

문지기 마족 늙은이도 일순 말을 잃고 그 자리에 굳은 채로 믿을 수 없다는 듯 그를 봤다.

사매가 천천히 눈을 들었다. 어렴풋이 짐작되는 게 있었지만, 그는 모르는 척 음산한 미소를 지으며 물었다.

“왜 그러십니까?”

마족 늙은이의 낯빛이 돌변했다. 그가 콧등을 찡그리며 사납게 외쳤다.

"신족의 후손?"

"……."

사매는 잠시 얼어붙었다가, 곧 조소를 흘리며 손목에 묻은 검은 재를 털고는 담담하게 말했다.

"아버지가 신의 후예이긴 했습니다만, 그게 어떻다고요. 저는 평생 신족의 일은 손도 대지 않았고, 오직 마족의 귀환을 소임으로 삼아 왔습니다. 제 몸에 그깟 더러운 피 좀 가지고 있다고 신족의 후손이라는 딱지를 붙이다니요. 그건 너무……."

하지만 말을 다 마치기도 전에 마족 늙은이의 몸 주위로 검은색 광풍이 일더니 사매를 뒤로 한 걸음 밀어냈다.

바람이 흩어지고, 등이 굽은 마족 늙은이도 사라졌다.

대신 마계 입구에 나타난 건, 거대한 도끼를 쥐고 있는 끔찍한 몰골의 해골 괴물이었다. 괴물은 손에 든 도끼를 힘껏 내려쳐 접골미인석의 길을 끊어 버렸다. 그러고는 노한 목소리로 으르렁거렸다.

"자고로 신족과 마족은 함께할 수 없다. 신족의 피가 섞이다니 더럽기 짝이 없군! 순도의 길은 효력을 잃었다. 더러운 너희에게 명하니 마계의 영역에서 썩 꺼져라. 마계의 문아, 닫혀라!"

그 목소리와 함께 좌우로 활짝 열렸던 마계의 문이 쿠르릉 소리를 내며 움직이더니 실제로 닫히기 시작했다. 다 완성됐던 순도의 다리도 멀리 사생지전에서부터 눈사태처럼 무시무시한 기세로 우르르 무너져 내렸다!

304장 사생지전, 박쥐의 최후

"어떻게 된 거야?"

뒤에 있어 앞쪽 상황을 보지 못한 접골미인석이 목을 빼고 초조하게 두리번거렸다.

초만녕이 쌓아 올린 제방은 튼튼했지만, 거대한 바다 앞에서는 낮은 언덕에 불과했다. 구가가 만든 결계가 깨지며 버드나무 잎 사이로 물이 새어 들어오기 시작하자, 접골미인석들은 당황하여 허둥대며 앞을 향해 소리 질렀다.

"무슨 일이 생겼나요? 왜 우리를 안 들여보내 주는 거죠?"

그때 뒤를 돌아본 누군가가 퍼렇게 질린 얼굴로 크게 소리쳤다.

"순도의 길이 무너진다!"

"뭐라고?"

그렇게 접골미인석 일족은 앞뒤로 곤경에 처했다. 앞에 있는 마계의 문은 닫히고 있었고, 뒤에서는 다리가 무너지고 있었다. 그들의 발아래는 끝없는 심연뿐. 그들이 어디로 도망칠 수 있을까?

순식간에 혼란이 벌어졌다. 사매가 소리쳤다.

"모두 당황하지 마시고 앞으로 오세요!"

"화 종사……."

확음술이 그의 목소리를 뒤쪽 끝까지 전달해 주었다.

"말씀드렸잖습니까, 제가 여러분을 고향으로 데려가 주겠다고."

그가 두 번의 생을 견디며 이루려 했던 일이다. 어머니의 생전 숙원이기도 했다. 여기까지 와서 물러설 생각은 조금도 없었다.

"하지만 종사님, 우리에게 마족의 사자와 맞설 힘이 어딨습니까?"

사매가 고개를 돌렸다. 옅은 갈색 눈동자에 최후의 날의 광경이 비쳤다.

"예전엔 없었죠. 하지만 지금은 어떻습니까?"

어찌할 바 몰라 허둥대던 접골미인석들은 마계의 문이 열리며 흘러나온 마기로 인해 제 몸의 마족 영력이 어느 정도 회복됐다는 사실을 떠올렸다.

사매가 말했다.

"여러분 모두 제 뒤로 물러나서, 다 함께 순도의 길이 붕괴되는 걸 늦춰 주세요."

"그럼 화 종사님은요?"

사매는 앞에서 도끼를 휘둘러 대는 해골을 보며 말했다.

"전 저놈을 처리하겠습니다."

사매의 말이 끝나기도 전에 해골이 사납게 으르렁거리며 그에게 달려들었다.

"종사님, 조심하세요!"

사매는 무섭지 않았다. 그는 이제까지 이처럼 끓어오르는 영류를 느껴 본 적이 없었다. 마기가 몸속을 거침없이 질주하며 그를 더없이 용감하게 만들었다.

원래 접골미인석은 이처럼 용맹하고 강한 종족이었을 것이다. 다만, 단 한 명의 배신으로 수천 년간 부당한 운명을 감내해야 했을 뿐…….

그는 원망을 품은 눈으로 손에 염화를 일으켜 두말없이 해골을 향해 던졌다.

해골이 날렵하게 피했다. 화염이 마계의 문에 부딪쳐 까맣게 탄 흔적을 남겼다.

"배신자가 어찌 감히 경솔하게 망령된 행동을 하느냐!"

사매가 분노의 고함을 질렀다.

"내 몸에 어떤 피가 흐르든 그게 내 잘못이란 말이냐? 구진의 모족 혈통이란 이유로 인간계로 추방되고, 영핵도 만들 수 없었다. 신의 후예 혈통이라며 문 앞에서 거부당해 고향으로 갈 수 없게 됐다. 내가 뭘 했다고? 접골미인석이 뭘 했다고? 왜 무작정 배신자라는 거냐!"

해골이 엄숙하고 완고하게 말했다.

"배신자가 어찌 감히 경솔하게 망령된 행동을 하느냐!"

승려의 염불 소리 같았다.

황토로 빚은 누런 불상 같았다.

불확실하고 허황된 것을 저토록 당연하다는 듯 말하다니.

하늘에서는 초만녕이 있는 힘을 다해 거센 물결에 대항하고, 멀리서는 수사들이 두 세계의 경계까지 물러나 현무 결계를 만들고 있었다.

이곳에서 자신은 마계의 해골과 생사를 건 싸움을 하고 있다.

사람은 저마다의 사명이 있고, 저마다의 선택을 한다. 그들은 한때 바라는 바가 달라 서로 충돌하며 칼끝을 겨눴지만, 지금은 죽기 살기로 싸울 여력조차 없다.

운명의 심판이 내려진 지금, 그들은 모두 비슷한 모습을 하고 있었다.

나는 비열한 인간일지 모르지만, 이렇게 꼼짝없이 당하고 싶지 않아.

"종사님! 순도의 길이 곧 끝까지 무너질 것 같습니다!"

"더는 못 버티겠어요……."

어린 접골미인석이 눈앞에 다가온 죽음에 절망하며 손에 얼굴을 묻고 울부짖었다.

그들의 울음소리가 강풍을 타고 사매의 귀를 파고들었다…….

꼭 그해 같았다. 그는 작고 여린 체구로 천음각의 차가운 석문을 필사적으로 들이받았다.

문이 열리자, 입가에 피가 뚝뚝 떨어지는 아버지와 몸이 찢긴 어머니가 보였다. 그는 어머니의 절규를 들었다. 어머니는 피투성이가 된 몸뚱이로 바닥을 기며 목이 찢어져라 외쳤다.

– 달려! 어서!

달려, 여길 떠나.

달려라, 우리를 받아 줄 수 있는 곳으로 가.

핍박당한 모든 일족을 데리고 가.

그것은 어머니가 제 몸과 영혼을 팔고, 마지막에 자신의 목숨을 바쳐서라도 이루고자 했던 평생의 숙원이었다.

달려라.

"그래서 내가 마족에게 미안할 게 어딨단 거냐?"

그것은 그의 마지막 질문이었다. 답을 기다릴 생각도 없었다.

사매는 몸을 날려 해골의 도끼 공격을 빠르게 피한 뒤, 연처럼 가벼운 몸놀림으로 해골 위로 날아올랐다. 그리고 곧장 무릎을 꿇은 채 해골의 어깨 위에 내려앉더니 좌우로 흔들리는 해골의 머리를 무릎 사이에 끼웠다.

순도의 길이 점점 더 크게 흔들렸다. 진룡기국 바둑돌로 만든 다리가 빠르게 무너지며, 그 시체들이 바닥에 떨어진 기척마저 들리지 않는 끝없는 심연으로 우르르 떨어졌다.

뒤를 돌아보니 그의 일족이 한데 뭉쳐 있었다. 그들은 조금 전 얻은 몸속 마기를 쥐어짜서 귀향길의 붕괴 속도를 늦추고 있었다.

그들은 순수 접골미인석이었다. 함께 둥지로 돌아갈 수 있는 새들이었다. 하지만 그는?

심연에서 박쥐가 푸드덕거리는 소리가 들렸다.

사매의 손에서 서늘하고 무시무시한 빛이 일더니 가시나무 한 줄기가 튀어나와, 마족의 날카로운 기에 스스로 담금질을 했다.

그가 그것을 높이 들어 올려 해골의 정수리를 겨냥하다가…….

폭 찔렀다!

박쥐는 과연 뭘까?

하늘을 나는 새일까? 아니면 어둠 속에 몸을 웅크린 짐승일까?

아마도 양쪽 모두 그를 인정하지 않을 것이다. 그의 피는 더럽다. 어디를 가든 그는 배신자일 수밖에 없다.

숨 막히는 정적이 흐르고, 해골이 쿵 쓰러졌다! 해골은 삽시간에 수많은 재로 변해 흔적도 없이 사라졌다. 그때, 마계의 문도 아슬아슬한 틈만 남기고 거의 닫혀 가고 있었다. 사매는 곧장 땅을 차고 날아올라 닫히고 있는 석문 사이에 제 맨몸을 끼워 넣었다.

그가 아래에서 눈물범벅을 한 채 망연자실한 표정을 짓고 있는 접골미인석을 보며 무뚝뚝하게 외쳤다.

"아직도 멍하니 뭐 하십니까? ……달려요!"

달려…….

– 달려!

화귀의 죽기 전 외침이 세월을 거슬러 구름 사이로 들려왔다. 이십 년이 지났지만, 여전히 가슴이 미어졌다.

– 남아, 달려!

눈을 감으면 어머니의 찢긴 팔, 부러진 다리가 선명하게 떠올랐다. 피 웅덩이 속에서 궁지에 몰린 짐승처럼 몸부림치며 꿈틀꿈틀 앞으로 기어 와 남편의 다리를 붙잡던 어머니. 그저 제 아이에게 살길을 내주기 위해서였다.

– 달리라고! 어서! 돌아보지 마! 돌아오지 마! 아악!

남자의 발길질에 어머니의 얼굴이 형체를 알아볼 수 없을 정도로 처참히 부서졌다.

마지막 순간에도 어머니는 남은 힘을 다해 외쳤다.

– 달려…….

뚝.

숨통이 끊어졌다…….

사매는 이를 악물고 온몸에 마기를 불어넣었다. 으드득 뼈가 부러지는 소리가 났지만, 마계로 가는 문이 닫히지 않도록 온 힘을 다해 문과 문 사이에서 버텼다.

그는 아래를 보고 있었다. 이마에서 땀이 배어 나오고, 악문 입술은 터져서 피가 흘렀다. 전신이 부들부들 떨리고, 뼈는 무시무시한 압력에 산산조각이 날 것 같았다. 닫히는 속도는 줄었지만, 위력은 조금도 줄지 않았다. 마계의 문은 그처럼 엄숙하고 차갑게 그의 몸을 짓눌렀다.

한 치, 두 치…… 한 자…… 두 자…….

핏줄이 불거지고, 얼굴이 시뻘게졌다.

하지만 그는 당황과 혼란에 빠진 사람들을 내려다보며 쉰 목소리로 말했다.

"달려요……."

어서, 더 빨리.

저들에게 고향에 돌아가게 해 주겠다고 약속했어. 두 손에 피를 묻히고, 만인의 지탄을 받고, 스승을 속이고, 친우를 등졌지. 온갖 악행을 다 했어. 이 길을 위해 할 수 있는 모든 것을 했다고.

하지만 난 배신자는 아니야.

금방이라도 뼈가 으스러질 것 같았지만, 그래도 그는 그 거대한 문을 받쳤다. ……참 가소로웠다. 개미가 하늘을 받치고, 하루살이가 나무를 흔들겠다는 격이 아닌가.

그때, 멀리서 엄청난 굉음이 울렸다.

사매는 땀으로 범벅된 얼굴을 힘겹게 쳐들어 젖은 속눈썹 사이로 소리가 난 쪽을 내다봤다. 하늘 높이 치솟은 어마어마한 파도에 부딪힌 초만녕이 보였다. 천문과 구가가 만든 담장은 이미 심각하게 망가진 상태였다. 주인이 추락하자 힘겹게 유지되고 버티던 제방이 순식간에 와르르 무너졌다.

그는 제 눈으로 초만녕이 파도에 부딪혀 물속에 떨어지는 것을 목격했다.

"사존……."

담장이 무너지고, 더 이상 막을 수 없게 된 바닷물이 두 세계가 맞닿은 지점을 향해 파죽지세로 돌진했다. 건물이 무너지고, 산등성이가 깎이고, 계곡이 메워졌다. 한순간에 모든 것이

풍랑 속에 잠겼다.

인간계는 이제 예전으로 돌아갈 수 없다.

세상은 변했다.

그리고 그때, 문의 압력이 더 커졌다. 사매는 뼈가 부러지고, 근육이 찢어지는 것 같았다. 영력도 거의 사라졌다. 그는 울컥 피를 토했다.

그가 눈을 내려 아래를 봤다. 아직 지나가지 못한 미인석이 수십 명 남아 있었다.

어디서 난 힘일까. 그가 갑자기 기합을 내질렀다. 눈이 터질 듯 커지고, 목에 퍼런 핏줄이 솟았다. 그는 손발로 있는 힘껏 닫히려는 문을 밀었다.

"화 종사님!"

마계 영역으로 건너간 접골미인석들은 떠나지 않고 아래에 모여 그를 올려다보고 있었다. 하지만 이미 사매의 눈에는 그들의 얼굴이 잘 보이지 않았다. 눈앞이 캄캄하고, 모든 것이 흐릿했다.

이제 여덟 명…… 다섯 명…… 세 명…….

고통으로 일그러진 얼굴에 복수심을 품은, 두려움도 망설임도 없는 찬란한 미소가 퍼졌다. 입에서 흐른 피가 이를 시뻘겋게 물들였다.

운명이든 뭐든, 인간이든 마족이든 신이든 악귀든, 모든 노력을 수포로 만들고 내 길을 막는 무엇이든…….

내가…… 못 이길까 보냐…….

각오는 강철처럼 단단했다.

몸은 집념으로 절대 흔들리지 않았다.

마지막…… 한 명…….

"달려요……."

사매가 마음껏 웃기 시작했다. 하루살이가 나무를 못 흔든다고? 각오만 단단하면 개미구멍으로도 둑을 무너뜨릴 수 있다.

결국 자신이 해내지 않았는가?

쿵!

마계의 문이 닫혔다. 갑자기 빨간 것과 검은 것이 눈앞을 덮쳤다. 빨간 것은 피고, 까만 것은 하늘이었다. 문틈에 낀 박쥐가 인간 세상에서 마지막으로 들은 소리는 '뚝' 소리였다.

모골이 송연해졌다.

두개골이 깨졌나?

아니, 어릴 때 들은 어머니의 목뼈 부러지는 소리인가……?

"화 종사님! 종사님!"

접골족의 애통한 울음은 마계의 문이 요란하게 닫히면서 저쪽 세계로 사라졌다.

피에 젖은 마계의 문틈에서 화벽남의 너덜너덜한 시체 조각이 떨어졌다……. 그리고 곧 엄청난 파도가 밀려와 시체를 쌓아 만든 순도의 길을 흔적도 없이 휩쓸고 지나갔다.

파도가 지나간 자리에 마계의 문은 더 이상 보이지 않았다.

유일하게 남아 있던 사생지전도 거대한 파도에 휩쓸렸다. 통천탑이 쓰러지고, 홍련수사가 파묻히고, 단심전에서 떨어져 나간 벽돌과 기와가 삽시간에 꿀꺽 삼켜졌다.

초만녕은 콜록콜록 삼킨 바닷물을 토해 내며 몇 번이고 회사를 소환해 어검술로 빠져나가려 했지만, 일시적으로 영력이 부족해 번번이 실패했다.

또다시 부서진 부목을 휩쓸며 밀려온 집채만 한 파도가 엄청난 수압으로 초만녕의 가슴을 때렸다. 그가 바닷속 깊숙이 가라앉으며 고통으로 미간을 찌푸렸다. 숨을 쉴 수도…… 목숨을 구해 줄 지푸라기를 잡을 수도 없었다…….

흰옷이 너울거리고, 검은 머리카락이 어지럽게 춤췄다. 그는 계속해서 가라앉고, 또 가라앉았다. 눈앞에 보이던 빛도 서서히 멀어졌다. 숨이 막히고, 점점 영혼이 빠져나가는 기분이 들었다.

설몽 일행은…… 현무의 결계가 있는 곳까지 이미 후퇴했겠지?

그다음에 또 무슨 차질이 생기진 않으려나?

그리고 묵연은…….

묵연…….

그가 천천히 눈을 떴다. 얼음처럼 차가운 물속. 빛은 아득히 멀리 있고, 그의 입에서 생긴 작디작은 기포 몇 개가 떠오르고 있었다. 그는 멍한 눈으로 위를 쳐다봤다. 그리고 숨이 막혀 죽을 것 같을 즈음, 갑자기 환각이 나타났다.

초만녕은 자신을 향해 인어처럼 헤엄쳐 오는 검은색 그림자를 봤다. 가까이 다가오니 익숙한 눈매, 자색 빛이 감도는 새카만 눈동자는 물론, 얼굴에 어지럽게 난 흉터까지 보였다.

그것은 열시결이 남긴 흔적이었다.

초만녕은 눈을 질끈 감았다. 자신이 정말 모질구나 싶었다. 그러니 죽기 전 환각에서까지 그를 괴롭히는 것일 터.

초만녕이 쉰 목소리로 말했다.

"미안하구나……."

하지만 입술을 달싹여도 나오는 것은 작은 기포뿐이었다.

그때였다. 어떤 손이 그를 힘껏 잡아당겨 그가 정신을 차리기도 전에 단단하고 넓은 가슴으로 집어넣었다. 그 품은 너무 차가워 단 한 톨의 온기도 느껴지지 않았다. 하지만 남자에게서 풍기는 강하고 야성적인 기운에 바닷물까지 말라 버릴 것 같았다.

"초만녕."

어렴풋이 그를 부르는 소리가 들렸다.

"만녕!"

흩어진 의식 속에서, 누군가 그의 입술을 머금는 게 느껴졌다. 서늘한 입술이 열리고, 영력이 조금씩 넘어오기 시작했다.

"불귀, 소환!"

순간 바닷속으로 짙푸른 빛이 날아들었다. 어느새 남자의 손에 잡힌 맥도가 그들을 싣고 빛의 속도로 수면을 향해 날았다. 눈 깜짝할 사이, 그들은 '좌악' 소리를 내며 물 밖으로 올라왔다. 초만녕의 온몸은 흠뻑 젖어 있었다. 원래부터 추위를 잘 타는 그가 차가운 물에 젖은 채 덜덜 떨며 핏기 없는 입술로 숨을 크게 헐떡였다.

그는 한참 숨을 헐떡이다가 불현듯 무슨 일이 있었는지 깨달았다.

고개를 번쩍 드니, 그를 똑바로 보고 있는 까맣고 촉촉한 눈이 보였다. 혼란스럽고 어딘가에 홀린 눈이 아닌, 맑고 깨끗한 눈이었다.

묵연도 가쁜 숨을 얕게 내쉬고 있었다. 육감적으로 살짝 벌어진 입술이 왠지 촉촉해 보였다. 그의 검은 옷도 흠뻑 젖어 탄탄한 가슴에 달라붙어 있었다. 그는 그렇게 아무 말 없이 초만녕을 응시했다.

이자는 누굴까?

꼭두각시일까, 산 사람일까?

답선군일까, 묵 종사일까?

초만녕은 목이 메어 잠시 아무 말도 할 수 없었다. 한참 목구멍만 꿈틀거리다 막 입을 열려던 찰나, 마침 이마를 타고 흐른 짭짤한 바닷물이 눈으로 들어갔다.

그는 곧장 눈을 감았다. 눈가가 붉게 물들었다.

그가 눈을 감은 순간, 남자가 그를 끌어안으며 차가운 입술을 그의 이마에 댔다.

"본좌가 늦었다."

"……."

"화벽남이 채운 족쇄가 풀렸으니 이제 아무도 본좌를 조종할 수 없어."

그가 초만녕의 이마와 눈에 입을 맞췄다. 조금 전 초만녕을 구하느라 너무 급히 헤엄쳐서 아직도 조금 숨이 가쁜 듯했다.

초만녕이 다시 눈을 뜨자 답선군은 그 눈을 바라보며 그의 머리카락을 부드럽게 쓰다듬고는, 다시 눈을 들어 사나운 바다에 잠긴 인간 세상을 보았다.

잠시 후 그가 낮게 가라앉은 목소리로 말했다.

"가자. 네 세계로 데려다줄게."

305장 사생지전, 홍수를 막기 위한 협력

시공생사문 앞에 현무 결계가 펼쳐졌다. 이것은 마지막 방어선이었다. 일단 바닷물이 이곳을 뚫으면 뒤는 바로 다른 세상이었다.

[인간 세상은 질서가 존재한다. 그 질서가 무너지면 천벌이 떨어질지니 세상 만물이 태곳적 혼돈 상태로 돌아갈 것이다.]

고서에 적힌 경고문에 따르면, 시공생사문이 걷잡을 수 없을 정도로 벌어질 경우 홍수가 두 세계를 침수시키고 만물이 태초로 돌아간다 했다.

이 자리에 있는 수사들에게는 모든 게 너무 갑작스러웠다. 손쓸 새도 없이 죽을 수 있는 상황을 앞에 두고, 대부분은 우는 것 말고 아무것도 할 수 없었다.

당연했다. 갑자기 다가온 종말의 날, 태연하게 행동할 수 있는 사람이 몇이나 되겠는가.

하지만 답선군 시대를 겪었던 매씨 형제와 나이 든 설몽은 진작 준비되어 있었다.

매함설이 말했다.

"공격계, 치유계 수사들은 모두 시공생사문 저편으로 돌아가시고, 방어계 수사들은 모두 저와 함께 현무 결계 쪽으로 가시죠."

누군가 물었다.

"가서 뭘 하겠다는 거죠?"

"방어선을 강화할 겁니다."

사람들은 하늘까지 닿은 현무 결계와 멀리서 세상을 멸망시키려는 듯 무섭게 밀려드는 바닷물을 보고 불안해졌다.

한 여수사가 바들바들 떨며 물었다.

"저걸…… 막을 수 있을까요?"

고개를 돌린 매함설은 여수사가 아름답게 생긴 걸 보고 눈을 가늘게 뜨며 웃었다. 과연 세상을 충분히 즐기며 생사를 통달한 인물답게 목숨이 경각에 달린 순간에도 사람을 놀릴 여유가 있었다.

"아, 막을 수 있을지 없을지 장담은 못 합니다만, 막지 않을 경우 죽는 건 확실합니다. 낭자는 두렵습니까?"

"……."

매한설이 차가운 얼굴로 다가왔다.

"때가 어느 땐데 아직도 노닥거리는 거냐."

"이런 때니까 노닥거리는 거지. 아니면 죽은 다음 저승 가서 처녀 귀신하고 이야기할까?"

매씨 형제가 사람들 앞에 함께 나타난 건 처음이었다. 형 쪽은 얼음처럼 차갑고, 동생 쪽은 부드럽고 화려했다. 두 사람을 본 여수사는 깜짝 놀라 한동안 정신을 차리지 못했다.

"두…… 두 분은?"

매함설이 웃으며 그녀를 향해 눈을 찡긋했다.

"어때요, 그래도 제가 더 멋있지 않나요?"

여수사는 입도 못 다물고 그저 멍청히 반응했다.

"두 분은……."

그녀가 두 사람을 자세히 살펴보려는 찰나, 냉기를 풀풀 풍기는 남자가 몸을 돌려 옷자락을 날리며 시공생사문 옆으로 가더니 확음술로 모두에게 말했다.

"공격계 수사는 뒤로 물러나고, 방어계 수사는 앞으로 나오십시오. 어서요."

누군가 물었다.

"우리가 현무 결계로 홍수를 잠시 막는다 해도 그건 시간을 늦추는 것일 뿐, 어쨌든 계속 막고 있을 순 없는 거 아닙니까?"

"맞습니다. 만에 하나 저 홍수가 물러가지 않는다면요?"

매한설이 고개를 저으며 말했다.

"절반은 홍수를 막고, 절반은 뒤에서 시공생사문을 닫을 겁니다."

"……."

엄청난 수의 사람이 모여 있었지만, 순간 쥐 죽은 듯한 정적이 흘렀다.

시공생사문을 닫는다고?

하늘은 거의 다 찢어지고 갈라졌다. 시공 구멍을 올려다보면 마치 끝이 보이지 않는 바다 같았다. 두 시공은 이미 완전히 합쳐졌는데 어떻게 닫는단 말인가?

사람들의 의문을 간파한 듯 매한설이 말했다.

"만도회랑."

사람들 사이에 서 있던 청년 설몽은 잠시 어리둥절했다. 왠지 귀에 익은 이름에 어디서 들어 봤을까 곰곰이 생각하고 있는데, 갑자기 옆에서 선기 장로가 말했다.

"그건 예전에 옥형 장로가 만든…… 역주문 아닌가?"

그 말에 벽담장 사람들도 바로 반응했다.

과거 채접진에 천열이 생겼을 때, 이무심이 제자들을 데리고 사생지전에 가서 진실을 추궁한 적이 있었다. 이런저런 오해와 우여곡절 끝에 초만녕은 얼굴을 차갑게 굳히며 '만도회랑'의 창시자가 자기라고 밝혔었다.

매한설이 말했다.

"만도회랑, 이미 시전한 주술을 뒤엎을 수 있는 주문이지요."

깜짝 놀란 목소리가 나왔다.

"이렇게 큰 것도 가능합니까?"

"한 사람의 힘으로는 물론 불가능합니다."

매한설이 말했다.

"그래서 여러분의 협력이 필요합니다."

사람들은 어찌할 바 몰라 하며 서로 얼굴만 쳐다봤다. 그러다 적잖은 사람들이 주저주저하며 시공생사문 뒤쪽으로 물러났다.

“제 영력으론 홍수를 못 막아요.”

“저도 마찬가집니다. 전 방어 결계에 제일 약해요.”

다들 바보가 아닌지라 홍수를 막는 것은 위험하고, 문을 닫기는 쉽다는 걸 알고 있었다. 사생지전, 답설궁 사람 대부분과 다른 문파의 일부 청년들이 용감하게 앞으로 나섰지만, 많은 수사가 목을 움츠린 채 틈 뒤로 몸을 사렸다.

원래부터 좋지 않았던 매한설의 얼굴색이 겁쟁이들을 보고는 더 어둡게 가라앉았다.

“모두 뒤에 숨어 쉬운 것만 하려고 하면 앞은 누가 막는단 말입니까?”

많은 경우 이랬다. 두 군대가 사투를 앞두고 대치하는 상황에서, 선봉이 무너지면 자기도 살아남을 수 없다는 걸 알면서도 최대한 후방에 배치되길 바라는 것이다.

조용한 대치가 이어지던 중, 갑자기 강희가 말했다.

“내가 하지.”

고월야의 장문이 나서서 주위를 둘러보자 많은 사람이 그를 따라 현무 결계 옆으로 섰다. 약학 문파는 10대 문파 중에서 영력이 가장 약한 문파였다. 그들이 나서는 것은 죽을까 봐 겁먹은 자들에게 따귀를 날리는 것과 같았다.

“……저도 방어를 조금 할 줄 아니 힘을 보태겠습니다.”

벽담장의 견종명이 이렇게 말한 후 앞으로 나가 조용히 검을 안고 한쪽에 섰다.

계속해서 더 많은 사람이 나섰다. 아직 턱없이 부족한 숫자였지만, 첫 번째 물결이 그들을 덮치기 직전이라 더 기다릴 여유가 없었다.

"서두릅시다! 자명, 너는 후방으로 가서 만도회랑을 펼쳐. 다른 분들은 저와 함께 현무 결계 앞으로 가서 막을 준비를 하세요."

말을 마친 매함설은 휙 몸을 날려 크고 투명한 결계 앞으로 가 손바닥을 붙였다.

"진개(陣開)!"

이렇게 하는 사람은 매함설만이 아니었다. 곧 손바닥 하나하나가 인간 세상의 마지막 보루에 와 닿았다. 남색, 청색, 홍색 등 수많은 빛깔의 영류가 하늘과 땅에 맞닿은 방어벽에 모였다.

천천히 뱀과 거북을 합친 것 같은 동물 문양이 밤하늘에 빛나기 시작했다. 꼬리를 땅에 내려뜨리고 머리를 하늘로 쳐든 그것은, 사람들이 힘을 모아 밝힌 현무 수호 낙인이었다.

바로 그때, 시조 봉황이 일으킨 거대 물결이 수만 마리의 말이 내달리는 것보다 더 위압적인 기세로 밀려왔다.

"준비하세요. 곧 옵니다!"

그 말이 끝남과 동시에 수천 척 높이의 파도가 하늘을 집어삼킬 기세로 그들을 향해 떨어졌다! 순식간에 물보라가 사방으로 튀었다!

"버티세요!"

파도의 분노는 도철[#15]처럼 사나웠다. 현무 결계가 막고 있음에도 물살은 영력이 약한 부분을 화살촉처럼 뚫고 들어갔다. 실력이 약한 수사들은 그 맹렬한 힘을 이기지 못했고, 고작 첫 번

#15 도철 饕餮, 중국 신화에 나오는 괴물 중 하나로, 식탐 많은 흉악한 괴물

째 파도에 수십 명의 수사가 무릎을 꿇고 넘어져 피를 토했다.

강희가 고개를 돌리며 날카롭게 외쳤다.

"더 붙어라!"

하지만 그 광경을 보고도 감히 나서는 사람은 많지 않았다.

그때 설몽이 만도회랑문 부적을 완성해 허공에 띄우고 손짓하자, 수만 개의 번개 빛이 부적 뒤에서 파박 하고 번쩍이다 시공생사문 주위로 퍼져 나갔다.

전방에서 홍수를 막는 것과 마찬가지로, 후방의 수사들도 만도회랑문에 힘을 불어넣으며 두 시공 사이의 틈을 메우기 위해 죽을힘을 다했다. 하지만 틈이 실로 엄청나게 큰 터라, 과연 그 끝이 오그라들고 있는지 바로 확인되지 않으니 극도의 불안에 떠는 사람이 많았다.

후방의 진척이 느린 가운데 전방은 이미 곤란에 빠졌다.

거대한 파도가 다시 덮치자 더 많은 수사가 버티지 못하고 바닥에 쓰러졌다. 현무 결계의 균열도 점점 커져, 물줄기가 더 무섭게 들이닥치며 강희를 비롯한 수사들의 옷을 다 적셨다.

"이대로 가다간 힘들겠습니다."

매한설이 말했다.

"생사문이 닫히기도 전에 현무 결계가 먼저 깨질 거예요."

"……."

바로 그때, 뒤에서 요란한 말발굽 소리가 들렸다. 뒤돌아보니 문파에 속하지 않은 개인 수련자와 평범한 백성들이 각각 검과 말을 타고 멀리서 오고 있었다. 선두에 있는 두 사람 중 한 명은 검은색 장포 차림에 수려한 용모의 여인, 엽망석이었다.

다른 한 명은 나이는 있지만 여전히 우아한 자태의 중년 부인으로, 화려한 옷을 두르고 머리에 현란한 금장식을 꽂은 채 아슬아슬하게 검을 타고 있었다. 뜻밖에도 비화도의 주인 손삼낭이었다.

두 사람 뒤로 먼지바람이 이는 것이 상당히 많은 사람을 데리고 오는 듯했다. 어쩌면 피난하려는 여인과 아이, 노인 등을 모두 데려온 것일지도 모른다.

엽망석이 검에서 훌쩍 뛰어내리더니 미간을 찌푸리며 말했다.

"멀리서 기척을 발견하고 왔어요. 상황은 오는 길에 모두 들었습니다."

그녀의 시선이 사람들을 훑다가 위태위태한 현무 결계로 옮겨 가더니, 다시 강한 영력을 갖고도 물러서 있는 수사들에게 닿았다.

세상에는 체구가 작고 연약한 용사가 있는가 하면, 몸집이 건장한 겁쟁이도 있는 법. 사람의 껍데기와 속이 꼭 일치하는 건 아니다.

엽망석은 제구실 못 하는 그들을 한심하다는 눈빛으로 바라보며 이를 앙다물고 말했다.

"……능력이 있으면 뭐 합니까. 기개가 평범한 백성보다 못한 것을!"

그녀는 이 말만 던지고 경공으로 몸을 훌쩍 날려 강희 옆으로 가 제 손을 결계에 얹었다.

그녀 외에도, 함께 온 수련자는 물론 평범한 백성들까지 능력의 크고 작음을 떠나 힘을 보태기 위해 앞다퉈 결계로 향했다. 이 상황을 보니 아무리 얼굴이 두꺼운 사람이라도 부끄러움을 느낄 수밖에 없었다.

"나…… 나도 갈래."

"모르겠다. 이러나저러나 어차피 죽는 거 나도 가겠어!"

"저도, 저도 가겠습니다!"

현무 결계 앞에 모인 사람 수가 갈수록 늘었다. 빛이 사그라들고 있던 현무 법진도 다시 환하게 빛을 발했다.

그리고 다가온 세 번째 파도…… 네 번째 파도…….

사람들은 하늘에 맞서고, 운명과 싸웠다.

갑자기 한 낭자가 또렷하고 맑은 목소리로 크게 외쳤다.

"보세요! 저거 시공생사문 가장자리죠?"

벼락같은 외침에 흠칫 놀란 사람들이 하나둘 여수사가 가리키는 방향으로 시선을 돌렸다. 과연 저 멀리 하늘가에 꾸준히 오그라드는 검은 선 하나가 흐릿하게 보였다. 속도는 한없이 더뎠지만, 오그라들고 있다는 건 확실했다.

사람들은 감격하며 눈물을 흘렸다.

"빨리! 더 서두릅시다! 정말 되는군요! 정말 닫을 수 있겠어요!"

선명해진 희망에 사람들의 눈에 살고자 하는 갈망의 빛이 일었다. 그들은 두 손을 모아 합장한 채 만도회랑문의 중심에 끊임없이 힘을 끌어모았다. 시공생사문이 한 치 한 치 천천히 닫혔다.

하지만 하늘의 힘은 위대했다. 모두가 공동의 적에 적개심을 불태우며 모든 영력을 수호 결계에 쏟아붓고 있다 한들 신력에 맞설 수는 없었다.

인간은 개미처럼 너무도 미약한 존재였다…….

또다시 파도가 용솟음치며 달려들자, 쩍 소리와 함께 현무 결계 중앙에 번개 모양의 균열이 생겼다. 결계 꼭대기에서 바닥까지 쭉 이어진 그 균열 사이로 찔끔찔끔 물방울이 스며들었다.

사람들의 안색이 창백하게 질렸다. 이 균열이 깨진 뒤 다가올 것은…….

쿠르릉!

생각을 마치기도 전에 땅이 갈라지고 하늘이 무너졌다!

구멍 하나가 뚫리자 홍수가 끝없이 밀려들었다. 분노한 파도 소리가 사람들의 비명을 집어삼켰고, 동시에 수많은 사람이 파도에 밀려 엎어지고 나동그라졌다.

"아아악!"

"사람 살려!"

물이 억수같이 쏟아져 들어왔다. 시공생사문 앞에 서 있던 설몽은 고개를 돌려 현무 결계 앞 상황을 확인하고는 이를 악물며 외쳤다.

"서두르십시오!"

그때, 한 손에 은빛 광채가 흐르는 검을 들고 자신을 향해 달려오는 그림자가 보였다. 다름 아닌 젊은 시절의 자신이었다.

그는 청년 설몽의 어깨를 틀어쥐고 긴 눈썹을 추켜세우며 말했다.

"돌아가! 넌 방어진을 아예 모르잖아."

청년 설몽이 이를 악물고 말했다.

"검을 강 장문에게 돌려줘야 해요."

"누구?"

청년 설몽이 손가락으로 가리킨 것은 신무의 도움 없이 하얗게 질린 얼굴로 죽을힘을 다하고 있는 강희였다.

"……강야침? 네가 왜 그의 검을 가지고 있지?"

청년 설몽이 어리둥절한 표정으로 물었다.

"당신은 모르나요?"

설몽은 고개를 저었다.

"난 그를 잘 몰라. 우리 시대에서 그는 진작 죽었으니까."

이 말을 하는 설몽의 눈이 왠지 흐리멍덩했다. 사실 사생지전이 몰락한 후 오랫동안 떠돌아다닌 그는 사람들이 모두 살아 있던 전란 초기를 잘 기억하지 못했다.

설몽은 잠시 생각에 빠졌다가 강희의 뒷모습을 보며 말했다.

"그때 답선군이 그에게 고월야의 비적을 바치라고 했어. 약학 비술이 기록된 거였지. 대단하긴 하지만, 접골미인석을 이용한 연단술이나 쌍수를 통한 불로장생술 같은 삿된 술법이었어."

"……."

청년 설몽이 쌍수를 통한 불로장생술 이야기를 듣고 낯빛이 안 좋아지자, 그가 저도 모르게 물었다.

"왜 그러지?"

청년 설몽이 답했다.

"아무것도 아니에요. ……그래서 어떻게 됐죠?"

"강 장문은 거부했다. 그 비적은 사술을 담은 거라서 자신이 장문에 오른 그날 태워 버렸다고 했지."

"……."

"답선군은 크게 노해서 다시 만들어 오라고 엄명을 내렸어. 물론 그는 거부했고, 결국 죽임을 당했지."

설몽은 눈을 감았다.

"강야침은 호걸이었다. 그가 다른 세상에서 아직 살아 있는 걸 보니 기쁘군."

젊은 시절의 자신이 말이 없자 설몽은 눈을 내리깔며 말했다.

"아직 내 말에 답하지 않았다. 왜 그의 패검이 너한테 있는 거지?"

청년 설몽은 순간 뭐라 말해야 좋을지 몰라 입만 달싹거렸다. 한참 후 '제가……' 하고 말을 꺼내는 찰나, 또 한 차례 굉음이 울렸다. 솜털이 곤두서고 등골이 오싹해지는 소리였다.

고개를 홱 돌려 보니 번개 모양의 균열이 터지기 직전이었다. 엽망석과 매함설은 꿇어앉아 있고, 강희는 아직 버티고는 있었지만 기침하며 울컥 피를 토하는 게 보였다.

청년 설몽은 저도 모르게 소리를 질렀다.

"강……."

뭐라고 부르지?

강희라고 불러야 할까?

아니면 강 장문?

목구멍에서 말이 콱 막혔다. 그는 그대로 강희에게 달려가 설황을 건넸다.

"……꺼져!"

제 앞에 있는 것이 청년 설몽인 것을 알고, 강희의 창백한 낯빛이 더 심각하게 변했다. 그가 미간을 찌푸리며 자기 신무와 함께 설몽을 밀어내며 말했다.

"성가시게 하지 말고 저쪽 세상으로 돌아가!"

그가 또 핏물을 토했다.

"강야침!"

강희는 설몽이 자신을 자(字)로 부르는 걸 듣고, 몇 번 더 심하게 콜록거리더니 숨을 고르며 고개를 돌렸다. 사납고 복잡한 눈빛이었다.

"빌어먹을…… 누가 그렇게 부르라더냐?"

"……."

"내 이름도 자도 네가 함부로 부를 수 있는 것이 아니다."

이가 피로 시뻘겋게 물든 강희가 들이붓듯 세차게 들어오는 물을 맞으며 핏줄이 불거지도록 온 힘을 다해 결계를 유지했다.

그 와중에도 잊지 않고 처음 만났을 때처럼 설몽을 꾸짖었다.

"무엄하구나!"

순간 굉음이 귀를 파고들었다. 무시무시한 파열음이 쩌억쩌억 하고 잇따라 울리기 시작했다. 설몽은 뭐라 반응하기도 전에 설황과 함께 뒤로 밀려났다. 거의 동시에 번개 형태의 균열이 터졌다. 이번엔 작은 구멍 수준이 아니라 전체적인 붕괴였다.

물이 순식간에 들이쳤다!

시공생사문 뒤에 서 있던 사람들은 순간 머리끝부터 발끝까지 소름이 돋는 걸 느꼈다.

다 끝났구나.

종말…… 종말이다……. 모두 태곳적 상태로 돌아갈 것이다…….

어떤 자들은 만도회랑문에 힘을 주입하는 걸 멈추고 털썩 무릎을 꿇고 앉아, 천벌 앞에서 원시 시대의 종처럼 머리를 조아리며 천신의 연민을 구했다.

어떤 자들은 하늘을 향해 불공평하다고 외치며 눈물을 펑펑 쏟았다.

끝이었다.

그런데 그때, 미친 듯이 들이치는 물 위로 푸른빛이 내리꽂혔다!

“무슨 일이지?”

“대체 뭐야?”

궁지에 몰린 사람은 바람에 풀만 넘어져도 벌벌 떨기 마련이다. 하물며 이렇듯 요란하게 빛이 떨어졌으니 어떻겠는가. 눈을 들어 보니, 금빛이 도는 검은색 갑옷을 입은 남자가 검을 타고 날아오고 있었다. 시야에 들어온 남자는 검과 칼에 수천 번 베인 듯 온몸이 상처투성이였다. 하지만 그 얼굴에 남은 과거의 영민하고 준수한 흔적은 또렷이 알아볼 수 있었다.

“……저건…… 묵…… 묵연?”

“악마다!”

“하, 악마는 무슨. 누가 봐도 묵 종사잖습니까!”

도포산장의 마운이 곧장 흥분해서 소리쳤다. 묵연이 불난 집에 부채질하러 온 것이 아니라 그들을 구하러 왔다는 건 바보라도 알 수 있었기 때문이다.

그리고 그와 함께 온 것은 오랫동안 자취를 감췄던 북두선존 초만녕이었다.

“초 종사!”

그는 만도회랑의 창시자이자 결계 운용의 최강자였다.

자기네 장문인처럼 죽음을 제일 두려워하는 도포산장의 수사들은 뜻밖의 상황에 극도로 흥분했다. 그들은 미칠 듯한 기쁨을 감추지 못하고 어깨를 들썩이며 말했다.

"살았다! 살았어!"

옷자락을 나부끼며 바람을 가르고 온 묵연의 전신은 가죽 갑옷으로 둘러져 있었다. 그는 곧장 현무 결계 앞으로 날아가 거친 물결 위로 훌쩍 뛰어내렸다.

"견귀, 만인관!"

그의 외침에 따라 수많은 버드나무 가지가 땅을 뚫고 올라와 파도에 부딪혀 물속에 떨어진 엽망석은 물론, 손삼낭과 어두운 표정의 강희 등 중상자 모두를 잎으로 감싸 후방으로 이동시켰다. 그가 고개를 돌려 매섭게 외쳤다.

"교체 인력, 앞으로! 다치지 않은 방어 수사는 없나?"

그는 강희를 보고는 격노를 터뜨렸다.

"왜 치유계 종사까지 이 일에 나선 거야? 다른 사람들은 다 죽었나!"

뼈를 때리는 비난에, 후방에서 구차하게 제 한 목숨 부지하려던 방어계 수사들의 낯빛이 흙빛으로 변했다.

갑자기 답선군의 손바닥에서 눈부신 빛이 튀어나와 삽시간에 결계 전체로 퍼졌다. 그가 이를 악물고 말했다.

"빌어먹을, 또 한 번 꽁무니를 빼는 놈은 이 가랑비를 해결하고 나서 본좌가 대가리를 부숴 버리겠다!"

"……."

사람들은 당황하여 서로 얼굴만 쳐다봤다.

"썩 나오지 못해!"

답선군의 기세가 흉흉했기 때문일까, 아니면 죽음의 위기 앞에서 한차례 절망을 맛봤기 때문일까. 이제껏 죽음이 두려워 몸을 사리던 자들은 종말 앞에서 마음을 고쳐먹었다. 제일 겁쟁이처럼 굴던 강동당 사람들도 더는 책임을 회피하지 않고 시공생사문 경계를 넘었다. 무리를 이룬 수사들이 답선군 뒤로 와서 자기 손을 현무 결계에 얹었다.

금방이라도 무너질 것 같던 결계가 곧 영류의 빛을 회복했다. 모두가 합심하여 협력하고 인간계 최고 전력이 투입된 덕에, 결계는 웅장한 기세를 발하며 다시는 무너지지 않을 만큼 튼튼하게 변했다.

처억!

천길만길 치솟은 파도가 해일처럼 밀려들었다. 천성적으로 담이 작은 사람들은 그 광경에 침을 꿀꺽 삼키며 두 다리를 덜덜 떨었다.

답선군이 얼굴을 굳히며 말했다.

"단 한 명도 물러서지 마라. 감히 그래 봐."

"……."

"누구든 도망가는 자는 내일 뜨는 해를 못 보게 해 줄 테니."

306장 사생지전, 묵연은 멀리 있지 않았다

농담하는 기색은 없었다. 위협도 아니었다. 그는 그저 사실을 말하며, 조건을 내걸고 있을 뿐이었다.

사람들은 떠날 엄두도 내지 못한 채 아무리 무서워도 눈을 질끈 감고 영력을 불어넣을 수밖에 없었다.

3,000척…… 300척……

다가온다…….

쾅!

파도가 부딪쳤다. 수억 명이 한꺼번에 몸을 부딪친 것처럼 고막이 울리고 천지가 진동했다. 해와 달도 이 거센 파도에 부서졌다. 이를 악물며 버티는 답선군의 매끈한 팔뚝에 핏줄이 불거졌다.

그의 뒤. 시공생사문으로 다가간 초만녕이 힘겹게 만도회랑문을 펼치고 있는 설몽의 어깨를 두드렸다.

설몽이 차분한 얼굴로 뒤를 돌아보았다.

비록 눈가에 주름은 졌지만, 초만녕을 바라보는 그의 표정은 소년 시절 그대로였다.

"사존."

초만녕이 그를 보며 말했다.

"내가 왔다."

순간 푸른빛이 일더니 구가가 나타났다. 초만녕이 바람을 마주하고 서서 현을 튕기자 시공생사문의 가장자리가 눈에 보일 만큼 빠른 속도로 오그라들었다.

"물러나십시오."

초만녕이 구가를 튕기며 사람들에게 말했다.

"모두 제 뒤로."

자고로 목숨이 걸린 일은 두 번 말할 필요도 없는 법. 하지만 이번엔 비겁하게 제 목숨을 챙기던 사람들조차 허겁지겁 도망치지 않았다. 그들은 중상을 입은 동료를 부축하거나, 알지 못하는 사람이라도 부상당한 이들을 업으며 천천히 뒤로 갔다.

시공생사문의 균열 가장자리가 곤륜산 부근에 이르렀다. 그들은 곤륜산 길에 이르자 더 이상 물러나지 않고 그 자리에 섰다.

그리고 넓은 소맷자락을 휘날리며 새하얀 설원에 서 있는 초만녕의 모습을 바라보았다. 구가 소리가 계속 이어졌다…….

수련을 하는 것은 만 년을 살아도 죽지 않는 몸과 천지를 파괴할 힘을 갖기 위함이라고 누가 말했던가?

어떤 사람은 만 년을 살다 가도 고작 돌덩어리밖에 못 남기지만, 어떤 사람은 분주히 한세상 살고 가도 눈부신 꽃을 남긴다.

그 예로, 바로 이 순간 저기 시공생사문 앞에서 열 손가락으로 만든 소리와 제 몸뚱이로 이 세상을 견디며 신선의 도를 증명하는 선인이 있지 않은가.

하늘에서 천천히 떨어진 눈이 어깨에 내려앉았다.

어떤 사람이 뭔가 알아챈 듯 놀란 목소리로 말했다.

"어라? 이건 눈이 아니라……."

그것은 동쪽 바다의 염제 신목(神木)이 감응한 결과 태곳적 해당화 나무가 피운 꽃으로, 다른 꽃과 다르게 몹시 짙은 향을 내뿜었다. 눈송이처럼 영롱하게 빛나는 그 꽃잎이 하늘 끝에서부터 온 세상에 흩날리고 있었다.

흩날린 꽃잎에 구름이 흩어졌다. 유성처럼 옅은 색을 발하는 꽃잎이 시공생사문의 가장자리로 몰려가 세상이 아무는 것을 도왔다…….

춤추듯 날리는 꽃잎을 보며, 수사들은 전설 하나를 떠올렸다. 오래전 천지가 기울었을 때, 신농이 염제 신목을 심어 무너지고 시들어 가던 인간 세상을 구했다. 시간이 흐르고 오늘날에 이르러 복희는 세상을 버렸고, 여와는 깊은 잠에 빠졌고, 염제는 종적을 감췄지만, 신목은 영원히 존재한다 했다.

만년(晩年)의 늙은 나무지만 여전히 세상을 안정시키는구나.

시공의 틈이 점점 줄어들자 답선군이 고개를 틀어 주위를 둘러보며 말했다.

"철수해. 시공생사문이 닫히기 전에 빨리 꺼져."

하지만 뜻밖에도 사람들은 곧장 도망치듯 철수하기는커녕 계속 도울 수 있다, 마지막 순간까지 싸우고 싶다, 말하며 그 자리를 지켰다.

누구에게나 영웅의 피는 흐른다.

세월과 삶에 찌들어 마음속 깊이 묻혀도 언젠가 폭발하는 날이 오는 것이다.

답선군이 신경질적으로 웃었다.

"오라고 할 땐 안 오고 가라 할 땐 안 가다니, 일부러 본좌의 화를 돋우는 거냐? 썩 꺼져라!"

사람들은 그제야 하나둘 철수하기 시작했다.

그때 떨리는 목소리가 들렸다.

"폐하…… 폐하께선……."

답선군이 순간 멈칫했다가 천천히 고개를 돌렸다. 세상을 멸망시킬 듯 거세게 떨어지는 물줄기 속에서 노인 하나가 몸을 구부린 채 자신을 쳐다보고 있었다.

"……유공?"

제 눈이 먼 것일까. 자신을 보는 노인의 눈에 뭐라 말할 수 없는 연민과 동정이 담겨 있었다. 꼭 제 자식을 바라보는 아버지 같은 눈빛이었다.

실로 황당했다.

저 노복의 간덩이가 아무리 부었다 한들, 감히 잔인하고 포악한 답선제군을 제 아들처럼 봐서는 안 되었다. 하지만 그때 답선군의 머릿속에 늙은이가 궁으로 들어왔던 그해, 전란 속에서 막 아들을 잃었던 것이 떠올랐다.

만약 그 아들이 아직 살아 있다면 자신과 비슷한 나이일 터.

답선군은 눈을 감고 말했다.

"본좌는 이만한 능력이 있으니 마지막으로 철수할 것이다. 그대가 걱정할 필요 없다."

"폐하……."

"가거라."

답선군은 노인에게서 시선을 뗐다.

"저쪽 세상으로 가."

"……."

"어쩌면 그 세상에는 그대 아들이 살아 있을지도 모르지."

그가 갑자기 송곳니를 드러내며 씩 웃었다. 보조개가 깊게 패었다.

"유공아, 썩 물러가고, 아들과 함께 잘 살거라."

시공생사문이 점점 작아짐에 따라 현무 결계를 지키던 사람들도 차례로 철수하기 시작했다. 한 명이 떠날 때마다 답선군은 현무 결계에 점점 더 큰 힘을 가해야 했다. 그리고 약 백여 명이 남았을 무렵, 망망한 바다에 또 한 차례 거센 파도가 일어나 지평선에서부터 세차게 밀려들었다.

답선군이 눈을 가늘게 뜬 채 뭔가 계산하더니 크게 소리쳤다.

"전원 손을 떼고 시공생사문을 넘어라!"

그때 시공생사문은 딱 보통 크기의 대문만 한 틈을 남기고 거의 닫힌 상태였다. 새 파도가 다가오는 것을 본 수사들은 그제야 손을 떼고 시공의 틈을 넘어 다른 세계로, 곤륜의 설원으로 돌아갔다.

그런데 파도가 오는 속도가 너무 빨랐다. 채 경계를 넘지 못한 사람들 뒤로 거대한 파도가 현무 결계를 맹렬하게 덮쳤다.

그때 결계는 오직 답선군 한 사람의 힘으로 지탱되고 있었다. 제아무리 천부적으로 뛰어난 그라지만, 수천수만 근의 압력에 저도 모르게 둔탁한 신음이 튀어나왔다. 그의 얼굴에 고통의 빛이 서렸다.

고래가 일으킨 듯한 거대한 물결이었다. 바다 깊은 곳에서 용왕의 딸이 춤을 추는 듯 땅이 거세게 흔들렸다.

시공생사문 경계에 있던 누군가가 주저하며 고개를 돌렸다.

"묵 종사……."

답선군은 그 호칭을 듣고 벌컥 화가 치솟아 욕을 퍼부었다.

"묵 종사는 무슨! 안 꺼져? 꺼지라고!"

상대는 무엇이 답선군의 역린을 건드렸는지 알지도 못한 채 곧장 입을 다물고는 고개를 숙이고 시공생사문 문턱을 넘었다. 남은 수사들이 그를 따라 하나하나 경계를 넘는 사이, 시공생사문도 점점 줄어들었다. 현무 결계가 산산조각 나기 일보 직전, 아직도 십여 명이 남은 것을 본 답선군은 속으로 욕설을 지껄이며 상처투성이 손을 결계 막에서 떼지 않았다. 손등의 혈관이 죄다 불거졌다.

하지만 그도 더 이상은 버티기 힘들었다.

그가 인간계의 최고 전력이긴 하나 결국 보잘것없는 인간일 뿐이다. 어찌 자연과 하늘에 맞설 수 있겠는가.

쩌억쩌억 갈라지는 소리가 잇따라 귀를 때렸다.

"결계가 곧 깨진다!"

답선군은 거센 물결 앞에 서서 고개도 돌리지 않고 아직 철수하지 못한 사람들에게 버럭 소리 질렀다.

"어서 꺼져!"

잇새로 검은 피가 새어 나오고, 기다란 속눈썹이 아래로 늘어졌다. 답선군은 자신의 왼쪽 다리가 천천히 잠식되며 점점이 재로 변하는 것을 보았다.

하지만 그는 코웃음을 칠 뿐 전혀 두려워하지 않았다.

그는 사매가 만든 산 송장이었다. 사매가 죽으면 이 몸뚱이도 오래 버티지 못하고 금세 재로 변하게 되어 있었다.

완전히 재가 되기 전에 다시 한번 운명과 싸우는 것으로 그는 충분했다.

다만…….

그는 눈동자를 돌려 시공생사문 뒤로 흐릿하게 보이는 초만녕의 그림자를 봤다. 계속 줄어드는 틈 사이로 마지막 네다섯 명이 몸을 밀어 넣고 있었다. 그런데 이쪽 세상의 설몽과 매씨 형제가 경계를 넘지 않고 그대로 있었다.

사생지전의 수사가 다가가 초조하게 외쳤다.

"소주!"

설몽은 기침하더니 청년 시절의 자신을 가리키며 말했다.

"너희 소주는 내가 아니라 저쪽이다."

청년 설몽이 말없이 그를 봤다.

"한 산에 두 마리 호랑이가 살 수는 없는 법. 한 세상에 어찌 두 명의 설몽이 있을 수 있느냐? 그럼 엉망이 될 것이다."

설몽이 웃자 눈가에 옅은 주름이 퍼졌다.

"난 본래 너희 세상에 속한 사람이 아니니 억지로 붙잡아 둬봤자 불편할 뿐이다. 지금 두 세상을 위해 마지막 힘을 보태는 것만으로도 내 소원은 이미 이뤘다. 게다가 너무 오랫동안 피곤하게 살아서 진작에 쉬고 싶었고."

말을 마친 그가 몸을 돌려 현무 결계로 향했다. 그때 결계는 이미 엉망으로 갈라져 곳곳에 구멍이 나 있었다.

그는 답선군에게 다가가 복잡한 얼굴로 쳐다보고는 뭔가 말하려는 듯 입을 열었다.

하지만 결국 아무 말도 하지 못했다.

"소주!"

"설 소주!"

뒤에서 사생지전 수사들이 계속 그를 불렀다. 하지만 그런들 어쩌랴? 어차피 이제 아버지도, 어머니도 모두 돌아가시고 없다.

하물며 그의 인생은 애초에 저쪽 세상과 무관하니, 억지로 간다 해도 어찌 살아야 할지 막막하기만 했다.

한숨을 내쉰 설몽은 혈관이 벌떡거리는 목을 문지르다 갑자기 씩 웃었다.

나이가 드니 이렇다. 문득문득 머리가 어질어질하면서 정신이 흐리멍덩해지는 것이다. 하지만 나이 든 대로 또 좋은 점도 있었다. 머리가 어지러울 때 하늘이 노래지는 게 아니라 아버지 설정옹의 모습과 어머니 왕 부인의 미소가 보이기 때문이다.

그리고 종종 세 명의 소년들이 흰옷을 입은 선존을 둘러싸고 시끄럽게 사존, 사존 부르는 것도 보였다.

그 모든 것은 누구도 앗아 갈 수 없는 그만의 것이었다.

"고인이 귀신 되어……."

그는 친구를 맞이하듯 시원하게 소리 지른 뒤, 사람들이 무슨 상황인지 알아차리기도 전에 현무 결계의 틈을 뚫고 파도가 일렁이는 바닷속으로 몸을 던졌다.

그는 이 세계의 사람이다. 제 몸이 찢겨도, 세상이 멸망해도, 자신은 이곳에 있는 것이 옳았다.

그는 술에 잔뜩 취해 잠에 빠진 것처럼 별다른 고통을 느끼지 못했다.

남은 세월 그와 함께하기 바라지만,

그는 술을 가지고 왔다가 다시 떠났네.

통쾌했다. 설자명은 십여 년을 힘겹게 버티다 마침내 바라던 바를 이루고 번뇌에서 벗어났다.

찰나의 정적 후, 사생지전의 제자들은 털썩 무릎을 꿇고 비통에 젖어 아무 말도 하지 못했다. 그때 문득 정신을 차린 답설궁 사람들이 하얗게 질린 얼굴로 매씨 형제를 봤다.

"대사형! 그쪽에 계시지 말고 이리 오세요!"

"빨리 오십시오…… 어서요!"

"에이, 안 간다, 안 가."

매함설이 결계 저편에서 환하게 웃으며 그들에게 손짓했다.

"나 매함설은 수진계 절반을 뒤흔든 대단한 인물이야. 세상에 이런 내가 두 명 있으면 난리가 날걸? 남은 세상의 여인들이 불쌍하니 난 떠나겠어. 형제들, 언젠가 다시 보자고."

매한설은 동생 옆에 서서 오랫동안 못 봤던 곤륜의 새하얀 눈과 우뚝 솟은 성산을 바라봤다. 그러곤 제가 살던 세상에서는 진작 죽은 장문, 명월루를 향해 단정히 예를 올렸다.

"제자 매한설, 사존께 삼가 작별을 고합니다."

가벼운 투였지만, 모두 두 사람이 마음을 굳혔다는 것을 알 수 있었다.

명월루가 눈을 감고 뱉은 탄식이 바람 속에 흩어졌다.

매씨 형제는 현무 결계 옆에서 마지막 방어 수사가 시공생사문 틈으로 빠져나가는 것을 지켜봤다. 동생은 눈부시게 웃었고, 형은 고개를 끄덕였다. 두 사람이 짊어졌던 그 무거웠던 책임은 이미 완수했다. 은혜도, 친우도, 세상도 저버리지 않았다. 그들은 거센 물결을 마주하며 무거운 짐을 내려놓듯 편하게 눈을 감은 채 검푸른 바다에 몸을 던졌다. 한차례 파도가 지나가고, 그들의 모습은 물속에 떨어진 매화 꽃잎처럼 흔적도 없이 사라졌다.

이로써 모두가 시공생사문 뒤로 물러나거나 아득한 바닷속으로 사라졌다.

그때 구가 소리가 뚝 끊겼다.

초만녕이 눈을 들어 올리자 구가는 금빛으로 변해 그의 몸속으로 돌아갔다. 곤륜의 설원 위에서 그는 옷자락을 휘날리며 모두를 등진 채 가만히 있었다.

아무도 그가 무엇을 하려는지 짐작할 수 없었다.

"이제 작은 틈만 남았군요."

초만녕이 입을 열며 고개를 살짝 틀었다. 바람이 불어와 그의 옷소매와 새카만 머리카락을 흩트렸다.

"제가 간 뒤에 이 틈을 닫으십시오. 그러면 이 세계를 무사히 지킬 수 있을 겁니다."

"……."

잠깐의 정적이 흐르고, 곧 정신을 차린 누군가가 크게 외쳤다.

"종사님!"

"초 종사!"

설몽은 모골이 송연해졌다. 그가 비틀비틀 곤륜의 눈길을 헤치며 달려왔다.

"사존! 사존!"

하지만 눈길이 미끄럽고, 그가 너무 다급히 뛴 탓에 풀썩 넘어지고 말았다. 새끼 동물처럼 까맣고 촉촉한 눈동자가 당황과 슬픔에 젖어 초만녕을 올려다봤다.

"사존……."

그의 목소리를 들은 초만녕이 고개를 돌렸다.

새카만 눈동자가 멀리서 그를 쳐다보고 있었다. 초만녕이 말했다.

"……미안하다."

미안하다고?

설몽의 동공이 공포로 수축했다. 누가 제 두개골을 가르고 하얀 눈과 차가운 얼음을 들이붓는 것 같았다.

뭐가 미안하단 말인가? 그와 묵연의 관계? 과거의 기만? 아니면…….

목울대를 꿀렁이며 침을 삼켰다.

아니면…….

"안 돼요! 가시면 안 돼요!"

결국 무너져 내린 설몽이 새하얀 설원에 무릎을 꿇고 울부짖기 시작했다.

"가시면 안 돼요! 다들 왜 이러는 거예요……. 왜 저를 두고 떠나는 건데요……. 왜 저만 남겨 두냐고요!"

눈물이 핏자국투성이인 그의 얼굴을 타고 쉼 없이 흘러내리며 하얀 자국을 남겼다.

심장이 산산조각 나 목구멍에서 피와 함께 토해 내는 듯한 애절한 통곡이었다.

"절 버리지 마세요……. 돌아와요! 다 돌아오라고요!"

그는 짐승처럼 슬피 울며 몸을 구부린 채 설원 위에 무너져 내렸다. 눈송이가 그의 주위로 소리 없이 떨어졌다. 그는 눈에 짓눌려 가루가 된 사람 같았다.

다시는 일어서지 못할 것 같았다.

"이렇게 빌게요……. 제발 돌아와요……."

내게 무엇이 남았는가?

아버지, 어머니, 형, 친구.

용성마저 파괴됐다.

돌아와요.

하나 남은 소중한 사람을 데려가지 마세요.

사존…… 이렇게 빌게요…….

하지만 설몽은 몰랐다, 초만녕은 이미 죽었다는 걸.

그는 사람들의 추앙을 받으며, 지나치게 강한 실력 때문에 질식할 만큼 무거운 책임을 짊어졌다.

그는 사랑하는 사람이 품속에서 눈감는 것을 보았다.

그는 제 손으로 사랑하는 사람의 몸을 갈기갈기 찢었다.

그는 죽은 연인과 검을 겨눠야 했다.

이런 일은 한 번 겪어도 심장이 텅 비기 마련인데 그는 수없이 겪었다. 다시 돌이킬 수도 없었다.

……나는 최선을 다해 너희를 구했다.

그러니 이제 한 번만 이기적으로 굴면 안 되겠느냐. 그와 함께 죽도록 내버려 둘 수 없겠느냐.

초만녕은 결국 시공생사문 너머로 한 발을 내디디며, 곧 동이 틀 곤륜의 설원에서 거센 물결이 날뛰는 파괴된 세상으로 돌아갔다.

그곳은 천지가 색을 잃고, 산과 강, 호수도 죄다 물바다가 되어 있었다.

아침인지 저녁인지도 알 수 없었다. 세상천지에는 오직 한 사람만 남아 있었다.

초만녕은 흰옷을 땅에 질질 끌며 그의 등 뒤로 다가가 그를 안았다. 그런 다음 가늘고 긴 손가락을 들어 답선군의 상처투성이 손에 얹었다.

깜짝 놀란 답선군이 고개를 획 돌렸다.

"네가 왜?"

초만녕이 웃었다. 기다란 속눈썹 아래로 부드럽고 까만 봉안이 빛났다.

"내가 말했지."

"……."

"지옥은 너무 추우니 내가 너와 함께 가겠다고."

따뜻한 몸이 차가운 육체를 안았다. 답선군의 힘없는 몸뚱이는 이미 심각하게 손상된 상태였고, 왼쪽 다리는 거의 다 재가 되어 흩어지고 없었다.

그는 몹시 복잡한 얼굴로 입술을 짓씹다가 결국 고개를 돌려 버렸다.

"……본좌에게 제일 성가신 게 너인데 네가 함께 갈 필요가 어딨어."

말은 그렇게 했지만, 순간 심장이 터진 것처럼 제 안에 따스하고 부드러운 감정이 콸콸 흘러넘쳤다. 자신은 분명 시체에 불과한데, 그것이 참을 수 없을 만치 뜨겁게 느껴졌다.

잠깐의 침묵 후 답선군이 갑자기 몸을 돌렸다.

"사실, 네게 알려 줘야 할 일이 있다."

"무엇이냐?"

그는 고개를 들고 숨이 막힐 듯 답답한 감정을 내리누르며 숨을 골랐다. 그런 다음 마음의 결정을 내린 듯 초만녕을 바라봤다.

"그 전에, 먼저 본좌에게 솔직하게 말해 줄 수 있나?"

"……."

"당신, 이런 나를 정말 미워하지 않아? 당신이 아끼는 건 당신 품에서 죽은 묵 종사뿐인가?"

굴욕적이었는지 그의 눈가가 붉게 물들었다.

만약 세상이 뒤집히고 생사를 장담할 수 없게 된 상황이 아니었다면, 평생 이처럼 굴욕적인 투로 이 질문의 답을 구하지 않았을 것이다. 그는 스스로 물어 놓고도 수치를 견디기 힘들어, 저도 모르게 주먹을 말아 쥐었다. 그때 문득 제 오른손이 눈에 들어왔다. 손가락 끝이 천천히, 조금씩 재로 변하고 있었다…….

한참을 기다려도 초만녕의 답이 돌아오지 않자, 뜨거워졌던 심장이 점차 차갑게 식었다.

가슴 안쪽에서 뛰던 장기가 짓이겨져 곤죽이 된 것 같았다.

"됐다."

답선군은 다시 고개를 돌렸다.

"본좌가 답을 알고 있으니까. 상관없어, 어차피 본좌도……."

그때 따듯한 손이 그의 얼굴을 감쌌다.

초만녕이 찢기고 갈라져 준수함이 사라진 그의 추한 얼굴을 바라보며, 그 어느 때보다 진지하고 열렬한 눈빛으로 말했다.

"정말 바보인 게냐."

"……."

"모두 다 너야."

초만녕이 그를 안았다. 현무 결계가 밝아졌다 어두워지기를 반복하더니 결국 소멸했다.

세상에는 암흑만 남았다. 마지막 파도가 승리자의 오만한 자태로 달려오고 있었다. 그 소리가 마치 인간의 힘이 얼마나 미약한지 알았냐고, 그런 주제에 감히 운명에 맞서 싸우려 했냐고 비웃는 것 같았다.

"이 말은 그에게도 했다."

초만녕은 점점 사라지고 있는 연인을 안았다. 거대한 파도와 세상의 파멸을 목전에 둔 그의 표정은 평온했지만, 눈빛은 엄숙했다.

"묵 종사도, 답선군도, 다 너다."

벌써 팔이 재가 되고 있었다. 그리고 그 소멸의 기운은 점점 가슴으로 뻗어 나갔다.

초만녕의 검은색 눈이 답선군을 응시했다.

"나 역시 계속 너의 사람이야."

그가 말했다.

"영원히 후회하지 않을 것이다."

답선군이 표정을 굳히더니 갑자기 눈을 감았다. 기다란 속눈썹 아래로 언뜻 눈물이 비쳤다.

그가 드디어 얼음처럼 차가운 가면을 벗어 던지고, 천천히 표정을 풀었다. 그러고는 아직 재가 되지 않은 손을 들어 초만녕의 등을 마주 안으며 연인을 제 가슴에 붙였다. 그가 고개를 숙여 초만녕의 머리카락에 입을 맞추더니 애틋하게 연인의 이마에 제 뺨을 비볐다.

"당신 말이 맞아."

그가 탄식했다.

"내가 너무 멍청했어……."

그리고 작게 속삭였다.

"만녕, 미안해."

애증에 얽매여 반평생 쌓아 온 원망이 이 한마디에 사르르 흩어졌다.

잠시 후, 그가 초만녕의 귓가에 대고 낮게 가라앉은 목소리로 말했다. 답선군의 평생에 걸쳐 거의 없었던 평온이었다.

"좋아, 이제 남은 시간이 얼마 없어……. 당신에게 그 비밀을 말해야 해."

"비밀이라니?"

답선군이 눈을 내리깔았다.

"묵 종사와 관련이 있다."

"!"

"사실 묵 종사의 영핵과 합쳐지고 나서 바로 느꼈어."

그가 잠시 말을 멈췄다.

"묵 종사의 영혼이 내 몸속에 녹아들었다는 걸."

"……."

초만녕은 잠시 멍해졌다가 곧 정신을 차리고, 믿을 수 없다는 눈으로 미소가 그려진 답선군의 얼굴을 보았다.

"그의 영혼 조각들은…… 쭉 내 안에 있었어. 비록 내가 식혼밖에 없는 별 볼 일 없는 몸뚱이지만, 결정권은 내게 있다고 생각했지. 그래서 그 이혼칠백과 하나가 되려 하지 않았고."

그가 말을 이었다.

"하지만 이쯤 되면 나 혼자만 당신에게 고백할 수 있다는 건 너무 불공평하겠지."

"……."

"만녕……."

답선군은 눈을 감았다. 옅은 미소도 점점 사라졌다.

"슬퍼하지 마. 그는 줄곧 살아 있었으니까."

"!"

초만녕의 경악 어린 눈빛을 받으며 답선군은 다시 눈을 떴다. 분명 같은 눈인데 자색이 돌 정도로 새카맣다는 느낌은 사라지고, 오직 순수함과 부드러움만 남아 있었다.

"……묵연?"

'쾅' 하고 덮친 거대한 파도에 결국 현무 결계가 완전히 깨지고 말았다. 휘몰아치는 성난 파도 속에서 묵연은 아무 말 없이 그를 꼭 껴안고 망망대해 속으로, 세상에 파멸을 가져온 거대한 물결 깊은 곳으로 가라앉았다.

푸른 바다 위 물보라와 반짝이는 포말 사이에서 묵연이 눈을 떴다.

바다는 그 까만 눈에 담긴 감정처럼 깊었다.

묵연은 파도에 몸을 맡긴 채 입을 달싹거리며 소리 없이 초만녕에게 뭐라 말하고 있었다.

사존, 걱정 마세요. 저예요.

전 계속 살아 있었어요.

앞으로도 그럴 거예요.

그러니까…… 여기 있지 말고 돌아가세요.

절 믿으세요. 전 괜찮을 거예요. 어떻게든 사존에게 돌아가 사존 곁을 지키겠어요.

저쪽 세상에서 사존을 기다릴게요.

그가 입술을 움직여 마지막으로 견귀를 소환했다. 견귀는 초만녕의 전신을 옭아매고, 한 치 남짓 남은 시공생사문 틈으로 그를 밀어 넣었다.

"묵연…… 묵연! 이게 무슨 뜻이냐? 망할 녀석! 대체 무슨 뜻이야!"

묵연은 씩 웃으며 물속에 가만히 떠 있었다. 만신창이인 그의 몸이 점점 재가 되어 겨우 얼굴만 남아 있었다. 한때 광기 어렸던 얼굴이, 달콤했던 얼굴이, 순진하기도 하고 흉악하기도 했던 얼굴이, 선하기도 하고 악하기도 했던 그 얼굴이 얼룩덜룩한 먼지로, 점점이 가루로 변했다.

그리고 점점 멀어졌다.

돌아가요, 만녕.

저를 믿으세요.

전 괜찮을 거예요. 전 앞으로도 당신 곁에 있을 거예요.

영원히.

307장 사생지전, 최후의 패

빛이다.

묵연은 눈을 뜨고, 자홍색 구름 위에 누워 있는 자신을 발견했다. 그는 천천히 눈을 깜빡이고 슬슬 목을 움직여 본 다음, 몸을 일으켰다. 다시 보니 이곳은 하늘이 아니라 모든 곳이 자수정으로 지어진 궁궐이었다. 궁궐이 너무 크고, 자수정 하나가 거의 마차만큼 커서 구름 위라고 착각했던 것이다.

훤칠하게 큰 남자가 멀리서 창에 기댄 채 밖을 보고 있었다.

남자는 맨발에, 뭐로 만들었는지 재질을 알 수 없는 장포를 걸치고, 야광 유리잔을 든 채 멍하니 잔 속의 호박색 액체를 빙빙 돌리고 있었다. 창밖에는 꽃술이 점점이 은빛으로 빛나는 선홍색 꽃이 피어 있었다.

인간계에는 저런 복식도, 저런 꽃도 없다.

인간계에 이런 궁궐이 없다는 것도 확신할 수 있었다.

"여긴 어딥니까?"

묵연이 물었다.

남자가 손가락의 움직임을 멈추고 고개를 슬쩍 틀었다. 하지만 역광이라 남자의 얼굴이 정확히 보이지 않았다.

"의외로 차분하군, 영웅."

"……."

남자가 잔에 든 술을 단숨에 마시더니 잔을 창턱에 내려놓은 뒤 그에게 다가왔다.

곧 남자의 얼굴이 정확히 시야에 들어왔다. 그는 구진상궁과 살짝 닮아 있었다. 눈가에 거미 모양의 핏빛 점이 있고 입술이 얇은 걸 보니 성질이 썩 좋을 것 같지 않았다.

"나는 마계의 2대 존주다."

남자가 느릿하게 말하며 묵연의 반응을 살폈다.

"네가 지금 있는 곳은 마궁이지."

잠시간의 침묵 후 묵연이 말했다.

"……말해 주지 않았다면 당신을 염라대왕이라 여겼을 겁니다."

남자는 가볍게 웃었다.

"네가 죽었다고 확신하나 보지?"

"아니요."

묵연이 남자의 눈을 보며 답했다.

"그렇지 않습니다. 하지만 살아 있다고 생각되지도 않는군요."

마존의 얼굴에 핀 웃음기가 더 선명해졌다.

"네 말이 맞아."

그가 용 비늘 장갑을 낀 손을 뻗었다. 그의 손가락이 묵연의 가슴을 손쉽게 통과했지만, 묵연은 손톱만큼의 고통도 느끼지 못했다.

“확실히 넌 산 사람은 아니야.”

마존이 말했다.

“그저 혼백을 모아 놓은 것뿐이지.”

묵연은 입을 꾹 다물었다.

마존이 나른하게 말을 이었다.

“내 선조께서는 인간계로 간 접골미인석이 천신과 대적하고 복희의 금지 술법을 익히지 못하는 한 마계로 들이지 말라고 원칙을 세우셨지. ……진룡기국부터 시공생사문까지 네가 그들 대신 해냈어, 나의 영웅.”

묵연이 음울하게 말했다.

“그건 내가 하고 싶어서 한 게 아닙니다. 화벽남이…….”

“녀석은 신족도 마족도 아닌 잡종이야.”

마존의 눈에 경멸의 빛이 스쳤다.

“평생 동족을 절대 해치지 않겠다고 맹세했지만, 그것도 지키지 못했지.”

“……송추동을 말하는 겁니까?”

“아니.”

마존의 홍옥석 같은 눈동자에 묵연의 그림자가 비쳤다. 그가 손을 들어 묵연의 얼굴을 가볍게 쓸었다.

“내가 누굴 말하는지 알 텐데.”

“…….”

“마계의 문이 열린 순간, 이미 감지했잖아.”

마존의 눈동자가 칼날처럼 날카로웠다.

"안 그랬다면 마지막에 너의 선군에게 그런 약속을 하지 않았겠지. 사실 너도 속으로는 다 알고 있잖아."

묵연은 아무 말 없이 눈을 내리떴다.

마존이 천천히 몸을 바로 세웠다. 커다란 몸집이 바닥에 새까만 그림자를 드리웠다. 그가 말했다.

"묵미우, 너도 이 세상에 아주 특별한 접골미인석이 있다는 걸 알 거다. 그들을 금색 눈물을 흘리지도 않고, 마족의 기도 없어. 입적 기록이 없는 이상, 접골미인석과 계약을 맺은 황산의 사령도 눈치채지 못할걸. 그래서 어떤 자들은 죽을 때까지 자신의 진짜 정체를 모르기도 하지……."

묵연이 무감하게 말했다.

"그게 어때서요."

마존이 웃었다.

"그게 어떠냐고? ……그들이 화벽지존 송성이처럼 상고 마족의 엄청난 영력을 계승할 수 있다는 걸 잘 알 텐데?"

마존의 손끝에서 갑자기 자흑색 빛 한 줄기가 흘러나오더니, 그가 손가락을 묵연을 향해 까딱하자 빛이 곧장 묵연의 혼백 안으로 날아들었다. 그 순간, 묵연은 왕성한 힘이 삼혼칠백 안에서 날뛰다가 곧 제게 완전히 흡수되는 것을 느꼈다.

마존은 그것을 가만히 보고 있다가 미소 지으며 말했다.

"과연, 넌 마족의 힘을 흡수할 수 있군."

"……."

"너 말이다, 너."

마존이 말했다.

"네가 바로 송성이를 이은 또 한 명의 특별한 접골미인석이다. 네가 이제까지 몰랐을 뿐이지. 화벽남도 전혀 몰랐을걸."

묵연이 눈을 들었다.

마존은 뒷짐을 지고 다시 창밖에 흩날리는 꽃을 보았다.

"불쌍한 녀석. 절대 일족을 해치지 않겠다고, 보호할 수 있는 모든 접골미인석을 보호하겠다고 굳게 맹세하더니, 네 인생을 망쳐 놨군."

묵연은 바닥에서 일어났다. 그는 사실 이런 헛소리를 계속 들어 줄 마음이 없었다. 자신을 망쳤든 이용했든, 다 지난 일이다.

지금 그의 관심사는 딱 하나였다.

"저, 아직 돌아갈 수 있습니까?"

"어디로?"

마존이 고개를 돌려 그를 봤다.

"인간 세상?"

"네."

"인간 세상이 뭐가 좋다고, 보잘것없는 개미 새끼들만 득시글한데. 넌 능력도 있고 기백도 있다. 원래 우리 종족이기도 하지."

마존이 담담히 말을 이었다.

"네가 마족이기 때문에 네 혼백을 불러 마궁으로 소환할 수 있었어. 여기 남으면 긴 수명을 누릴 거야. 네가 마족에게 충성을 바칠 수 있다는 걸 네 실력으로 말해 주기도 했고."

묵연이 웃었다.

"죄송하지만, 남들이 저에게 충성을 바친 적은 있어도 제가 남에게 충성을 바친 적은 없습니다."

마존이 아무 말 없이 그를 응시했다. 지긋이 살피는 그 붉은 눈동자에는 힐난이 담겨 있었다.

"……아, 그래요."

묵연이 말했다.

"딱 한 명 예외는 있죠. 저는 그에게 충성을 바치고 싶습니다."

마존이 비웃었다.

"그 나무토막 말이냐?"

"그는 나무토막이 아닙니다."

마존의 눈이 희번들하며 빛났다.

"내가 놈을 선존이라고 부르는 것도 과한 거다. 놈은 신도 아니고, 신농 늙은이가 심은 썩은 싹일 뿐이야."

묵연의 화가 점점 더 커지는 걸 본 마존은 입을 다물고 몸을 돌리고는 마른 허리를 창턱에 기댔다.

"너, 머리가 너무 나쁜 거 아니냐?"

마존이 말했다.

"이거 한 가지는 알아 둬."

그가 말을 이었다.

"정말 돌아갈 생각이라면, 앞으로도 마족의 공급은 못 받을 거야. 고작해야 수십 년, 길어 봤자 백 년 정도밖에 못 산다고."

계속 팽팽히 긴장하고 있던 묵연은 이 말을 듣고 픽 웃어 버렸다.

"그렇게 오래요?"

"……."

"백 세면 인간 세상에서는 장수했다고 하죠."

마존은 곤혹스러운 것 같기도, 또 화가 난 것 같기도 했다.

"고작 개미처럼 살다 가는 인간이 수십 년 동안 뭘 할 수 있지? 백 년 이상 산다 한들 또 뭘 할 수 있고? 너는 시공생사문을 열었고 진룡기국을 터득했다. 복희 늙은이는 아마 너 때문에 화가 나서 죽을 지경일걸. 그런 재능을 가지고 있으면서 굳이 진흙탕을 구르며 살겠다니."

그는 말을 할수록 기분이 나빠져서 마지막에 한마디 덧붙였다.

"바보 같은 것."

묵연은 눈을 내리깔았다. 그의 속눈썹이 떨리는 것을 보고, 마존은 그가 분노하고 있다고 생각했다. 하지만 잠시 후 자세히 보니 그는 웃음을 참고 있었다.

마존은 할 말을 잃었다.

묵연이 환한 미소를 지으며 고개를 들었다.

"어떻게 아셨습니까?"

"……."

"인간 세상에서는 다들 저보고 바보라고 했죠."

마존이 손을 들어 제 눈썹 뼈를 눌렀다. 보아하니 머리가 아픈 모양이었다. 그는 거의 신음하고 있었다.

"이렇게 망신스러운 마족이 있다니……."

"전 스스로 마족이라고 느낀 적이 단 한 번도 없습니다."

묵연이 말했다.

"마계의 문이 열린 순간 어렴풋이 느꼈을 뿐이죠."

마존이 그를 노려봤다.

잠시 웃던 묵연은 곧 웃음기를 지우고 마존을 봤다.

"어쨌든 제 혼백을 보호해 주셔서 감사합니다."

"난 인재를 아끼거든."

묵연은 고개를 흔들었다. 그는 마존과 계속 이런 대화를 나누고 있을 생각이 없었다.

그는 과거 수많은 사람의 마음을 흔들었던 눈으로 간절하고 진지하게 눈앞의 남자를 응시하다 입을 열었다.

"하지만 죄송합니다. 전 인간 세상으로 돌아가겠습니다."

"……."

두 사람은 잠시 아무 말도 하지 않았다.

"이유."

마지막으로 마존이 딱딱하게 말했다.

"이유 하나만 대 봐."

"한 사람에게 약속했습니다."

묵연이 말했다.

"약속했어요, 그의 곁으로 돌아가겠다고."

곤륜 답설궁.

천산의 눈은 그치고 시공의 틈이 닫힌 지금, 전생 세계의 홍수와 죽음이 황당무계한 꿈처럼 느껴졌다.

새벽빛이 스며든 천지는 광대하고 평온했다.

"초 종사!"

"종사님! 종사님!"

귓가에서 누군가 그를 부르는 소리에 천천히 의식이 돌아왔다.

초만녕은 눈을 떴다. 그의 눈은 텅 비어 있었다. 두 생의 먼지가 이제 그만 쉬고 싶은 듯 그의 두 눈에 내려앉았다. 순간 그는 자신이 사생지전에 있다고 생각했다. 어느 겨울 오후, 제자들이 떠드는 소리에 잠이 깼구나 싶었다. 어둡고 음산한 무산전 같기도 했다. 유공이 침상 옆에 서서 자신을 세상으로 불러내고 있는 것 같았다.

그리고 한참 후, 그의 눈이 점점 또렷해졌다. 갈색 눈동자를 돌리니 그를 둘러싸고 있는 수사들이 보였다. 하늘에서 다시 눈발이 날리고, 수명을 다한 어둠의 장막 위 구름 안쪽에서 아침노을이 슬쩍 얼굴을 내밀고 있었다.

그가 눈을 살짝 감으며 잠긴 목소리로 중얼거렸다.

"묵연……."

그의 그리움에 대한 죽은 청년의 응답일까, 아니면 너무 강한 집착이 만든 환각일까. 갑자기 금홍색 빛이 시공생사문 틈새로 뻗어 나오더니, 다홍빛 하늘을 가르며 멀리 날아가는 것이 보였다.

저게 뭐지?

초만녕이 눈을 번쩍 떴다. 옆에서 애타게 자신을 부르는 소리 때문이 아니라, 금홍색 빛 때문이었다.

……저건 대체 뭘까?

사그라들던 희망의 불씨가 알 수 없는 빛으로 인해 되살아났다. 그가 힘겹게 몸을 일으켰다. 그는 누구의 부축도 받지 않고 아무 말 없이 그 금빛을 따라 비틀비틀 걸었다. 뒤에서 걱정이 담긴 목소리가 들렸다.

"초 종사……."

마침내 시야를 가리던 흙먼지가 걷히고, 사람들은 묵미우가 죄인이 아니라는 걸 깨달았다. 하지만 대가가 너무 컸다. 죽은 후 밝혀진 결백이 무슨 의미가 있을까.

하지만 묵연은 늘 세상 사람들의 눈을 신경 쓰지 않고 스스로 깨끗하게, 혹은 혼탁하게, 혹은 건방지게, 혹은 어리석게 살았다. 초만녕도 마찬가지였다. 두 사람이 바란 것은 마음속에 한을 남기지 않는 것뿐이었다.

"사존!"

설몽이 그를 쫓아가려 했지만, 몇 걸음 떼기도 전에 뒤에서 소란이 일었다.

고월야의 제자가 당황해서 소리쳤다.

"존주! 존주, 왜 그러십니까?"

깜짝 놀란 설몽이 홱 뒤돌아서 사람들을 헤치고 다가가니, 몸을 가누지 못하고 새하얀 눈밭에 푹 쓰러져 있는 강희가 보였다. 그의 몸 아래에서 꿀렁꿀렁 피가 솟아나고 있었다.

"무슨 일이냐?"

고월야의 장로가 울부짖듯 외쳤다.

"조금 전까지 멀쩡하시지 않았더냐? 왜 이러시는 것이야!"

제자가 겁에 질린 얼굴로 강희 허리에 난 흉측한 상처를 가리켰다.

"혹시…… 바닷물에 있던 날카로운 무기에 찔리신 거 아닐까요? 혹여 상황을 복잡하게 만들까 봐 계속 말씀을 안 하셨던 게 아닌지……."

공기 중에 옅은 피비린내가 맴돌았다. 동이 터 오는 지금, 강희는 혼란이 가라앉은 세상, 평온해진 현세 속에 누워 눈을 감고 있었다.

"빨리 상처를 치료해야죠!"

"아직도 멍하니 뭐 합니까! 장문을 살려야죠!"

설몽은 마음이 어지럽고 머리가 혼란스러웠다. 휘청거리는 그의 손에는 강희가 준 설황이 그대로 들려 있었다. 그는 초만녕을 쫓아가야 한다는 생각에 고개를 돌렸지만, 반걸음도 못 옮기고 힘이 빠진 듯 그 자리에 털썩 무릎을 꿇었다. 그리고 결국 대성통곡하기 시작했다.

이 넓은 세상에 사랑도 원한도 없는 곳이 어디 있을까? 고개를 들어 세상을 보니 함께할 사람이 한 명도 남지 않았다. '의'를 행하겠다며 검을 쥐었던 오만방자한 소년 시절은 먼지만 남기고 사라졌다.

한편, 초만녕은 망망한 눈 덮인 산길에서 금홍색 빛이 하늘 저편 아득히 먼 산으로 날아가는 것을 보고 있었다…….

– 절 믿으세요. 어떻게든 사존에게 돌아갈게요.

– 저쪽 세상에서 사존을 기다릴게요.

갑자기 몸이 덜덜 떨렸다. 초만녕은 더 생각하고 싶지 않았다. 직접 보기 전에 감히 바라는 것조차 두려웠다.

그때, 태양이 심연의 어둠을 뚫고 지난밤의 참혹함 속에서 솟아올랐다. 구불구불 기이하게 꺾인 산길 위로 빛이 뿌려졌다. 아침 해의 금붉은 빛이 재앙 속에 살아남은 사람들을 비추었다.

초만녕이 동쪽에 뜬 태양을 바라보며 손끝으로 부적을 만지자 금빛이 번쩍였다.

"승룡, 소환!"

긴 울음소리와 함께 종이 촉룡이 눈발을 뚫고 나타났다. 거대한 몸체가 굽이치며 내는 소리에 귀가 먹먹했다.

용은 세상이 아직 무사한 걸 보고 기쁜 마음에 우스갯소리를 했다.

"풍랑이 잠잠해진 거냐?"

"그래."

"싸움은 끝났고?"

"그래."

기분이 더 좋아진 용은 하늘로 훌쩍 날아올라 한 바퀴 돌고는, 아직 흥이 가시지 않은 듯 또 훌쩍 내려와 초만녕을 만날 때마다 했던 농담을 던졌다.

"참. 초만녕, 넌 왜 늘 혼자냐."

초만녕은 찬바람 속에 조용히 서 있었다. 눈송이가 그의 긴 속눈썹 위로 사락사락 내려앉았다. 묵연이 사라지기 전에 한 말이 계속 생각나서 심장이 쿵쾅쿵쾅 뛰었다. 한참 말없이 있던 그가 빛을 등진 채 똬리를 틀고 있는 종이 용에게 말했다.

"날 데려다줄 곳이 있다."

"어디?"

초만녕이 용의 등에 올라타자 거대한 용이 몸을 펴고 하늘로 날아올랐다. 그는 휘몰아치는 눈보라를 맞으며 하얗게 물든 대지를 내려다보았다. 아침 해가 높이 떠오르며 대지가 점점 더 환해지고 있었다. 마침내 찾아온 아침 햇살 속에서 그가 용에게 말했다.

"남병산으로 가자. 그를 만나야겠다."

용은 순간 뭐라 지껄이려 했지만, 수염을 들썩이다 결국 아무 말도 하지 않았다.

사실 용도 주인이 돌아가고 싶은 곳이 어딘지, 누굴 찾고 싶어 하는지 알고 있었다. 용이 커다란 울음소리를 내며 더 높이 날아오르기 전, 초만녕은 아름다운 강산을 돌아봤다.

드넓은 하늘에 구름이 두둥실 떠 있었다. 그는 눈보라가 자욱한 곤륜산 길에서 금빛을 따라 저 멀리 막 가랑비가 내리기 시작한 곳으로 향했다.

묵연이 그에게 돌아오겠다고 약속했다.

그러니 묵연을 믿고, 그들이 마지막에 헤어졌던 곳으로 가서 그를 만나면 되는 것이다.

"네 생각엔…… 저 금빛이 이곳으로 돌아오는 묵연의 혼백일 것 같으냐?"

초만녕의 물음에, 촉룡은 구름바다를 헤치며 작게 구시렁거렸다.

"네가 나한테 물으면 난 누구한테 물으라는 거야."

"저 혼백이 그의 몸으로 돌아갈까?"

촉룡이 마지못해 답했다.

"아마도……."

남병산에 가까워졌다. 초만녕은 금홍색 빛의 종착지를 확신하는 듯, 망설임도 의심도 없이 촉룡을 몰고 남병산 깊은 곳 대나무 숲 밖에 내려앉았다.

"네가 찾으려는 사람이 여기 있는 거야?"

초만녕은 답하지 않았다. 용의 등에서 내린 후부터 천근만근 무거운 돌이 가슴을 내리누르는 듯한 느낌에 숨을 쉴 수가 없었다.

"전에 이곳에 묵연의 몸을 두었다."

그의 손가락이 덜덜 떨리고 있었다.

"그러니 묵연의 영혼이 돌아왔다면……."

분명 이곳에 있을 거라고 말하고 싶었다. 하지만 목구멍까지 튀어나온 그 말을 차마 내뱉지 못했다.

만에 하나 여기에 없다면?

그는 스스로에게 희망을 남겨 두고 싶었기에 딱 잘라 말하지 않았다.

종이 용이 고개를 절레절레 흔들었다.

"녀석이 안 돌아왔으면?"

"……."

"그 빛들이 여기까지 못 버티고 중간에 흩어졌다면?"

"……."

"만약……."

초만녕이 고개를 홱 돌렸다. 눈매는 사나운데 눈시울은 빨갰다.

"그럼 너를 태워서 묵연 옆에 묻어 주마."

"아유, 무서워 죽겠네."

촉룡은 작게 구시렁거리며 금빛을 발했다. 거대한 몸집이 뱀처럼 작아지더니 초만녕의 어깨에 내려앉았다. 용은 주인의 뺨에 제 머리를 박았다.

초만녕 성격에 자신을 불에 태운다는 말이 진심일 리 없었다. 용이 한숨을 내쉬며 말했다.

"네 표정을 보니까 녀석과 같이 묻히고 싶은 건 네 쪽 같은데."

그렇게 말하며 꼬리로 초만녕의 뒤통수를 긁었다.

"뭐 하는 거냐?"

"이렇게라도 하지 않으면 네가 곧 기절할 것 같아서."

용이 한숨을 쉬며 꼬리를 치댔다.

"너 낯빛이 엉망이야."

"……."

"꼭 한평생 모은 재물을 쥐고 노름판에 들어가 마지막 노름을 하려는 도박꾼 같구나."

웬일인지 초만녕은 용의 말에 반박하지 않고, 눈을 감았다.

용은 한평생 모은 재물이라고 말했지만, 사실 그 말은 틀렸다.

묵연은 두 번의 삶 속에서 자신의 제자였고, 연인이었다. 두 번의 삶 속에서 진창에 빠지는 것도 마다하지 않고 몸을 던져 자신의 삶을 지켜 주려던 바보였다.

자신의 여생이었다.

뽀드득뽀드득 쌓인 눈을 밟으며 기나긴 산길을 걸었다.

저 멀리 오랫동안 돌보지 않은 초가집이 보였다. 초가집 앞에 다다른 초만녕의 손끝이 떨렸다. 분명 낡은 사립문일 뿐인데 마계의 문보다 더 무겁고 다가가기 어렵게 느껴졌다. 목울대가 꿈틀거리고 몸에서 피가 들끓었다.

그는 나무토막처럼 빳빳하게 굳어서 몇 번이나 손을 올렸다가 문에 닿는 순간 곧장 떨구고 말았다.

용이 말했다.

"아이고, 너 계속 문 안 열면 내가 연다. 내가 확……."

문이 열렸다.

초만녕이 민 것도, 용이 몸으로 부딪쳐 연 것도 아니었다.

그 문은 본래 잠그지 않고 닫아만 둔 문이다. 아마도 떠난 사람이 가엽고, 남은 사람이 슬퍼하는 것을 차마 두고 볼 수 없어서 바람이 얇은 사립문을 끼익 열어 주었나 보다.

초만녕은 안으로 들어가 섰다.

초가집의 자그마한 공터가 한눈에 들어왔다. 아직 싹이 트지 않은 나뭇가지에 눈이 얇게 덮여 있었다. 바람이 불자 눈송이가 해당화처럼 흩날려 금빛 햇살 속으로 흩어졌다.

그리고 한 남자의 어깨로 내려앉았다.

인기척에 남자가 흠칫 놀라더니 천천히 몸을 돌렸다.

빛이 일렁였다. 순식간에 대지에 봄이 돌아오고, 한여름의 태양이 이글거리는 듯했다.

그 순간, 이제껏 들리지 않던 바람 소리, 눈 내리는 소리, 나뭇잎 부딪치는 소리가 초만녕의 귀에 한꺼번에 들어왔다. 세상 만물이 파도처럼 그의 가슴으로 밀려드는 것 같았다.

그는 그 자리에 못 박힌 듯 서 있었다. 앞으로 달려가고 싶었지만, 온몸에 돌덩이가 매달린 듯이 한 발자국도 움직일 수 없었다. 초만녕의 귓가에 오래전 통천탑 아래에서 들었던 시끄러운 매미 소리가 맴돌았다.

그것은 묵연의 인생에서 가장 좋았던 시절이었다.

청아하고 준수한 외모의 소년은 나무에 기대어 있는 옥형 장로를 향해, 모든 것의 시작이자 두 사람 운명의 시작을 향해 걸어왔었다.

"초만녕……."

용이 초만녕의 옆구리를 쿡쿡 찔렀다.

초만녕은 가까스로 정신을 차렸지만, 여전히 목이 굳어서 한 마디도 할 수 없었다.

그는 천천히 고목 아래에 서 있는 남자를 향해 걸었다. 모든 것의 귀결이자 두 생애에 걸친 고통의 마침표를 향해, 대단원의 막을 향해 걸었다.

나뭇잎이 바람에 흔들려 사락사락 소리를 냈다. 초만녕은 무수한 시련과 역경의 세월을 딛고 드디어 그 남자 앞에 섰다.

오래전 소년 묵미우가 젊고 유망한 한창때의 초만녕 앞에 섰던 것처럼.

소년이 고개를 들고 씩 웃었다.

– 선군, 선군.

어릴 적 목소리가 아직도 귓가에 맴도는 것 같았다. 다시 만난 지금, 이미 두 번의 생이 지나 있었다.

– 제가 얼마나 오랫동안 보고 있었는데, 어째서 저를 거들떠

보지도 않으시나요?

조용한 산골, 깨끗한 아침노을. 세상에 오직 두 사람만 남은 것 같았다. 묵연은 장포를 걸치고 있었고, 낯빛은 막 큰 병을 떨친 사람처럼 창백했다.

아침노을 속에서 그가 초만녕을 응시하며 걸어왔다. 초만녕 앞에 서자 새카만 눈에 더없이 부드러운 빛이 떠올랐다.

"사존……."

바람이 멈추고, 구름 사이로 새어 나온 한 줄기 햇살이 핏자국으로 얼룩덜룩한 인간 세상을 비췄다.

"저 마족을 만났어요. 재미있는 경험이었는데 사존께 들려드릴게요……."

전쟁은 끝났다.

앞으로 몇 년 후에는 지금 핏자국이 있는 자리에…….

다시 매화가 필지도 모른다.

308장 종결장

한 달 후.

무상진.

“보세요, 보세요.”

장사꾼의 산만한 호객 소리가 태양 아래 울려 퍼졌다. 그는 손에 든 북을 흔들며 대나무 멜대를 메고 이 골목 저 골목 돌아다니고 있었다.

“야유신입니다, 야유신. 하나에 30문. 옥형 장로가 직접 만든, 액운을 피하게 해 주는 기갑입니다. 속임수 없는 정직한 장사. 자자, 놓치지 마세요.”

낡은 짚신을 신은 장사꾼의 그림자가 청석이 깔린 거리 위로 길게 늘어졌다. 그 옆으로 손에 당호로나 연을 든 아이들이 까르르 웃으며 지나갔다.

갑자기 새앙머리[#16]를 한 여자아이가 장사꾼의 옷자락을 잡아

당겼다.

"아저씨, 야유신 하나 주세요."

장사꾼은 멜대를 내리고 연분홍색 칠을 한 야유신 하나를 골라 내밀었다.

"자, 예쁘지?"

여자아이가 연신 고개를 끄덕였다.

"예뻐요! 이걸로 주세요!"

아이는 누가 뺏어 갈세라 자기 키만 한 호신용 기갑을 냉큼 끌어안고, 한 손으로 힘들게 주머니에 든 동전을 꺼냈다.

동전을 세 보니 딱 세 개가 부족했다.

여자아이는 애가 탔다.

"아이참, 너무 급하게 뛰어오다가 길에 동전을 떨어뜨렸나 봐요."

해져서 천을 덧댄 주머니 바닥까지 뒤집어 샅샅이 확인했지만, 동전은 여전히 27문뿐이었다. 당황한 아이가 눈시울을 붉히며 말했다.

"아저씨, 오다가 흘렸나 봐요. 다 해도 이거밖에 안 되는데, 그냥 이 가격에 파시면 안 돼요?"

난처해진 장사꾼이 더러운 손을 비비며 이렇게 답했다.

"꼬마야, 나도 도사님한테서 25문에 샀다. 깎아서 그 가격에 팔면 난 고작 2문밖에 안 남아. 하루 종일 돌아다녔는데, 그러면 밥값도 안 나온단다."

"그럼 어떡해요."

#16 새앙머리 두 갈래로 땋은 머리

여자아이가 눈물을 닦으며 말했다.

"이대로 집에 가면 아빠한테 혼날 텐데, 흑흑……."

아이의 울음소리가 막 커지기 시작했을 때, 갑자기 여자아이 뒤로 다가온 누군가가 태양을 가리고 섰다.

"형씨, 이 돈 받게."

차분하고 부드러운 목소리에 아이가 멍하니 고개를 들었다. 처음 눈에 들어온 건 비단 손목보호대를 찬 손이었다. 아이는 시선을 더 올렸다가 옥처럼 짙푸른 눈동자와 마주쳤다. 연한 금발이 아침 햇살 속에서 유난히 부드럽게 느껴졌다.

매함설이 부드럽게 웃으며 말했다.

"이렇게 예쁜 꼬마 아가씨가 왜 3문 때문에 눈물을 흘리시나?"

"어……."

여자아이는 멍하니 얼어 버렸다.

매함설이 아이의 키에 맞춰 쭈그려 앉더니 장사꾼이 도로 가져갔던 연분홍색 야유신을 다시 아이의 품에 건네준 후 눈썹을 휘며 말했다.

"미인의 눈물은 천금을 줘도 못 산다고 하지. 아가씨의 눈물은 가장 귀한 거란다. 그러니까 앞으로 이런 일로 울면 안 돼. 알았지?"

그의 옆으로 삿갓을 쓴 남자가 다가왔다. 평범한 외모였지만 눈은 몹시 아름다웠다. 눈동자 색이 비취색이었는데, 비취처럼 차가워서 언뜻 온정이라곤 느껴지지 않았다.

남자가 미간을 찌푸리며 말했다.

"적당히 해라. 대여섯 살 정도밖에 안 돼 보이는데."

매함설이 웃으며 몸을 일으켰다.

“형도 참 재미없다니까. 나이와 상관없이 미인은 미인인 거야. 팔순 노인이든 다섯 살 꼬마든 각각의 매력을 가지고 있다고. 형은 칭찬하는 법을 배워야 해. 그래야…… 어, 왜 도망가?”

그의 형 매한설은 동생의 말에 대꾸해 주고 싶지 않아 곧장 뒤돌아서 가 버렸다.

매씨 형제는 답설궁 궁주 명월루의 명을 받고 사생지전의 부활을 축하하러 가는 길이었다. 왕 부인이 문파 사람들을 잘 돌본 덕에, 전란이 수습된 지금 장로와 제자 모두 크게 몸 상한 데 없이 여전한 실력을 지니고 있었다.

재정비된 수진계에서 사생지전은 단숨에 3위 문파로 올라섰다. 궁상맞게 남 좋은 일이나 시켜 주던 과거와는 완전히 다른 모습이었다.

“매 공자, 존주께서는 검술 훈련장에서 두 분을 기다리고 계십니다.”

마침 사생지전의 아침 수련 시간이라 제자들 대부분은 연무장에서 훈련 중이었다. 텅 비어 조용한 검술 훈련장에는 화려한 의복을 입은 남자가 옥을 깎아 만든 난간 앞에 뒷짐을 지고 서서 구름이 자욱이 내려앉은 세상을 보고 있었다.

매함설과 그의 형이 남자에게 다가갔다. 새로 정돈한 풀밭 위를 밟을 때마다 사박사박 자그만 소리가 울렸다.

인기척을 들은 남자가 고개도 돌리지 않고 한숨을 쉬며 말했다.

“왔어?”

“왔다.”

"오래 기다렸어."

매함설이 저도 모르게 웃음을 터뜨렸다.

"자명, 너답지 않게 무슨 소리야."

남자가 몸을 돌렸다. 설몽이었다. 여전히 조금 화려해 보일 정도로 잘생긴 이목구비에는 앳된 청년의 모습이 남아 있었다. 매씨 형제를 보자 굳어 있던 그의 얼굴이 조금 풀리며, 천진하고 무지했던 과거의 눈빛이 떠올랐다.

"아, 너희는 모르겠지만 요즘 피곤해 죽을 것 같다고."

설몽은 주위에 아무도 없고, 매씨 형제도 종자를 데려오지 않은 걸 확인하고는 바로 몸에서 힘을 풀며 긴 한숨을 내쉬었다.

"선기 장로가 규칙과 예법을 하루에도 열두 번씩 이야기하거든. 내가 언제 그걸 배웠어야 말이지. 난 지금 사람 말도 못 해. 입만 열면 두세 단어로 끝내야 하니까. 선기 장로 왈, 그게 바로 간명 화법이라나……."

매함설이 손으로 입을 가렸다.

"풉…… 콜록콜록."

설몽은 그를 흘끗 보고 짜증 난 듯 말했다.

"웃고 싶으면 그냥 웃어. 기침하는 척 말고."

품위 있는 공자 매함설이 우아하게 답했다.

"아니, 아니지. 어찌 설 존주를 비웃을 수 있겠나."

"제발 그렇게 부르지 마."

설몽이 코를 찡그렸다.

"벌써 지긋지긋하다고."

역시 형이 차분했다. 매한설이 말했다.

"참아. 앞으로 평생 들어야 하니까."

"……."

설몽은 아예 고개를 돌리고 산과 구름을 바라보았다.

"넌 참 대단해. 내가 존주 자리를 계승하고 들었던 말 중에서 최고로 재수 없는 말이었어."

매한설은 입을 다물었다.

설몽이 한마디 덧붙였다.

"압도적으로 재수 없어."

"하하하."

매함설은 이제 다리를 치며 대놓고 웃고 있었다. 잠시 후 그가 설몽에게 말했다.

"사실 장문이면 장문이지, 지켜야 할 게 뭐 그리 많은지. 고월야의 강희를 봐. 얼마나 자유로워."

그 이름을 안 들었으면 모를까, 일단 듣고 나니 느슨해졌던 설몽의 등이 다시 뻣뻣하게 굳었다.

금사가 수놓인 화려한 소맷자락 아래로 그가 열 손가락을 말아 쥐었다. 마음이 극도로 불편해졌다.

사실 그는 며칠 전 고월야에 갔었다.

전쟁에서 심각한 부상을 입었던 강희는 고월야의 묘약과 약리에 정통한 문파 제자들 덕에 간신히 목숨을 건졌다. 하지만 건강은 예전으로 돌아오지 않았고, 더 불안한 것은 강희의 몸에 마기가 침투하여 괴상한 변화가 나타났다는 것이다.

"어떻습니까?"

설몽이 강희의 방문 밖에 서서 고월야의 시약 장로에게 물었다.

시약 장로가 답했다.

"글쎄요. 수천 년간 마계의 문이 열렸던 적이 없는지라 수사가 마기에 물들었을 경우를 다룬 기록이 없습니다. 아직까지는 괜찮으시지만, 앞으로 강 장문에게 어떤 변화가 일어날지는 알 수 없군요……."

설몽은 음울한 눈으로 방 안을 들여다봤다.

하지만 삼중으로 쳐진 푸른색 휘장이 입구를 가리고 있어서, 강희의 상태는 고사하고 고월야 장문의 침실이 어떻게 생겼는지조차 볼 수 없었다.

"치료는 가능할까요?"

장로는 고개를 저었다.

"어려울 것 같습니다."

"……."

마음속 초조함이 더 선명해졌다. 설몽이 눈을 감고 말했다.

"필요하다면 언제든 사생지전에 와서 절 찾으십시오."

장로는 설몽과 강 장문 사이에 무슨 일이 있었는지 모르지만, 두 사람의 관계가 미묘하다는 것은 어렴풋이 눈치채고 있었다. 그는 알겠다는 뜻으로 예를 갖춰 인사했다.

"그렇게 말씀해 주시니 감사합니다."

설몽은 손을 내저은 후 고요한 휘장 너머로 시선을 던졌다.

그는 사실 안으로 들어가 강희를 보고 싶었다. 하지만 문파 주인의 침실은 규방보다 더 비밀스러운 곳이라 외부인이 쉽게 발을 들여놓을 수 없었다.

더구나 강희는 아직 깨어나지 않았고, 고월야의 다른 사람은 그를 들여보낼지 말지 결정할 권한이 없었다. 설몽은 뭐라 더 말하기가 어려워 눈살만 찌푸렸다.

"강 장문의 설황은 귀 문파의 봉검 장로에게 인계했습니다. 나중에 강 장문께 말씀드려 주세요."

"알겠습니다."

장로는 설몽이 뭔가 더 말하려다 마는 것을 보고 이렇게 물었다.

"설 장문, 혹시 다른 분부가 있으십니까?"

"……아뇨, 별일 아닙니다. 이만 가 보겠습니다."

장로가 공손하게 인사했다.

"이리 방문해 주셔서 감사합니다."

과거에 설몽과 강희 사이에 여러 차례 충돌이 있었지만, 그건 다 소주 시절의 이야기였다. 장문이 된 지금, 고월야 사람들이 그를 소홀히 대접할 리 없었다.

몇몇 장로와 의관이 그를 배웅하기 위해 푸른 기와를 얹은 대전을 걸었다. 고월야에는 일 년 내내 영력이 흘러서 사시사철 갖가지 꽃이 핀다. 설몽이 고개를 돌려 보니, 눈이 살짝 내리는 임령서의 차가운 날씨에도 아름다운 꽃이 무성히 피어 있었다. 특히 두약꽃이 만발한 것을 보니 이름 모를 감정이 피어올랐다.

그는 천천히 복도를 걸었다. 발아래 나무에서 삐걱삐걱 소리가 났다.

갑자기 처마 끝에 달린 구리 방울이 맑게 울렸다. 설몽은 고개를 들었다가 모퉁이에서 자신과 비슷한 연배의 청년이 패도(佩刀)를 찬 시종들을 두 줄로 거느린 채 걸어오는 걸 발견했다. 넓은 어깨에 빼어난 미모를 가진 청년은 아침 햇살 속에서 부드러운 생기를 뿜고 있었다.

제아무리 눈이 높은 설몽이지만, 절로 눈이 갔다.

"설 장문."

좁은 길에서 마주치자 청년이 먼저 멈춰 서서 단정하고 겸손하게 예를 취했다.

"……."

설몽도 발을 멈췄다.

"이분은……."

"아, 이쪽은 존주를 가까이서 모시고 있지요. 그동안 존주를 도와 고월야의 크고 작은 일을 처리하느라 자주 모습을 드러내진 않았지만, 존주의 큰 신임을 받고 있습니다."

장로는 웃고 있었지만, 왠지 청년을 꺼리는 게 보였다.

설몽은 담담하게 말했다.

"그렇군요."

예를 마친 청년은 자신을 관찰하는 듯한 상대의 시선을 느끼고, 고개를 들어 웃었다.

가까운 거리였던 터라, 청년이 고개를 드니 설몽은 그의 얼굴을 꼼꼼히 뜯어볼 수 있었다. 이제까지 남의 외모에 큰 관심을 둔 적 없는 설몽이지만, 청년이 특출 난 용모를 가지고 있다는 것은 충분히 알 수 있었다. 특히 별을 박아 놓은 것같이 부드럽게 빛나는 눈이 그랬다.

실로 한 번 보면 잊을 수 없는 얼굴이었다.

설몽은 눈을 가늘게 뜨고 더 까다로운 시선으로 청년의 외모를 살폈다. 심지어 흠을 찾아 그를 깎아내려 보려고도 했다. 하지만 이리저리 여러 번 살펴도 이렇다 할 흠은 찾지 못했다.

정말 놀랄 만큼 준수한 청년이었다. 젊고 겸손한 것은 물론, 부드러운 눈매에 큰 키, 너무 고와서 빛이 나는 듯한 피부까지…….

이렇게 훌륭한 청년이라면, 고월야의 심처에서 노동력 착취를 당할 게 아니라 수진계 준걸 순위에 올라야 마땅했다.

설몽은 건조하게 생각했다.

흙 속의 진주군. 강야침은 역시 못된 인간이야.

이 훌륭한 청년은 눈도 깜빡이지 않고 자신을 뚫어지게 관찰하는 설몽의 시선에 조금 불편해졌다. 하지만 여전히 공손하고 부드러운 태도로 물었다.

"설 장문, 무슨 일 있으십니까?"

설몽은 그제야 정신을 차렸다.

"……아니, 별일 아닙니다."

그러면서도 계속 대놓고 그를 쳐다봤다.

청년은 존주의 신임을 받고 있긴 하나 지위는 낮았다.

설몽이 묻지 않으면, 상대는 존주의 귀를 더럽히지 않도록 자신의 이름을 밝히지 않을 것이다.

그런데 시약 장로의 눈치가 좋았다. 그는 설몽이 청년에게 호기심을 드러내자 빙긋 웃으며 청년을 소개했다.

"설 장문, 이 사람은 젊은 나이지만 임령서의 크고 작은 일을 모두 훌륭하게 처리하고 있습니다. 우리 같은 손윗사람이 부끄러워 진땀이 날 때도 있지요."

청년은 아랫입술을 깨물며 얼굴을 살짝 붉히더니 쑥스러운 듯 말했다.

"과찬이십니다."

설몽은 그를 보면 볼수록 호기심이 커졌다. 그때 청년 뒤의 시종이 옻칠 쟁반을 들고 있는 것이 보여, 잠시 고민하다 물었다.

"강희에게 가는 겁니까?"

"예."

청년은 설몽이 장문을 이름으로 부르자 살짝 당황했지만, 곧 웃으며 고개를 끄덕였다.

좋은 기회였다. 만약 설몽이 같이 가서 보고 싶다고 하면 상대는 거절하지 않을 것이다. 그러면 당당하게 강희의 침실에 들어가 그 바보가 아파서 어떤 꼴을 하고 있는지 볼 수 있을 것이다.

설몽이 그 말을 꺼내려고 목을 가다듬을 때, 청년이 부드럽게 말했다.

"의부께 약을 드리러 갑니다."

순간 설몽은 멍해졌다. 잠시 후 그가 어딘지 가라앉은 낯빛으로 말했다.

"……뭐라고요?"

시약 장로가 급히 말했다.

"죄송합니다. 깜박 잊고 말씀을 못 드렸군요. 이 사람은 강 장문의 양자이기도 합니다."

설몽은 그대로 굳어 버렸다.

잠시 후, 대전 복도를 지나던 몇몇 장로가 새파랗게 질린 설몽의 뒤로 다가오더니, 영문을 몰라 긴장하며 말했다.

"이런, 설 장문?"

"설 장문, 왜 그러시오?"

"어디 불편하시오?"

사생지전의 새 존주는 어둡게 가라앉은 얼굴로 살기를 뿜으며, 철판을 박은 신발로 딱딱 소리 나게 나무 계단을 밟았다. 이를 악문 그의 얼굴은 거의 흙빛이었다. 물론 강희가 고양이를 기르든 개를 기르든 그는 개의치 않는다. 그게 그와 무슨 상관이란 말인가? 다만, 강희가 문파에 능력 있는 양아들을 데리고 있으면서, 밖에 나와서는 '늙었을 때 곁에 있어 줄 가족 하나 없는 외톨이'라는 위선적인 모습으로 사람들의 동정을 사려 했다는 게 짜증 났을 뿐이다.

뻔뻔하긴! 구역질 나 미치겠다고!

한편, 매함설은 설몽의 표정이 심상치 않다고 느꼈다.

"너 왜 그래?"

"별거 아냐."

설몽이 답했다.

"갑자기 별 상관도 없는 사람이 생각나서."

그는 더 이상 강희와 관련된 이야기를 하고 싶지 않아 화제를 돌리며, 돌아가신 역대 영웅들에게 향을 올리기 위해 매씨 형제와 함께 사생지전의 사당으로 향했다.

사당으로 들어간 매함설은 제단 옆에서 붉은 천으로 이름을 가린 위패를 발견했다.
"그건 묵연의 자리야."
"……."
설몽은 속을 알 수 없는 담담한 낯빛으로 말했다.
"사람들은 묵연이 죽었다고들 하지만, 내 생각은 달라. 그날 시공생사문이 닫힌 후 사존이 곤륜산을 내려가는 걸 봤어……. 분명 목적지가 있으신 것 같았지. 다만 다른 누군가를 데려가고 싶지 않으셨을 뿐."
그가 아랫입술을 씹더니 속눈썹을 내리깔며 말했다.
"어쨌든 난 형이 그렇게 사라졌다고 믿지 않아."
"설몽……."
설몽은 고개를 돌려 창밖의 하늘을 봤다.
"묵연 그 자식은 어릴 때부터 상식에서 벗어나 제멋대로 행동했다고."
"……."
"이번에도 그런 경우일 거야."
그의 말을 들으며 매함설은 한숨을 내쉬었지만, 딱히 반박하지는 않았다.
매씨 형제는 은인의 위패 앞에 엎드려 절을 올렸다. 설몽은 옆에 서서 눈을 감고 있을 뿐 아무 말도 하지 않았다.
예를 마친 매함설이 일어나 그의 어깨를 두드렸다.
"자명, 넌 좋은 장문이 될 거야."
설몽은 눈을 뜨고 검은색 위패를 봤다. 향이 타고 재가 스러졌다. 담청색 연기 속에서 설몽은 설정옹의 위패를 보며 차분하게 말했다.

"저분만큼은 아닐 거야."

"……."

"가자."

설몽은 손을 까딱하며 몸을 돌렸다.

장엄하고 엄숙한 사당 안. 그 조그만 사각형 옻나무 위패에는 규칙과 달리 망자의 이름도, 시호(諡號)도 적혀 있지 않았다. 매씨 형제는 서로 눈을 마주치며 한숨을 내쉬고는 설몽의 뒤를 따랐다.

향에서 재가 툭 떨어졌다.

젊은이들은 모두 떠났지만, 검고 반들반들한 제단 위에는 그들이 남긴 세 개의 긴 선향이 계속 타고 있었다. 미약한 불빛이 설몽이 목패에 새겨 넣은 글자를 비췄다.

[아버지의 은혜는 대체할 수 없고,
진심은 따를 길 없네.]

위패 하단에는 웃지도 울지도 못할 명문(銘文)이 있었다. 하지만 매씨 형제도 알고, 설몽도 알았다. 만약 하늘에 있는 설정옹이 이 명문을 보면 분명 호탕한 웃음을 터뜨릴 것임을.

흔들리는 불빛이 멋들어진 필체를 비췄다. 그것은 설정옹의 붓글씨를 그대로 옮겨 놓은 것으로, 획 하나하나에서 대범한 풍류가 느껴졌다.

[설씨는 잘났다.]

그날 저녁, 사생지전은 답설궁의 사절을 환영하는 연회를 열었다.

두 문파 간의 교분이 깊어 외부인을 초대하지 않고 진행된 일종의 사적인 연회였으나, 그럼에도 불구하고 소문은 흘러 나갔다.

거리에는 새로 즉위한 설 존주가 안주도 없이 술 두세 잔을 들이켜더니 동서남북 구분도 못 할 정도로 취했더라는 소문이 퍼졌다. 설 존주는 취하면 혼자 칭얼거리곤 하는데, 그날은 꽤 내용이 다채로웠다고 한다. 부모님 이야기를 하며 울다가, 형을 원망하다가, 웅얼웅얼 사존을 부르다가, 또 옆에 있던 시종을 사매로 착각했다는 소리도 들렸다.

그날, 그가 횡설수설 내뱉은 것은 다 그들의 이름이었다.

하지만 그들 중 매함설을 제외하고 아무도 오지 않았다.

등불 아래서 취기에 젖은 그는 팔을 베고 탁자에 엎드린 채 팔오금 사이로 맹파당을 내다봤다.

순간, 술잔이 왔다 갔다 하며 떠들썩하게 즐기는 사람들의 모습이 보였다.

사람들 속에서 설정옹과 왕 부인이 잔을 부딪치고, 양옆에서 사매와 묵연이 만두를 빚고 있었다. 그러다 사위가 조용해지더니 모두 고개를 돌려 눈이 날리는 바깥을 쳐다봤다. 선홍색 장포를 걸친 옥형 장로가 종이우산에 묻은 눈을 털고 그들에게 다가갔다.

"존주, 취했군요."

귓가에 자신을 부르는 소리가 들렸지만, 설몽은 대답하지 않았다.

자신을 불렀던 사람이 그에게 두꺼운 옷을 둘러 주었다. 선기 장로? 탐랑 장로? 아니면 다른 누군가일까? 그도 그 사람이 누군지 알 수 없었다.

그 사람이 그의 머리를 쓰다듬으며 말했다.

"소주, 취했어요."

그는 아무렇게나 대답한 채 눈물을 흘리며 제 팔오금에 얼굴을 묻었다. 늦은 밤, 어질러진 술상, 홍취가 가신 술자리. 설몽은 더 이상 말을 하지도, 누구를 잡고 엉엉 울지도 않았다. 그는 최선을 다해 신속하게 아버지의 모습으로 성장하고 있었다.

일 년 후에는 그도 그리 쉽게 취하지 않을 것이다. 또 몇 년이 지나면, 설사 취한다 해도 아무 말이나 내뱉진 않을 것이다. 나중에는 그 누구도 사생지전 설자명의 눈물을 쉽게 보지 못할 것이다.

천천히 그는 촉 땅을 넘어 전체 수진계를 받치는 든든한 버팀목이 될 것이다. 술을 마시고 속을 내보이며 마음껏 울던 시간도, 언젠가 설 존주와 후배들이 한담하며 웃고 넘기는 옛일이 될 것이다.

한 세대 한 세대가 이렇게 흘러간다. 설몽이 늙고 죽으면 후세가 설몽 세대의 이야기를 꺼내긴 하겠지만, 그 누구도 자세히 알지는 못할 것이다.

그러다 마침내, 그 화려한 세월도 슬그머니 잊히고, 결국 설몽의 부채에 적힌 한마디로 정리될 것이다.

'설씨는 잘났다'.

매씨 형제가 답설궁으로 돌아간 지 며칠 후, 수진계에 중요한 소식이 발표되었다.

"곤륜 답설궁은 올해 섣달그믐 이후로 사생지전과 동맹을 맺는다. 두 문파는 한마음으로 협력하여 상하수진계 구분 없이 천하의 안녕과 백성의 평안을 위해 최선을 다할 것이다. 장문인 명월루, 장문인 설자명은 천하에 이를 알려 진심을 증명하고자 한다."

소식이 알려지자 세상이 시끌시끌해졌다.

어떤 사람은 손뼉을 치며 칭찬했고, 어떤 사람은 영문을 몰라 어리둥절해했다. 조용히 침묵을 지키는 자들도 있었다. 그들은 이 새로운 조약이 앞으로 이십 년 혹은 십 년, 어쩌면 더 빠른 시간 내에 세상의 판을 흔들 수 있음을 눈치챘다. 상수진계와 하수진계는 아마도 서서히 그 경계가 모호해질 것이다.

"이게 좋은 일일까?"

차를 마시며 휴식을 즐기는 가운데, 누군가 궁금한 듯 물었다.

그의 동료가 설지냉향차를 마신 후 고개를 저으며 말했다.

"나중 일을 누가 알아? 남궁장영이 아홉 개 문파를 상수진계로 묶고, 아홉 개 문파가 다스리는 지역을 무릉도원으로 만들겠다고 했을 때 다들 입을 모아 칭찬했지만, 결과는 우리 마음과 달랐잖아. 어떤 결정이 옳고 훌륭한 결정인지는 시간이 지나야 알 수 있다고……."

"음, 그건 그래."

"최소한 당분간은 민심을 무시하고 제 고집만 부리는 일은 없겠지. 고월야는 답설궁과 사생지전의 힘을 당해 내지 못할 테고."

"그건 모르지. 강희처럼 고개 숙일 줄 모르는 성격이라면……."

"됐어, 됐어. 지금 생각해 봤자 뭐 해. 두고 보자고. 우리야 잘 사는 게 중요하지. ……와, 살무사 쓸개를 넣어 볶았다는 이 해바라기씨 괜찮은걸."

그가 소리를 높여 죽렴 너머로 외쳤다.

"주인장, 1근 더 갖다주게."

겨울이 지나고 봄이 왔다. 천천히 대지의 상처가 아물고, 전쟁의 화염에 스러졌던 마을과 성도 각 문파의 지원하에 재건축되었다.

한때 암흑 속에서 신념을 잃었던 사람들도 있지만, 다행인 것은 사람의 마음은 늘 변한다는 것이다.

언젠가 침묵 속에서 함성이 터지고, 심연 속에서 불꽃이 튀는 날이 올지 모른다. 맹목적으로 박수를 치던 사람은 박수를 멈추고, 한 마디도 못 하고 움츠러들었던 사람은 입을 열 것이다. 위협이 다가왔을 때 부드러운 사람은 강해지고, 거짓말 앞에서 누군가 나와 반박할 것이다.

모든 것이 변하고, 폐허 위에 새로운 보금자리가 지어졌다. 그러나 시비와 선악의 구분은 여전히 불분명하다.

하지만 그것도 별거 아니다. 인간은 본래 어떤 사물을 진정으로 완벽히 이해하지 못한다. 심지어 자기 자신조차 완전히 이해하지 못하지 않는가.

가장 간단한 예를 들어 보자.

당신은 두 눈을 가지고 있지만, 당신의 얼굴을 똑바로 응시한 적이 있는가?

"재밌구먼! 하나 더!"

임기의 어느 회화나무 아래. 이야기꾼의 이야기 하나가 끝났다.

"초 선존은 정말 좋은 분이셨지……."

한 노파가 눈물을 흘리며 말했다.

"지금은 어디로 가셨는지……."

노파의 말에 다른 이도 한탄했다.

"묵 선존이야말로 진짜 억울하지…… 에휴."

똘망똘망한 까만 눈을 가진 여자아이가 손에 든 당호로를 부수며 눈물을 쏟았다. 아이는 계속 훌쩍이다 고개를 홱 돌려 옆에 있던 남자아이를 봤다.

"흑흑, 난 남궁 오빠하고 엽 언니의 이야기 싫어."

남자아이가 어리둥절해하며 물었다.

"왜?"

여자아이가 눈물을 훔치며 말했다.

"다 죽었잖아."

남자아이가 웅얼거렸다.

"엽망석은 안 죽었는데……."

여자아이가 더 서럽게 울었다.

"넌 몰라. 너희 남자들은 다 멍청하니까. 엽망석은 죽음보다 더 고통스러운 삶을 살고 있을 거라고. 흑흑흑……."

남자아이는 점점 더 심하게 우는 친구 때문에 어쩔 줄 몰라 한참 머리만 긁적이다가 겨우 말을 꺼냈다.

"야, 울지 마. 우리 소꿉놀이할까? 내가 남궁사, 네가 엽망석을 맡고, 이야기는 우리가 직접 만드는 거야……. 아휴, 뚝 하자, 뚝."

남자아이가 친구를 달래기 위해 손바닥만 한 나뭇잎으로 여자아이의 얼굴 절반을 가리며 말했다.

"자, 이건 혼례용 머리쓰개니까 잘 들고 있어. 우리 혼례를 올리는 거야~."

여자아이가 눈을 깜빡이더니 곧 울음을 그치고 웃었다.

본디 고통은 어린아이의 시각에서 다시 쓰일 수 있는 것이다. 모든 것은 점점 가벼워지기 마련이다. 서서히 강호의 전설이 된 그들의 사랑과 이별은, 늙은 회화나무 아래서 한 번 또 한 번 이야기꾼에 의해 흥미진진하게 전해지고 있었다.

두 사람의 일생의 부침이, 생사와 영욕이 듣는 사람의 눈물을 자아내며 큰 박수를 불러일으키고 있었다.

여자아이와 남자아이는 나뭇잎으로 얼굴을 가리고 그럴싸하게 혼례를 진행했다. 소꿉친구인 두 사람의 눈에는 서로밖에 없었다. 아이들이 행복하게 외쳤다.

"일 배~ 천지신명께 절~."

"이 배~ 부모님께 절~."

그때 회화나무 아래로 검은 옷을 입은 도사가 지나갔다. 수려한 얼굴에 허리에는 빛바랜 낡은 전갑이 걸려 있었는데, 전갑 안에 화살은 없었다.

싸움은 끝났고, 세상은 평화로웠으니까.

화려한 문양이 수놓인 전갑 안에서는 금색 발톱을 가진 젖먹이 강아지가 몸을 웅크린 채 낑낑거리며 바깥세상을 보고 있었다.

검은 옷의 도사는 나무 아래에 멈춰 서서 웃는 듯 마는 듯 한 얼굴로 두 꼬마의 소꿉놀이를 지켜보다가, 갑자기 뭔가 생각났는지 여자아이에게 다가가 붉은색 손수건을 건넸다.

"어라?"

여자아이가 어리둥절해하며 물었다.

"이게 뭐예요? 그쪽은 누구시고요?"

검은 옷의 도사는 질문에 답하는 대신 미소를 지으며 이렇게 말했다.

"혼례식에서 나뭇잎을 쓰는 사람이 어딨어? 자, 이거 쓰거라."

손수건은 조금 낡았지만, 부드럽고 재질도 굉장히 좋았다.

한쪽 구석에 '사(駟)' 자가 수놓인 손수건. 확실히 수년 전 물건이라 조금 해졌지만, 그것은 다름 아닌 환각 세계에서 엽망석이 울 때 남궁사가 그녀의 눈물을 닦아 주기 위해 꺼냈던 손수건이었다.

여자아이는 손수건을 건네받고 이리저리 살피더니 갑자기 꽃처럼 환하게 웃었다.

그러고는 고개를 들어 말했다.

"언니, 고마워요."

"……."

검은 옷의 도사는 멈칫했지만, 곧 눈을 반짝였다.

오랜 세월 동안 그녀가 여자임을 한눈에 알아본 사람은 많지 않았다. 더구나 영원히 풀리지 않을 환음술이 있으니.

꼬마 녀석의 눈썰미가 꽤 매섭구나 싶었다.

그녀가 웃으며 고개를 흔들고는 몸을 일으켜 전갑 속에 있는 노백금의 복슬복슬한 머리를 쓰다듬었다.

"가자. 더 볼 거 없지?"

노백금이 대답하듯 울었다.

"아우!"

바람이 불자 회화나무 잎사귀가 사락사락 울었다.

이야기꾼은 계속 이야기를 풀어놓았다. 마침 교산에서의 일전 중 남궁사가 피의 연못에 몸을 던져 사악한 기를 누르는 장면에 이르자 사람들은 모두 울음을 터뜨렸다.

하지만 그녀는 울지 않고 허리를 곧게 편 채 뚜벅뚜벅 먼 산을 향해 걸어갔다. 그녀 뒤로 여자아이와 남자아이의 달고 앳된 목소리가 울렸다.

"부부 맞절~."

회화나무 그늘에서 벗어나자 눈부신 빛이 그녀의 얼굴을 감쌌다. 왠지 모르게 눈을 휘며 웃는 그녀. 그녀의 마음은 기쁨과 달곰함으로 가득했다.

어릴 때가 인생에서 가장 행복한 시절이 아니던가. 굳은 사랑의 맹세와 맞절도 그토록 쉽다.

한참 걷고 있자니 갑자기 꼬마 녀석의 다급한 발소리가 들렸다.

"언니! 언니 손수건이요!"

그녀는 고개를 돌리지 않고 호걸처럼 시원하게 손을 내저었다.

노백금이 눈을 동그랗게 뜨고 의아하게 그녀를 쳐다봤다. 마치 이렇게 묻는 것 같았다.

'저건 사가 남겨 준 물건이잖아. 이제 필요 없는 거야?'

그녀가 웃으며 부드러운 눈으로 말했다.

"필요 없어."

그녀는 풀이 무성하게 자란 초원으로 눈을 돌려 만물이 싹트는 봄의 풍경을 바라봤다. 그리고 아무렇지 않게 제 옆에 서 있는 남궁사의 모습을 보았다. 그의 눈매는 여전히 사납고 고집스러웠다.

오만하고 침착한 모습이었다.

그녀가 말했다.

"네가 거기 있는 거 알아."

남궁사의 환영이 그녀를 책망하듯 미간을 찌푸렸다.

그녀가 부드럽게 말했다.

"그렇게 화내지 마. 아이들이 혼례를 올리는데 머리쓰개가 없잖아."

'…….'

"그래서 네 손수건을 줬어."

남궁사는 그래도 기분 나쁜 모습이었다.

"손수건으로 좋은 인연을 만든 셈이잖아. 좀 웃어 봐."

찬란한 햇살 아래 남궁사는 마뜩잖은 듯 억지 미소를 지었다. 그랬더니 귀신 낯짝보다 더 흉한 얼굴이 되었다.

그녀도 그를 따라 미소 지으며 속눈썹을 내리깔았다. 그녀가 다시 눈을 들었을 때 남궁사의 모습은 사라지고 없었다. 하지만 그녀는 알았다, 그가 돌아올 거란 것을.

그것은 귀신도 아니고, 환각도 아니었다.

그가 그녀의 마음속에 있기에 그녀는 언제나 그를 볼 수 있었다.

가장 패기만만하던 시절의 준수한 모습의 그를.

눈 깜짝할 사이 섣달그믐이 다가왔다. 수진계 규칙에 따라 부모상을 끝낸 설몽은 섣달그믐이 되기 한 달 전, 마침내 정식으로 사생지전의 존주로 즉위했고, 촉 땅의 경사를 축하하기 위해 사방에서 손님들이 찾아왔다.

폭죽으로 환하게 빛나는 밤하늘 아래서, 설몽은 선기 장로가 알려 준 예법에 따라 옥관을 쓰고 장문 반지를 낀 채 겹겹이 비단옷을 두르고 있었다. 소매에 수놓인 용의 눈에 불로 잘 다듬은 진주를 박아 넣은 정교한 옷이었다.

크고 엄숙한 단심전에 선 그는 옥처럼 아름답고 성숙해 보였다.

두 눈을 자세히 살펴보면 강희의 모습이 살짝 엿보였다. 하지만 그는 영원히 강씨 성을 쓸 생각도, 강희처럼 될 생각도 없었다.

"축하합니다, 장문 선군."

선기 장로가 제자들을 이끌고 먼저 인사를 올렸다.

경갑을 입은 사생지전의 제자들이 푸른 물결을 일으키며 차례로 무릎을 꿇어 절을 했다. 다른 하객들 역시 예를 위해 고개를 숙였다.

이어 천둥처럼 우렁찬 목소리가 구름이 자욱한 산꼭대기에 울려 퍼졌다.

"축하합니다! 장문 선군."

밤하늘에 활짝 핀 불꽃이 사생지전의 휘황찬란한 미래가 이제부터 시작임을 알렸다. 과거의 어둠도, 과거의 푸근함도 다시는 돌아오지 않을 것이다.

설몽은 미소 지었다. 그 까만 눈은 깊고 차분했으나 밝지는 않았다.

그가 잔을 들고 사람들과 함께 술을 마셨다.

더없이 적절한 행동거지가 예전처럼 황당하고 우스꽝스러운 일은 다시는 저지르지 않을 것임을 말해 주고 있었다.

자리에 있던 매함설이 고개를 흔들며 탄식을 뱉더니 눈을 감고 말했다.

"녀석…… 결국 남궁류가 되는구나."

"말조심해."

매함설은 자신의 형을 흘끗 봤다.

"녀석이 문제가 있다는 게 아니라 녀석의 지금 위치를 말하는 거야."

"뭐든 네가 입 놀릴 일은 아니야."

형이 차갑게 말했다.

"그리고 저녁 연회가 시작되고 지금까지 벌써 26명의 아가씨가 날 찾아왔어. 빨리 네 인면 가면을 벗도록 해. 더는 못 참겠으니까."

매함설의 얼굴이 괴롭게 일그러졌다.

연회가 끝났다. 손님이 너무 많아 일일이 살피기 어려웠던지라 사생지전은 장문, 장로, 제자 등 등급에 따라 접대하도록 제자를 배치했다.

사람들은 곤드레만드레 취해서 돌아갔다. 강산이 변하고 시대가 바뀐 지금, 모두가 자기만의 고민을 안고 있기 때문일 것이다.

설몽도 방으로 돌아갔다.

그는 오늘 취하지 않았다. 탐랑 장로의 해장국은 확실히 쓸모가 있었다.

그는 자리를 잡고 앉아 조금 피곤한 듯 눈썹 뼈를 문질렀다. 몸에 걸친 무거운 장신구를 떼고 싶었지만, 구리거울에 비친 제 모습을 보고 있자니 온몸에 덕지덕지 달린 장신구를 어디서부터 떼어 내야 할지 난감했다.

선기 장로가 방문을 두드리고 들어왔다.

"존주."

설몽이 지겹다는 듯 답했다.

"왜요?"

"이것은 각 문파가 가져온 선물의 목록입니다. 계율 장로가 깜빡 잊고 드리지 않았더군요."

선기 장로가 두꺼운 금홍색 책자를 그에게 건넸다.

"자세히 보시고, 어떻게 답례할지 생각해 보십시오."

설몽은 귀찮기만 했다.

"알겠습니다."

"그리고 강 장문이 따로 뵙고 싶다 합니다."

"……안 보겠습니다."

선기 장로도 강요는 하지 않았다. 사생지전의 장로 중 가장 눈치 있기로 정평이 난 그였다. 그가 한숨을 내쉰 후 말했다.

"그럼 제가 가서 거절하지요."

"더 있습니까?"

선기 장로가 답했다.

“없습니다.”

설몽은 사실 그가 다른 일이 더 있다고 말해 주길 바랐다. ‘갑자기 밖에 알 수 없는 손님 두 사람이 찾아와 존주를 뵙고 싶다 합니다’라고 알려 준다면 더할 나위 없이 좋을 것 같았다.

하지만 아니었다.

선기 장로는 장문 침실의 붉은 문을 닫고 떠났다.

커다란 침실. 설몽은 한참을 우두커니 서 있다가 탁자 앞으로 가 등잔불을 밝힌 후 두꺼운 선물 목록을 봤다.

목록은 선물 규모에 따른 순서로 정리되어 있었고, 천하제일 갑부인 고월야는 당연히도 첫 번째에 올라 있었다. 목록에 적힌 불꽃 깃털, 밤에 빛을 발하는 명월주 같은 사치스러운 보물과 본 적도 없는 귀한 물건을 보니 강희의 씀씀이가 어찌나 큰지, 과연 돈이 넘치는구나 하는 생각이 들었다.

하지만 설몽은 지금 이런 귀한 보물 이름을 더 볼 기분이 아니었다. 그는 휘리릭 책자를 넘기며 그 속에서 초만녕과 묵연의 이름을 찾았다. 축하하러 온 개인 수련자는 없었지만, 다들 선물을 보내긴 했다. 오늘은 설몽의 인생에서 몹시 중요한 날이다. 묵연이 죽지 않았다면, 초만녕이 아직도 강호에 있다면, 두 사람 다 그의 즉위 소식을 들었을 것이다.

답설궁, 화황각, 무비사…….

한 쪽, 한 쪽 책장을 넘겼다.

개인 수련자의 축하 선물 목록은 이리저리 수십 번을 뒤졌다.

하지만 없었다.

설몽은 결국 부드러운 방석이 깔린, 꽃이 조각된 홍목 의자에 기대어 지친 듯 눈썹 뼈를 문질렀다.

없다.

그의 사존, 그의…… 사촌 형은 수진계에서 철저히 물러난 듯 그날의 대전 이후로 강호에서 완전히 자취를 감추었다.

밖에서는 밝은 웃음소리와 축포 소리가 끊이지 않았지만, 사생지전의 존주는 방 안에 틀어박혔다. 그의 속눈썹이 천천히 젖어 들고 있었다.

초만녕과 묵연의 기만은 받아들이기 힘들고, 그들과 허물없이 지낼 수도 없다. 하지만 뭐가 어찌 됐든 마음속 깊은 곳에서는 여전히 그들을 그리워하고 있었다.

사당을 지을 때 사람들은 그에게 묵연이 이미 죽었을 거라 했지만, 그는 죽었더라도 시체를 봐야겠다고, 정확한 소식이 들어오기 전까진 위패에 덮어 둔 붉은 천을 절대 거둘 수 없다고 고집을 부렸다.

사실 이미 벌어진 일이다. 그렇기에 두 사람을 이해해 보려고 애썼지만, 여전히 꺼림칙했다. 두 사람이 자신을 속인 일만 생각하면 가슴이 답답하고 오장육부가 뒤틀리고 숨도 제대로 쉬어지지 않았다.

그 때문에 초만녕과 묵연은 다시는 사생지전에 돌아오지 않을지도 모른다. 사제지간의 금기시된 관계가 너그럽게 받아들여질 리 만무하니까.

그래도 최소한 서신 한 통이라도 보내 줘야지…….

최소한 잘 있다는 소식은 들려줘야지.

설몽은 숨을 깊게 들이쉬며 손으로 떨리는 얼굴을 가렸다.

그때, 창밖에서 깊은 탄식이 들렸다. 깜짝 놀란 설몽이 튕기듯이 달려가 창문을 벌컥 열었다.

하늘을 오르락내리락하는 눈부신 불꽃이 그의 얼굴을 비췄다. 주위를 둘러봐도 아무도 보이지 않았다. 하지만 창밖 복숭아나무에 가늘고 긴 비단 함이 걸려 있었다.

설몽은 손을 덜덜 떨며 잔뜩 긴장한 채 비단 함을 열었다.

그때 '피융' 하고 불꽃이 날아올라 나른한 밤하늘에 수만 개의 별빛을 뿌렸다.

반짝반짝 빛나는 불꽃이 비단 함 속에 놓인 좁고 긴 곡도를 비추었다. 은으로 된 칼자루에 긴 도신(刀身). 곡도에 달린 망서의 수정석이 번쩍였다…….

재단련한 용성이었다!

설몽은 벌벌 떨며 비단 함을 품에 넣은 후 곧장 창문을 뛰어넘어 후원을 누비며 소리쳤다.

"사존!"

장문 처소의 고요한 후원. 그에게 답하는 것은 윙윙 우는 바람 소리뿐이었다.

그는 미친 듯이 불렀다.

"사존! 묵연!"

계속 그들을 불렀다.

"나와요!"

밤바람은 시원한데 뺨은 축축하고 서늘했다. 그는 화려한 꽃밭을 정신없이 내달렸다. 옷과 팔이 나뭇가지에 긁혀도 아무렇지 않았다.

"둘 다 나오라고요!"

나중에는 그의 목소리에 흐느낌이 섞였다.

어디에서도 그들을 찾을 수 없었다. 설몽은 다리를 멈추고 천천히 몸을 굽히다가 바닥에 웅크린 채 나지막이 읊조렸다.

"돌아와요……."

그때 사락사락 나뭇잎 부딪치는 소리가 들렸다. 흠칫한 설몽은 곧장 소리가 나는 방향으로 고개를 돌렸다.

그리고 그는 보았다, 두 사람의 뒷모습을. 하지만 그들은 이미 저 멀리 통천탑 처마 옆에 가 있었다. 처마가 높이 들린 장엄한 통천탑에, 과거에 더없이 익숙했던 두 사람이 서로 기대어 있었다. 한 명은 앉은 채 소매를 펄럭이며 무릎에 걸친 구가를 튕기고, 한 명은 그에 기대어 검은 옷을 입은 채 손끝에 쥔 댓잎을 불고 있었다.

"명월 아래 옛 친구 찾아오니, 등불 아래 그의 얼굴 붉게 물들었구나. 아침에 봉황이 우니 봄이 찾아오고, 강산은 맑고 고요하구나. 월계수 아래 술은 잠시 남겨 두고, 긴 세월 뒤 돌아와 형과 함께하리. 긴 인생 어찌 늘 함께하겠는가, 멀리서 그리움을 동풍에 실어 보내네."

차가운 달빛 아래 여유로운 칠현금 소리가 넓은 하늘로 퍼졌다.

축하를 위한 곡조가 끝나고, 금빛이 번쩍하더니 초만녕의 촉룡이 나타났다. 용의 등에 올라탄 두 사람은 곧 바람을 타고 멀어졌다…….

후에 설몽은 비단 함 속에서 비슷한 필체로 쓰인 서신 두 통을 발견했다. 하나는 초만녕이, 하나는 묵연이 쓴 서신이었다.

묵연의 서신은 무척 길었다. 전쟁 후 있었던 여러 가지 일들, 이전에 말하지 못했던 여러 고충, 그들에 대한 사람들의 시선이 어떨지 알 수 없어 사생지전에 누를 끼칠까 함부로 나타나지 못했다는 설명까지 줄줄이 쓰여 있었다. 새 용성은 몇 달 동안 그와 초만녕이 온갖 방법을 동원해 재료를 모아 단련한 것인데, 쓸 만할 거라 했다.

초만녕의 서신은 정갈하고 깔끔한 해서체(楷書體) 몇 줄로, 묵연의 것보다 훨씬 짧았다.

[존주, 옥형의 마음속에 부끄러움이 있어 존주를 뵐 낯이 없습니다. 앞길이 창창하니 자신을 더욱 소중히 돌보십시오. 용성에 달아 둔 만야 해당화가 존주와 평생 함께할 것입니다. 언젠가 미약하나마 제 힘이 필요하시면 옥형을 찾아 주십시오.]

그날 저녁, 설몽은 '존주'라는 두 글자를 오랫동안 바라봤다.

밤이 깊었다. 술잔이 어지럽게 널려 있고 주위가 고요한 가운데, 설몽은 넋을 놓고 있었다. 앞으로 사존이 자신을 이름이 아닌 존주라고 부를 것을 생각하자 세상의 복잡한 규율이 처음으로 지겹게 느껴졌다.

그래도 최소한 초만녕과 묵연이 아직 이 세상에 있다. 이제는 서로 멀리 떨어져서 오랫동안 만나지 못할지도 모른다. 하지만 아득히 먼 곳일지라도 이 세상의 달을 함께 바라볼 수 있다는 것이 그나마 위안이 되었다.

사생지전 산자락에 있는 무상진.

두건 달린 장포를 걸친 두 사람이 어둠을 지나 시끌벅적한 야시장으로 가더니 오색 등이 달린 야식 노점으로 가 자리를 잡았다.

둘 중 건장하고 훤칠한 남자가 말했다.

"주인장, 퐁당탕은 맑은 국물로 주고 거기에 죽순, 두부, 두부피, 목이버섯, 얇게 썬 쇠고기, 얇게 썬 양고기, 천엽, 고기튀김, 생선볶음, 새우볶음……."

일행이 담담하게 말했다.

"그만하면 됐다. 다 못 먹겠어."

"그럼 거기에 잣을 넣은 쏘가리찜, 두유 두 단지……."

"……."

일행은 얇은 입술을 한 번 물고는 말했다.

"그만 시키거라."

그들은 다름 아닌, 조금 전 설몽에게 선물을 전하고 온 초만녕과 묵연이었다.

"그럼 마지막으로 계화연근조림까지 주십시오."

묵연이 웃었다.

"할 수 있겠습니까?"

심부름꾼이 친절하게 답했다.

"그건 강회[#17] 일대의 음식이라 원래 못 합니다만, 사생지전의 맹파당에서 자주 하는 거라 저희도 요리법을 배웠지요. 아 참,

---

#17 강회 江淮, 장쑤성과 안후이성

저희 집에 영웅 차림표가 있는데, 두 분 보시겠습니까?"

초만녕이 눈살을 찌푸렸다.

"……무슨 차림표?"

"영웅 차림표요. 두 분 모르십니까?"

심부름꾼이 자랑스럽게 소개하기 시작했다.

"지난날 대재앙을 평정하신 두 선군이 바로 저희 사생지전 분들이셨죠. 헤헤, 지금 무상진에 있는 주점은 다들 특별 요리를 내놓는데, 모두 두 선군의 입맛에 맞춰 만든 거랍니다!"

그는 허리에서 대나무 패로 만든 차림표 두 개를 꺼내 의욕적으로 초만녕과 묵연에게 건넸다.

"이건 초 선군 차림표입니다."

그러고는 두 사람이 이해하지 못할까 걱정됐는지 생글생글 설명을 덧붙였다.

"초 선군께서는 태운 듯 바삭한 음식을 좋아하신다 합니다. 그래서 저흰 태운 완자, 태운 누룽지, 태운 두부야채볶음을 준비했지요. 아, 주문하신 쏘가리찜도 특별히 살짝 태운 듯 튀겨 낸답니다."

초만녕은 입을 다물었다.

맞은편에 있던 묵연은 웃음을 참기 위해 차를 따라 마셨다.

하지만 심부름꾼이 '묵 선군 차림표'를 위로 올리자 입 안에 든 차를 '푭' 하고 뿜을 뻔했다.

"콜록콜록!"

심부름꾼은 당황했다.

"아이고, 손님, 왜 그러십니까? 괜찮으시죠?"

"괜찮아요, 괜찮아. 콜록……."

묵연이 콜록거리며 차림표를 가리켰다.

"이건 또 뭡니까? 왜 묵 선군 차림표에 해당화과자 같은 게 있는 겁니까? 듣도 보도 못한 건데."

"묵 선군은 단 음식을 좋아하신다고 해서요."

묵연 역시 입을 다물었다.

"또 해당화도 좋아하신다죠."

심부름꾼은 모르는 게 없는 도사처럼 유창하게 설명했다.

"그래서 저희 여주인께서 직접 이 해당화 과자를 만드셨죠. 안에 넣은 설탕의 양이 다른 과자보다 3할은 많습니다. 혀가 아릴 정도로 달달하고말고요."

"……그걸 먹을 수가 있습니까?"

심부름꾼이 웃으며 답했다.

"왜 못 먹습니까. 얼마나 잘 팔리는데요. 묵 선군 차림표와 초 선군 차림표의 음식을 1인분씩 드시는 게 어떻습니까? 맛봐서 손해 볼 거 없으니까요."

초만녕은 살짝 두통을 느꼈다.

"아니, 난 숯덩이는 먹고 싶지 않군요. 아무튼 고맙습니다."

묵연이 웃었다.

"사실 저도 단것은 그리 즐기지 않습니다."

"아유, 정말 아쉽네요."

심부름꾼은 퍽 유감인 듯 머리를 긁적였다. 그는 정말 제 가게에서 새로 내놓은 요리를 숭배하는 것 같았다. 그가 돌아가면서 투덜거렸다.

"어쨌든 세상을 구한 영웅이 좋아하는 음식이라는데…… 궁금하지도 않나……."

초만녕은 아무 말 하지 않았고 묵연은 푸흡, 하고 웃음을 터뜨렸다.

"왜 웃느냐."

초만녕이 그를 흘끗 보며 말했다.

"그렇게 웃기더냐?"

"아뇨."

묵연이 까만 눈을 들어 올리며 말했다.

"그냥 기분이 좋아서요. 기분이 좋으니까 별거 아닌 일에도 웃음이 나와요."

묵연은 대답하면서 거리를 메운 북적북적한 인파를 바라보았다. 풍파가 가라앉으니 세상에도 다시 생기가 돌았다. 여인들은 화장품이나 장신구를 고르거나 섣달그믐에 쓸 물품을 사고 있었고, 남자들은 불빛으로 환하게 빛나는 야식 노점에 모여 술을 마시며 이야기를 나누고 있었다. 화기애애한 분위기 속에서 등불에 비친 얼굴은 하나같이 편안해 보였고, 얼굴에 낀 기름마저 그리 밉지 않게 느껴졌다.

한 무리의 아이들이 꺄악 비명을 지르고 하하 웃으면서 달려갔다. 무슨 놀이를 하는지 한 아이는 가면을 쓰고 있었고, 나머지는 토끼처럼 후다닥 도망가며 '잡히면 안 돼. 하하하, 잡히면 안 돼!'라고 계속 소리치고 있었다.

묵연이 손으로 턱을 받쳤다. 그가 저렇게 있으면 몹시 잘생겨 보이는데, 심지어 귀엽기까지 했다. 전혀 위화감이 느껴지지 않는 귀여움이었다.

그가 갑자기 만족스러운 듯 감탄을 내뱉었다.

"정말 좋네요."

그러고는 또 불빛이 번쩍이는 사생지전을 올려다보더니 같은 말을 반복했다.

"정말 좋아요."

초만녕이 말했다.

"……그렇게 좋은 건 아니지. 너도 들었겠지만, 설몽이 우리를 부르고 있었다."

"……."

묵연은 예상대로 잠시 침묵하더니 다시 웃었다.

"하지만 우리가 진짜 남는다면 녀석도 곤란할 거예요."

초만녕이 말했다.

"안다."

음식 몇 접시가 올라오고, 묵연이 먹으면서 웅얼거렸다.

"설몽은 확실히 아이 같은 데가 있어요. 사실 지금이 딱 좋은 데. 우리가 사생지전으로 돌아가면 귀찮은 일이 쉬지 않고 닥칠걸요. 설몽도 하루 이틀쯤은 참을 수 있겠죠. 하지만 한 달, 두 달이 지나면요?"

묵연이 땅콩을 으득 씹으며 서러운 듯 말했다.

"분명 내쫓을 거라고요."

초만녕이 웃음을 참으며 젓가락으로 그의 머리를 때렸다.

"너야말로 아이 같구나."

"진짜예요."

묵연이 말했다.

“그때 가서 녀석이 절 내쫓으면 또 안 떠날 수도 없잖아요. 장문의 명령인데 무섭다고요.”

초만녕이 이번에는 참지 못하고 가볍게 웃음을 터뜨렸다.

“쓸데없는 소리. 설몽이 왜 너를 내쫓겠느냐. 우리가 남고 싶지 않아서 그런 것을. 괜히 설몽에게 덮어씌우지 말거라.”

“네, 네.”

묵연은 머리를 긁적이며 보조개가 움푹 팰 정도로 씩 웃었다.

“무슨 말씀이든 은공(恩公) 형아의 말씀이 다 맞습니다.”

초만녕이 말했다.

“식사해라. 다 먹고 집으로 돌아가자.”

그들은 현재 남병산 깊은 곳에서 은거 중이었다. 묵연의 모든 혼백이 몸으로 돌아온 후 그들은 쭉 그곳에서 지냈다. 일부러 그런 것은 아니다. 그저 인생의 절반을 지난 시점에, 마침 지나던 길이 마음에 들어 그 도원경에서 다리를 쉬고 싶었을 뿐.

모든 것이 딱 좋았다.

묵연이 고기튀김을 집더니 까만 눈을 휘며 웃었다.

“사실 제 탓이에요.”

“응?”

“전 정말 돌아가고 싶지 않거든요.”

“설몽이 널 책망할까 두려우냐?”

“아니요.”

묵연이 웃으며 코를 긁었다.

“절 사모님이라고 부를까 걱정돼서요.”

"……."

초만녕은 할 말을 잃었다.

묵연의 눈은 부드럽고, 까맣디까맸다. 그 눈에 빛이 돌 때는 살짝 자색 빛이 섞였는데, 지금은 그 자색도 온화하고 선량해 보이기만 했다. 그가 탄식했다.

"항렬이 올라가잖아요."

"밥이나 먹거라!"

묵연은 얌전히 고개를 숙이고 밥을 먹었다. 어찌나 얌전한지 머리에 튀어나왔던 복슬복슬 강아지 귀가 순하게 축 처지는 게 보이는 것 같았다.

하지만 초만녕은 사생지전에 돌아가고 싶지 않다는 묵연의 말이 거짓임을 알고 있었다. 사실 묵연도, 자신도, 설몽도 다시 함께하고 싶었다. 하지만 시간은 사람을 변화시킨다. 이미 지나간 어리석고 철없던 세월은 결코 되돌릴 수 없는 법. 누가 억지로 원한다고 되는 일이 아니다.

세 사람 모두 그 이치를 잘 알고 있었다. 다만 묵연은 초만녕이 슬퍼할까 봐 저 혼자 책임을 끌어안고 우스갯소리를 던지는 것뿐이었다.

"그러고 보니 이제껏 제대로 물어본 적이 없구나."

초만녕이 말했다.

"그때…… 넌 어떻게 네가 돌아올 수 있다는 걸 알았느냐?"

묵연은 밥알을 헤집으며 잠시 생각에 잠겼다.

"……솔직히 말하면 꾸짖으실 건가요?"

초만녕의 맑은 눈이 그를 응시했다.

"말해 보거라."

묵연이 제 뒷목을 쓸더니 고개를 숙이고 웃었다.

"사실 마계의 문이 열린 다음에 제 몸속에 어떤 영력이 날뛰는 것을 느꼈어요……. 하지만 그때는 답선군의 의지로 움직일 때라 머리가 흐리멍덩해서 별다른 생각을 못 했죠."

"그래."

"마지막에 몸이 흩어질 때 문득 그런 생각이 들었어요."

"……."

"일종의 도박이었죠. 제가 송성이처럼 특수한 접골미인석일지도 모른다는 데 건 도박."

묵연이 말했다.

"사서에 따르면, 마족은 몸이 파괴되지 않고 온전한 영혼만 가지고 있으면 쉽게 환생할 수 있어요. 그래서 생각했어요……. 만약 내가 접골미인석이라면, 내가 내 몸에 돌아가려는 의지만 있다면 다시 살아날 수 있을 거라고."

초만녕의 미간이 살짝 찌푸려졌다.

"나는 마족의 영혼이 자기 몸에 돌아갈 수 있다는 말을 풍문으로만 생각했다."

잠시 멈칫한 그가 다시 말을 이었다.

"그럼 송추동은 그때 왜 살아나지 못한 것이냐?"

묵연이 유감스럽다는 듯 말했다.

"마족이 아무리 원한다 해도, 환생에 대한 욕망이 아주아주 강렬해야만 다시 살아날 수 있으니까요."

"……."

"어떤 느낌이냐면…… 뭐랄까, 절벽 위에서 던져진 구명줄 같은 거예요. 밧줄에 기름이 잔뜩 묻어 있어서 조금만 삐끗해도 천길 낭떠러지로 떨어지게 되죠. 밧줄을 꽉 잡고 한시도 긴장을 풀지 않고 계속 위로 올라가야만 자기 몸으로 돌아갈 수 있어요."

그가 덤덤하지만 강한 목소리로 말했다.

"사존, 전 줄곧 당신을 찾으러 돌아오겠다고 생각했어요."

묵연이 눈을 들고 그를 봤다.

"그래서 돌아올 수 있었던 거예요."

머리 위에서 등불이 흔들렸다. 초만녕은 묵연의 까맣고 깊은 눈을 보며 심장이 녹아내리는 걸 느꼈다. 여전히 이런 말랑한 감정에 익숙지 않았던 그는 급히 얼굴을 돌리고 말았다.

묵연이 웃었다.

"사실 더 중요한 이유가 있어요."

"무엇이냐."

"접골미인석은 반(半)마족이에요. 마계의 문이 열리지 않는 한 그런 환생법은 통하지 않죠."

묵연이 말했다.

"마기를 흡수하고 힘을 얻었기 때문에 가능했던 거예요. 그렇지 않았다면 접골미인석도 평범한 인간과 다름없었겠죠. 거기다 제 몸에 있던 심장은 이미 훼손됐는데, 마기를 흡수하고 나니까 영핵의 힘보다 더 강한 힘이 느껴졌고, 그제야 그 힘을 빌려 돌아올 수 있겠다 생각했던 거예요."

초만녕이 말했다.

"그러니까 날 돌려보내려 했을 때, 네가 다시 살아날 수 있을

지 없을지 불확실했다는 것이냐…….”

묵연은 초만녕이 눈을 가늘게 뜨는 것을 보고서야 말실수했다는 걸 깨달았다. 당황한 그가 기침을 하며 화제를 돌렸다.

“와, 이 생선 괜찮은데요.”

여기에 넘어갈 초만녕이 아니었다. 그가 묵연을 노려봤다.

“네가 결국 돌아오지 못했다면, 내가 남병산에서 보게 될 것은 얼음처럼 차가운 시체였겠구나.”

“…….”

낮게 가라앉은 그의 목소리가 견딜 수 없었던 묵연은 고개를 숙이고 입술을 깨물었다. 잠시 후 묵연이 다시 얼굴을 들었다.

“네.”

“…….”

“전 제가 살든 죽든 당신이 죽는 게 싫었어요.”

초만녕의 눈가가 붉어졌다. 고통스러운 것 같기도, 화를 내고 싶어 하는 것 같기도 한 그의 눈을 보며, 묵연은 탁자 위에 놓인 그의 손을 제 손바닥으로 감싸 어루만졌다.

등불 그림자가 일렁이는 가운데, 묵연이 살짝 잠긴 목소리로 말했다.

“그게 당신을 속이는 일일 수 있었다는 거 알아요. 하지만 그것 때문에 절 원망하고 책망한다 해도, 저는 당신이 죽는 걸 가만히 보고 있을 수는 없었어요.”

묵연이 눈을 질끈 감았다. 그의 속눈썹이 떨리고 있었다.

“저는 이미 두 생을 봤어요.”

딱딱하게 굳어 있던 초만녕의 등이 천천히 풀어지고, 꽉 쥔 손가락에서도 점점 힘이 빠져나갔다. 하지만 붉은 눈가에는 물기가 어려 있었다.

냄비에서 김이 모락모락 피어나고, 맑은 탕에서 작은 기포가 퐁퐁 올라왔다. 오랜만에 마주한 속세의 음식 앞에서 묵연은 초만녕의 손을 잡고 깍지를 꼈다.

그가 말했다.

"그때 생각했어요, 만약 도박에 실패한다면 사존을 기다리겠다고……. 십 년 아니, 수십 년도 괜찮다고, 만약 사존이 신선이 됐다면 몇백 년, 몇천 년이라도 기다리겠다고요."

"……."

"세상은 좋은 곳이에요. 만녕, 전 당신이 저와 함께 죽길 바라지 않았어요."

그때 냄비에서 부글부글 올라오던 기포가 터지며 뜨거운 물방울이 초만녕의 팔목에 튀었다. 작은 물방울이 얼마나 뜨겁겠냐만은, 그는 반사적으로 제 손을 빼며 고개를 숙였다.

하지만 막상 고개를 숙이자 더 태연하게 반응했어야 했다는 생각이 들었다. 그는 어색하게 고개를 들고 맞은편에 있는, 제 멋대로에 사리 구분 못 하는 버르장머리 없는 제자를 빤히 쳐다봤다.

묵연이 그의 모습을 보고 픽 웃었다.

"왜 그러세요? 절 노려보셨다가 탁자를 노려보셨다가."

초만녕이 입을 열려는 찰나, 통천탑의 저녁 종소리가 울렸다. 우뚝 솟은 산봉우리를 타고 내려온 종소리가 시끌벅적한 무상진 야시장에 메아리쳤다.

"이런."

시간을 계산하던 초만녕의 낯빛이 어두워졌다.

바뀔 시간이 됐군…….

그는 맞은편에 앉은 남자를 봤다. 조금 전까지 빙긋 웃고 있던 남자가 갑자기 눈을 감는 걸 보니 불쑥 초조함이 밀려왔다.

묵연이 되살아난 후 삼 일에 한 번씩 자시(子時)가 되면, 답선군의 의식이 묵연의 몸을 차지했다가 이튿날 늦은 밤이 돼서야 사라지고는 했다.

아마도 답선군에게 속하는 식혼이 다른 이혼칠백과 떨어진지 오래되어 융합되기가 어려웠기에, 이미 혼백이 합쳐졌음에도 삼 일에 한 번씩 자시에 인격 전환이 일어나는 듯했다.

잠시 후, 다시 뜬 묵연의 눈은 예상대로 다른 눈빛을 하고 있었다.

답선군이 서서히 잘생긴 얼굴을 들었다. 분명 같은 사람, 같은 육체인데 그의 표정과 태도에는 바른 기운 대신 위험하고 정체를 알 수 없는 사악한 기운이 들어차 있는 느낌이었다.

답선군이 서늘한 이를 드러내며 오만하게 씩 웃었다.

"아…… 사흘 동안 못 봤다고 만녕은 본좌가 많이 그리웠나 보지?"

초만녕은 대꾸하지 않았다.

답선군은 눈앞에 놓인 밥그릇과 젓가락, 그리고 절반쯤 먹은 퐁당탕을 봤다. 그러다 한때 인간계 제왕이었던 그의 까칠한 시선이 낡아 빠진 노점 의자와 좁아터진 기름 낀 탁자에 떨어졌다.

묵 종사에게는 맛있는 속세의 음식이었다.

하지만 그에게는…….

“여봐라! 썩 이리 오너라!”

“묵연, 앉거라!”

소란이 벌어지자 주위에 있던 손님들이 깜짝 놀라 줄줄이 고개를 돌렸다. 그때 누가 말했다.

“어! ……혹시 초 종사?”

“뭐? 묵, 묵 선군도 있는 것 같은데? 죽은 거 아니었나? …… 누가 와서 내 눈 좀 문질러 줘. 설마 내 눈이 먼 건가……?”

“멀쩡해. 내 눈에도 보이는걸.”

어린 아가씨가 비명을 질렀다.

“꺄! 진짜 묵 선군이다!”

시끄러운 소리가 지나가던 사람들의 주의를 끌었다. 점점 더 많은 시선이 그들에게 쏟아지고, 심지어 그들을 완전히 알아보는 사람까지 생겼다. 그런 와중에, 답선군은 투덜대며 소리치고 있었다.

“이런 거지같은 탁자에서 어떻게 식사를 하느냐? 너 어디 잘못된 거 아니야?”

초만녕은 어두운 낯빛으로 소리치고 있는 답선군을 잡아끌고는, 더 많은 사람이 몰리기 전에 검을 타고 난장판 속에서 황급히 도망쳤다.

하늘 높이 올라와서야 초만녕은 안도의 한숨을 내쉬었다.

맑고 깨끗한 달빛이 재난에서 살아남은 두 사람을 비추었다.

모든 것이 좋았다. ……답선군이 뒤에서 성질을 부리며 투덜

대지만 않는다면 말이다. 그가 불만스럽게 말했다.

"묵 선군이 대체 무엇이 좋다는 거냐?"

"……."

"간사한 것들 같으니! 왜 다들 묵 선군만 기억하는 거야!"

"……."

"현무 결계를 떠받친 건 본좌다!"

"……."

"너희 보잘것없는 목숨을 살려 준 것도 본좌다!"

"……."

"거대한 홍수를 막은 것도 본좌야!"

초만녕은 고개를 틀어 이를 부득부득 갈며 화를 내는 못 말리는 남자를 보면서, 문득 자기 자신에게조차 질투하다니 진짜 옹졸한 인간이구나 하는 생각을 했다.

"뭘 봐!"

답선군은 초만녕의 눈에 서린 웃음기를 보고 잠시 멍해졌다. 하지만 곧 눈을 가늘게 뜨며, 화가 났으면서도 애써 태연한 척 이를 악물고 말했다.

"너도! 너도 본좌의 것이야!"

갑자기 뺨을 만지는 손에, 무방비하게 있던 초만녕은 깜짝 놀라 외쳤다.

"가만히 있거라!"

역시나 발아래 검이 살짝 흔들렸지만, 답선군의 손짓 한 번에 흘러나온 마기가 검을 안정시켰다.

답선군은 초만녕을 자신의 검은색 장포 안으로 끌어안고 불쾌한 듯 흥흥거렸다.

“뭐가 무서워. 본좌가 있는데 네가 떨어져 죽게 놔둘까 봐?”

그러고는 어검 속도를 높였다. 높은 하늘, 밝은 달 아래 검은색 회오리바람 같은 검 그림자가 남병산을 향해 날아갔다…….

깊은 밤, 평범하기 그지없는 연인들.

그들은 집으로 돌아갔다.

그 이후로도 사람들은 가끔 강호에서 묵 종사와 초 종사를 만났다. 하지만 그들은 놀라서 그림자도 남기지 않고 날아간 기러기처럼 종적을 남기지 않았다.

그리고 더 나중에 수진계에 또 다른 소문이 돌았다. 강남부터 막북 지역까지 두루 돌아다니는 장님 의원이 있는데, 늘 삿갓을 쓰고 면사를 내려뜨리고 다녀서 진짜 얼굴을 본 사람이 한 명도 없다는 것이다. 유일하게 알려진 것은 그 장님 의원의 의술이 탁월하다는 것과, 척박한 땅을 두루 돌며 여러 사람을 치료하면서 돈 한 푼 받지 않는다는 것이었다.

이 의원에 관한 가장 유명한 이야기는 무상진에서의 일화였다. 어릴 때 수사에게 유괴당해 살갗이 뜯기고 곰 형상이 됐다가 여전히 치유되지 못한 소년들이 있었다. 의술을 행하며 무상진까지 온 의원은 그 일을 듣고 자신의 팔목 피부를 벗겨 약재로 쓰고, 살을 잘라 소년들의 건강을 회복시켰다. 사람들이 감격하여 이름을 물었다.

하지만 의원은 이렇게 답했다. 자신은 그저 죄인일 뿐이라고.

아주아주 오랜 시간이 지났다. 그해 있었던 전쟁도 빛바랜

책 속에 담긴 옛이야기가 됐다. 어린아이는 훌쩍 자랐고, 청년은 대부분 일가를 이뤘으며, 영웅은 귀밑머리가 셌다.

또 한 번 겨울이 가고 봄이 왔다.

사생지전의 장문인 설자명은 아이 하나를 제자로 들이고 친자식처럼 대했다. 아이는 붙임성이 좋아 위명 높은 설 존주 앞에서도 전혀 떨지 않았고, 하루 종일 설 존주에게 찰싹 달라붙어 이것저것 묻고는 했다. 하루는 호기심에 꽉 찬 아이가 달려와 그에게 물었다.

"사존, 사람들이 사조(師祖)와 사숙에 관한 이야기를 해요. 그분들은…… 아직도 사존과 왕래하시나요?"

이 시대의 존경받는 존주 설자명은 창가에 서서 창밖에 흐드러지게 핀 복숭아꽃을 보면서 부드럽게 답했다.

"가끔."

아이의 태도가 꽤 열성적이었다.

"그럼 왜 그분들께 돌아오라 하지 않으세요?"

"……."

"홍련수사도, 사숙이 쓰던 제자 방도 모두 비어 있잖아요. 지금까지 다른 사람이 살았던 적도 없고요."

어린 제자가 설자명의 넓은 소매를 당겼다.

"사존, 사존, 그분들더러 돌아오라 하세요. 이야기꾼이 하는 이야기를 들어 보면, 다들 사조와 사숙이 세상을 구한 대영웅이래요……."

설몽은 옅은 갈색 눈동자를 돌려 아이를 보면서, 봄 햇살 속에서 웃는 듯 마는 듯 한 얼굴로 말했다.

"너도 나중에 영웅이 되고 싶으냐?"

"그럼요!"

어린 제자는 볼을 부풀리며 패기 넘치게 말했다.

"사존 아래 어찌 별 볼 일 없는 제자가 있을 수 있겠어요? 전 큰일을 할 거예요!"

"능력이 있다고 꼭 대업을 이룰 수 있는 건 아니다."

설몽이 말했다.

"평생 바르게 살 수 있다면, 약자를 괴롭히지 않고 강자에게 굴하지 않으며, 순탄하다고 거만 떨지 않고 역경 속에서 용기를 잃지 않을 수 있다면…… 사람이나 사건을 신중하게 판단하고 함부로 단정 짓지 않으며, 평소 측은지심을 가질 수 있다면, 그래서 노인이 되어서 마음에 물어 한 점 부끄러움이 없다면, 그게 바로 하늘을 이고 땅에 우뚝 설 수 있는 대영웅이란다."

"……."

"왜 그러느냐?"

아직 나이 어린 제자다. 설몽이 다시 고개를 틀었을 때, 아이는 하품을 하고 있었다.

사존이 자신을 보고 있다는 걸 눈치챈 아이는 하다 만 하품을 억지로 감추고는, 두 눈가에 졸음에 밀려 나온 눈물을 달고서도 허리에 힘을 주며 뭔가 생각하는 것처럼 고개를 끄덕였다.

척하는 모습이 어릴 적 '봉황의 아들'과 참으로 비슷했다.

설몽은 웃음을 참으며 일부러 엄숙하게 말했다.

"기억했느냐?"

아이가 냉큼 대답했다.

"기억했습니다."
설몽이 다시 물었다.
"이해는 했느냐?"
"이해……."
목소리에서 힘이 빠졌다.
"못 했습니다……."
잠시 후 다시 억울해하는 목소리가 들렸다.
"사존, 말씀이 너무 복잡하고 어려워요……."
설몽은 꾸짖는 대신 잠시 고민하다 아이의 머리를 톡톡 쳤다.
"됐다. 확실히 지나치게 많은 이야기를 했구나."
"헤헤."
"영웅이 되고 싶다면 먼저 이걸 기억해라."
어린 제자는 황급히 허리를 세우고 집중했다. 설몽이 대단한 초식이나 중요한 이치를 말해 줄 거라는 생각에 검은자와 흰자가 또렷한 눈이 동그랗게 뜨였다.
햇살이 설몽의 얼굴을 감싸고 꽃이 흔들리는 가운데, 설몽이 웃었다.
"타인에 대해 함부로 추측하고 행동하지 않는 것, 그것이 인간이 자신에게 부여할 수 있는 최고의 존엄이다."
설몽은 말을 마친 후 어리둥절해하는 아이를 안아 들고 방을 나가 화원 끝으로 걸어갔다. 여기서 내다보니 우뚝 솟은 '아아아' 산봉우리와 운무에 감싸인 홍련수사가 보였다. 구름 아래로 번화한 마을과 강도 보였다.
바람이 불자 어린 제자의 졸음도 달아났는지 하품이 그쳤다.

아직 꽃과 새만 봐도 좋은 어린 나이였다.

설몽은 아이와 함께 난간 옆에 서서 촉 땅의 경치를 바라보며 물었다.

"무엇이 보이느냐?"

아이가 어리둥절해하며 대답했다.

"산…… 집…… 물이요……. 그리고 안개도……."

설몽은 미소 지으며 아이의 말에 귀를 기울였다. 그의 성격은 갈수록 차분해져서, 이제 걸핏하면 화내던 것은 아주 먼 옛날 일처럼 느껴졌다.

같은 세상을 보고 있지만, 아이가 본 것은 집이었고 그가 본 것은 산자락에 있는 무상진의 흥망성쇠였다. 과거 초라하기 짝이 없던 마을이, 지금은 지난날 상수진계에 속했던 그 어느 지역보다 더 떠들썩하고 마차 행렬이 끊이지 않는 마을이 되었다.

아이가 본 것은 물이지만, 그가 본 것은 동쪽으로 세차게 굽이쳐 흐르는 망천이었다. 가끔 강가에서 초혼등을 들고 선 승려가 엄숙한 얼굴로 제게 이렇게 말했다.

– 설 시주, 이쪽으로 가면 저승이오…….

아이가 본 것은 안개지만, 그가 본 것은 그의 인생을 스쳐 간 사람들의 망혼이었다. 그들은 일 년 내내 사생지전을 맴돌았다. 아버지도 어머니도 그 속에 있었다. 나중에는 검술 훈련장에서도, 후원에서도, 맹파당과 내하교에서도 그들의 모습이 보였다. 눈을 감아도 마찬가지였다. 사실 사람은 삼혼칠백 외에 또 하나의 영혼을 가지고 있다. 그 영혼은 오직 사랑하는 사람의 마음속에서만 산다. 당신이 그들을 그리워할 때 그들은 당신 곁으로 온다.

설몽은 자신의 어린 제자를 안고 저 멀리 산중에 있는 상천전으로 시선을 던졌다. 가족과 벗의 관이 안치된 곳이었다.

나이 지긋했던 계율 장로가 작년 초봄에 내린 대설 속에서 작고했다. 선기 장로 역시 두 해 전에 세상을 떠났다. 사람들은 그가 좋은 일을 많이 해서 염라대왕이 지명했을 거라며, 몸에서 빠져나간 그의 혼백은 신선이 됐을 거라고 말했다. 그렇게 설몽은 장로들의 죽음을 하나하나 눈에 담았다. 처음에는 날카롭고 예민해졌던 신경이 나중에는 무뎌졌다. 아니, 무력해진 걸지도.

차분히 선기 장로의 상을 치를 때, 설몽은 과거의 자신이 그리웠다. 하지만 단순한 그리움일 뿐, 과거에 빠져 헤어 나오지 못할 정도는 아니었다.

그는 한 문파의 주인이요, 옥형 장로의 제자다. 그는 항상 앞을 봐야 했다.

"사존?"

눈앞에서 흔들리는 작고 보드라운 손이 설몽의 의식을 되돌렸다.

"사존, 무슨 생각 하세요?"

설몽은 웃었다.

"옛일을 생각하고 있었다."

옛일이라니. 아이는 흥분해서 조금 전 끝내지 못한 화제를 이어 나가려 했다.

"사조와 사숙은……."

"사실 두 사람은 매년 섣달그믐에 이곳으로 돌아온단다."

설몽이 말했다.

"올해 너도 볼 수 있을 거야."

아이가 입을 삐쭉이며 조금 불만스럽게 말했다.

"왜 섣달그믐에만 오세요? 왜 이곳에 남지 않으시죠? 사숙은 진짜 대단해서 검 한 번에……."

설몽이 손을 들어 아이의 머리를 콩 때렸다.

"네 머리가 떨어질 게다."

어린 제자는 혀를 내둘렀지만, 무서워하지는 않았다.

설몽은 어딘지 진지했다.

"정말이란다. 네 사숙은 조금…… 뭐랄까…… 인격 분열 증상이 있거든."

"네? 인격 분열이요?"

설몽은 고개를 끄덕였다.

"올해 섣달그믐에 만나게 해 주마. 단, 자시까지만 있을 수 있다. 자시가 지나면 곧장 돌아가야 한단다."

"왜요?"

아이는 긴장과 흥분에 휩싸여 호기심 가득한 눈을 커다랗게 떴다.

설몽이 말했다.

"……네가 사숙을 폐하라고 부른다면 모를까."

"음……."

이제 막 문파에 들어온 어린 제자는 들을수록 안갯속에 빠지는 기분을 느끼며 눈을 깜빡였다. 아이가 되물으려 할 때, 설몽은 회상하기조차 싫은 옛일이 생각난 듯 아예 아이를 내려놓고 자신의 미간을 꾹꾹 눌렀다. 머리가 아파 죽을 것 같은 모습이었다.

입문한 이래 이렇게까지 괴로워하는 사존을 보는 건 처음인지라, 아이는 소문으로만 듣던 '인격 분열' 증상이 있다는 사숙에게 더 흥미가 생겼다. 아이가 곧장 설몽에게 질문을 던졌다.

"사존, 사존, 사숙은……."

"묻지 말거라."

"그럼 사조는……."

"묻지 말래도."

"그럼 사조와 사숙은……."

"가서 서책이나 베끼거라!"

"흑, 사존 너무해요……."

구름 한 점 없이 쾌적한 촉 땅. 나뭇가지 사이로 쏟아진 밝은 햇살이 사존과 제자 위로 떨어졌다. 바람이 설몽의 옷자락을 흔들고, 어린 제자의 앳된 얼굴을 스치고, 웅장하고 화려한 사생지전을 훑고, 영웅의 묘에 자란 짙푸른 풀을 흔들었다.

바람이 순식간에 만 리 강산을 누비며 의술로 세상을 구하는 맹인을, 설원에서 매화를 감상하는 형제를, 교산 용혼지 옆에서 술을 마시는 여인을, 남병산 깊은 곳에 은거하는 연인을 스치고 지나갔다. 바람이 지나간 강산은 여전히 잔잔하고 평온하다.

서로 만나고 알아가고 헤어지는 가운데 사람들의 운명은 서로 얽힌다. 함께 술잔을 부딪쳤던 밤에, 꿈 같은 기억에 영원히 머무를 수는 없다. 하지만 사람에게는 가족, 친구, 연인이 남긴 잔영이 있으니 그들이 살았든 죽었든, 곁에 있든 멀리 떠났든, 언제나 당신을 그림자처럼 따라다니며 당신과 함께할 것이다.

청량한 바람이 얼굴을 스친다. 통천탑 앞 해당화 나무에는 어제와 다름없이 눈부신 꽃이 한창이다. 길고 어두웠던 밤은 지나가고, 하늘 아래 각자 돌아갈 곳이 있는 지금, 모든 것이 평안하다.

설몽은 고개를 들고 우뚝 솟은 장엄한 보탑을 보았다.

그러고는 뭔가 추억하듯 씩 웃으며 어린 제자의 손을 잡고 천하제일 문파의 단심전으로 걸어갔다.

문득 수년 전 자신이 즉위하던 날, 두 사람이 통천탑 위에서 느릿하게 읊조리던 곡조가 들리는 것 같았다. 그 소리가 긴 세월의 강을 거슬러 지금 설 존주의 뒤에서 눈처럼 흩날렸다.

명월 아래 옛 친구 찾아오니, 등불 아래 그의 얼굴 붉게 물들었구나. 아침에 봉황이 우니 봄이 찾아오고, 강산은 맑고 고요하구나. 월계수 아래 술은 잠시 남겨 두고, 긴 세월 뒤 돌아와 형과 함께하리.

…….

긴 인생 어찌 늘 함께하겠는가, 멀리서 그리움을 동풍에 실어 보내네.

– 끝 –

二哈和他的白猫師尊

바보 허스키와 그의 흰 고양이 사존 12

초판 1쇄 발행 2021년 12월 31일
지은이 육포부흘육 **옮긴이** 어썸스토리 **감수** 치치
펴낸이 신현호
편집부장 윤영천 **책임편집** 원현선
본문조판 양우연 **마케팅** 김민원
펴낸곳 (주)디앤씨미디어 **출판등록** 2002년 4월 25일 제20-260호
주소 서울시 구로구 디지털로 26길 111 제이앤케이디지털타워 503호
전화번호 02.333.2513
B-Lab 공식 트위터 twitter.com/B_lab_BL/

ISBN 979-11-278-6164-3 04820
ISBN 979-11-278-6152-0 (세트)

정가 13,000원

二哈和他的白猫師尊

바보 허스키와 그의 흰 고양이 사존